Buffy – Im Bann der Dämonen
UNHEILVOLLE SCHÖPFUNG

Yvonne Navarro

Buffy

Im Bann der Dämonen

Unheilvolle Schöpfung

Aus dem Amerikanischen
von Barbara Först

vgs

Die Deutsche Bibliothek – CIP-Einheitsaufnahme

Buffy, im Bann der Dämonen. – Köln : vgs
Unheilvolle Schöpfung / Yvonne Navarro.
Aus dem Amerikan. von Barbara Först. – 2002
ISBN 3-8025-2874-3

Das Buch »Buffy – Im Bann der Dämonen.
Unheilvolle Schöpfung«
entstand nach der gleichnamigen Fernsehserie
(Orig.: *Buffy, The Vampire Slayer*) von Joss Whedon,
ausgestrahlt bei ProSieben.

Erstveröffentlichung bei Pocket Books, eine Unternehmensgruppe von
Simon & Schuster, New York 2000.
Titel der amerikanischen Originalausgabe:
Buffy, The Vampire Slayer.
Paleo.

Lektorat: Katarina Tilemann
Produktion: Wolfgang Arntz
Umschlaggestaltung: Sens, Köln
Titelfoto: © Twentieth Century Fox Film Corporation 2001
Satz: Kalle Giese, Overath
Druck: Clausen & Bosse, Leck
Printed in Germany
ISBN 3-8025-2874-3

Für Jeff Osier,
der vor Jahren
meine Begeisterung für Dinosaurier
geweckt hat.
Danke.

Prolog

»Na schön«, sagte Daniel Addison. »Womit fangen wir an?«

Natürlich antwortete niemand, denn Daniel war allein in dem Kellerraum des Museums. Zur Gesellschaft hatte er Staub, Mausefallen – und jede Menge Holzkisten, in die schon seit Jahrzehnten niemand mehr reingeschaut hatte. Er fuhr sich mit der Hand durch sein Haar und dachte daran, dass er zum Friseur müsste – und merkte etwas zu spät, wie schmutzig seine Hände von der dreckigen Arbeit waren. Eine blöde Schinderei. Aber die Aufgabe war doch nicht so schlimm, wie er zunächst befürchtet hatte. Er hätte es viel schlechter treffen können, als sein Prof vom Sunnydaler Naturkundemuseum den Examenskandidaten ihre Aufgaben zugeteilt hatte. Und obwohl der Mann ihn manchmal an eine alte, verschrumpelte Pflaume erinnerte, schlug in Professor Ramis welker Brust doch zweifellos irgendwo ein mitfühlendes Herz: Schließlich hätte er Daniel genauso gut den Herpetologen zuweisen können. Aber ein umfangreiches Verzeichnis von Schlangenhäuten zu studieren, mochte für manche Menschen vielleicht unterhaltsam sein – Daniels Interesse an Reptilien hingegen war auf weitaus *Größeres* gerichtet.

Die Kisten waren alle mit einem Datum versehen und er hatte sie zunächst einmal chronologisch geordnet. Jetzt mussten sie geöffnet und ihr Inhalt untersucht werden, dann galt es zu entscheiden, was davon in die Datenbanken des Museums aufgenommen werden sollte. Die Kisten waren knapp sechzig

Jahre alt – damals war das Museum erbaut worden – und er hatte hier ungefähr fünfundvierzig Stück vor sich. Vor langer Zeit war ihr Inhalt in verschiedenen Ausstellungen präsentiert worden, danach hatte man ihn auf Halde gelegt. Vor 1960 war ohnehin nichts in die Datenbanken aufgenommen worden. Nun also sollten diese Versäumnisse endlich aufgearbeitet werden – und gab es jemanden, der für diese Sklavenarbeit besser geeignet war als ein Student der hiesigen Uni?

»Banzai«, sagte Daniel, nur um die eigene Stimme zu hören. Und die klang ziemlich verärgert. Er nahm eine Spitzhacke zur Hand und machte sich daran, den Deckel der ältesten Kiste aufzuhebeln. Hier im Keller war es gute fünfzehn Grad kälter als im Erdgeschoss und etwas unheimlich. Ab und zu hörte er Geräusche, aber die solide Bauweise des Museums dämpfte sie so sehr, dass man nicht genau ausmachen konnte, um was es sich dabei handelte. Daniel jedenfalls bezweifelte, unterscheiden zu können, ob da oben jemand ging oder etwas auf den Boden fiel. Er hatte etwas die Orientierung verloren, vermutete aber, dass er sich unter der Rückseite des riesigen Gebäudes befand – die Fenster hier unten bestanden aus schweren Glasbausteinen und ohne Stockwerksplan war er ziemlich aufgeschmissen.

Plötzlich löste sich der Deckel der ersten Kiste – Jahreszahl 1939 – mit einem Quietschen und einem Ruck, der ihn rückwärts taumeln ließ. Ein schimmeliger Geruch stieg ihm in die Nase. Und noch etwas anderes, das Daniel nicht erwartet hatte: Irgendwie roch es nach Ruß, als seien versengte Papiere in der Kiste. Froh, dass er an seine Arbeitshandschuhe gedacht hatte, begann er, den Inhalt auszupacken. Professor Rami hatte ihm einen der Laptops des Paläontologischen Instituts zur Verfügung gestellt und Daniels Aufgabe bestand darin, die Kisten einzeln auszupacken, jeden Gegenstand in einer Bestandsliste im Computer einzutragen und danach sorgfältig wieder zurückzulegen. Es war eine mühsame, jedoch nicht besonders komplizierte Arbeit, und Daniel versuchte sich einzureden, dass sie es wert war – vielleicht würde er ein besonders wichtiges Teil finden, etwas, das man vergessen hatte oder das auf Grund von Wissenslücken vergangener Epochen als unwichtig eingestuft worden war. So etwas würde er dann der Paläontologischen Abteilung zur Untersuchung übergeben.

Er war zwar nicht sicher gewesen, was er überhaupt erwartet hatte ... doch die Gegenstände, die er aus der ersten Kiste holte, versetzten ihn schon ziemlich in Erstaunen. Er hatte damit gerechnet, auf Berichte früherer Ausgrabungen zu stoßen, auf Fotografien, vielleicht sogar auf zerbrochene Fossilien – die vollständigen befanden sich natürlich in den Ausstellungen –, aber damit ... Verblüfft setzte sich Daniel hin und begutachtete das, was er aus der Versenkung geholt hatte. Keinesfalls Knochen, nein, sondern die angesengten Überreste einer vollständigen Ausrüstung: Hammer, Sägen, Meißel, Bürsten ohne Borsten, der Griff einer Archäologenschaufel, Reste von einem Lederhut und Handschuhen, eine Feldflasche und eine primitive, leicht verschmorte Schutzbrille. Außerdem ein Metallklemmbrett mit Dellen, eine zerfetzte Rolle Gipsbinden, ja, sogar ein halb voller Sack Gips. Alles war mit einer feinen schwarzen Rußschicht bedeckt. An eine Seite der Kiste war eine schwärzlich angelaufene lederne Satteltasche gestopft worden und als Daniel hineinschaute, erblickte er ein Aschehäufchen, das einstmals Papiere gewesen sein mochten.

Unter einem Stapel weiterer Papiere und Akten, die mit Bindfaden zusammengehalten wurden und an den Kanten braun waren, befand sich der letzte der Ausrüstungsgegenstände: die zerfetzten Teile eines schweren Zeltes aus Segeltuch, das aus Armeebeständen zu stammen schien. Als Daniel es ausbreitete, sträubten sich seine Nackenhaare: Es sah so aus, als sei eine Seite des Zeltes komplett zerstört worden. Dieses Zelt konnte keinem Menschen mehr Schutz geboten haben. Und, schlimmer noch, die Brandflecken zeigten, dass das Feuer im Zelt ausgebrochen sein musste.

Daniel erschauerte. Einen Moment lang betrachtete er nachdenklich die verschiedenen Gegenstände, bevor er die Akten zur Hand nahm. Er schnitt den alten Bindfaden mit seinem Taschenmesser durch und versuchte, die Papiere vorsichtig voneinander zu lösen – erschrocken zuckte er zusammen, als ein paar der trockenen, vom Feuer versengten Seiten ihm unter den Händen zerbröselten. Er brauchte fast eine Stunde, aber schließlich hatte er einen Namen und genug Informationen herausgefunden, die er mit dem Jahr 1939 in Verbindung setzen konnte; nun konnte er die Handschuhe abstreifen und auf dem Laptop in den Datenbanken des Museums nachschauen:

> Nuriel, Gibor (Professor), geb. 1891/gest. 1939. Institut für Paläontologie. Eingestellt am: 14.2.13 Ausgeschieden am: s. o. D. Während einer Ausgrabung im Gebiet des Big Bend, Texas, wurde Gibor Nuriel am 2. Juli 1939 durch eine Explosion und ein Feuer in seinem Zelt getötet. Ursache der Explosion vermutlich ein defekter Campingkocher. Keine überlebenden Familienmitglieder bekannt. Material aus seinem Zelt wurde als unwiderruflich zerstört und somit nutzlos eingestuft und zur Lagerung weitergeleitet. Auf Anordnung des Nachlassgerichtes wurde Prof. Nuriels Erbmasse aufgelöst und die daraus resultierenden Gelder/Mittel (insgesamt 658 Dollar) wurden dem Museum gespendet.

Mit gerunzelter Stirn las Daniel den Eintrag zu Ende, dann rieb er sich die Gänsehaut im Nacken. Irgendwie war es unendlich … *traurig*, dass dieser Wissenschaftler irgendwo da draußen einen grauenvollen Tod gestorben war und dass von seinem Leben nur zu berichten blieb: Ein blöder Unfall mit einem Campingkocher, der nicht im Zelt hätte stehen sollen, keine Verwandten und ein Leben, das ungefähr 658 Dollar wert gewesen war. Und schlimmer noch wurde es dadurch, dass es irgendeiner gedankenlosen Beamtenseele eingefallen war, Nuriels letzte Forschung »nutzlos« zu nennen. Der Mann ist da draußen elendig verreckt, Herrgott nochmal! Es muss doch etwas Wichtiges in seinen Aufzeichnungen geben. Man muss nur ein bisschen danach graben – und sollte nicht genau das die Aufgabe von Paläontologen sein?

Ohne die Handschuhe wieder anzuziehen, ging Daniel dorthin, wo er den Inhalt der 1939er-Kiste ausgebreitet hatte, und kniete sich vor den drei Papierstapeln hin. Sorgfältig blätterte er die Seiten durch, studierte stur jedes einzelne Blatt, bevor er es beiseite legte. Das spröde und wasserbeschädigte Papier konnte ihm jeden Moment unter den Händen zerbröckeln und Daniel musste zugeben, dass die ganze Sache nicht besonders ermutigend wirkte. Er konnte sich die Szenerie nur allzu gut vorstellen: die Explosion des Kochers, die Nuriel wahrscheinlich – hoffentlich – sofort bewusstlos werden ließ, die Flammen, die alles im Zelt beleckten, während die anderen Mitglieder des Forschungsteams mit Eimern rannten, um das Feuer zu löschen. Und sie hatten es geschafft. Der Beweis dafür stand auf jeder Seite, denn da war die eckige Blockschrift des Professors, damals wahrscheinlich leicht zu lesen, nun jedoch durch Wasser verschmiert und zum größten Teil unleserlich.

Daniel widmete sich nun dem letzten Stapel, erwartete aber kein besseres Ergebnis. Seit er auf die hiesige Uni ging, hatte er mit solchen Dingen zu tun gehabt, doch außer leidlich interessanten Aufgaben wie dieser hier bekam er von dem Museum nur langweilige Aufgaben zugeteilt: All die wirklich aufregenden Projekte gingen an Leute, die ihr Examen bereits bestanden hatten. Verdammt, er war genauso klug – nein, klüger – als die anderen. Die meisten von denen würden doch nicht mal aus 'ner nassen Papiertüte rauskommen, wenn keiner da ist, der sie ihnen aufreißt. Aber genau das waren diejenigen, die jedes Mal ausgewählt wurden, wenn es zu den Sommerausgrabungen ging, während Daniel gezwungen war, dazubleiben und schmutzige Böden aufzuwischen.

Irgendwie hatte er sich den Anfang seiner Laufbahn als Paläontologe anders vorgestellt. Er mochte noch sehr jung sein, aber er kannte sein Metier ebenso gut oder vielleicht sogar besser als die Übrigen. Warum musste er im schmutzigen Keller des Museums herumkriechen, während andere Leute auf Ausgrabungen gingen und dabei Kenntnisse aus erster Hand erwarben? Sein bisher größter Erfolg – und so sehr konnte er sich damit auch nicht brüsten – war der, dass Professor Rami aus einem halben Dutzend Kandidaten *ihn* ausgewählt hatte, um am nächsten Dienstag an der Sunnydale High einen Vortrag über Dinosaurier zu halten. Daniel war vermutlich nur deshalb ausgewählt worden, weil er auf dieser Schule Abi gemacht hatte. Natürlich war es nicht die angemessene Aufgabe für einen Menschen mit seinem Intelligenzquotienten, aber immerhin würde es ihn von dieser dreckigen, untermenschlichen Fron erlösen. Er …

»Wow!«, entfuhr es Daniel. »Was haben wir denn da?«

Ganz unten im letzten Stapel fühlte er einen Hubbel, die Blätter hatten nicht ganz glatt aufeinander gelegen. Zuerst hatte er es gar nicht bemerkt – alles war ja vom Wasser gewellt und durcheinander –, aber dann nahm er die letzten beiden Blätter über der Wölbung weg. Darunter befand sich ein ledergebundenes Notizbuch, dessen Deckel so sehr gelitten hatte, dass er fast in zwei Teile zerfiel. Die vernähten Kanten und der Buchrücken waren vom Feuer geschwärzt und hinterließen rußige Spuren an Daniels Händen. Wow, dachte er ehrfürchtig. Professor Nuriels Ausgrabungstagebuch. Durfte er wirklich hoffen, darin etwas zu finden, oder würde es sich als ebenso aussagelos erweisen wie die anderen Funde?

So vorsichtig wie möglich schlug Daniel das Büchlein auf.

Eine Fundgrube! Auf den ersten Blick sah es so aus, als fülle Nuriels große Schrift immer noch viele Seiten. Begierig blätterte Daniel weiter, aber seine Freude verging rasch. Ja, doch, da gab es Infos, aber die untere Hälfte fast jeder Seite war unleserlich. Schade. Er hätte aus diesem Notizbuch eventuell eine Menge lernen können: Vielleicht gab es dort frische Ansätze, neue Theorien, die ihm hätten helfen können, in einem Institut vorwärts zu kommen, das viele Studenten insgeheim das »Institut der Dinosaurier« nannten. Die Alten hier waren schwerfällig und starrköpfig, hatten keine Zeit, Geduld oder Interesse an den Fragen, die von jüngeren Studenten aufgeworfen wurden. Einige Theorien, die der verstorbene Professor in seinen Aufzeichnungen ansprach, hätten vielleicht zu neuen Erkenntnissen führen können, aber wie sollte Daniel – oder jemand anderes – das jemals herausfinden?

Völlig gefesselt vergaß Daniel die kalte, feuchte Kellerluft und den eisigen Boden, auf dem er im Schneidersitz hockte. Obwohl vieles verloren war und manche Einträge eine Art Vorwort zu Sachverhalten darstellten, die inzwischen von der Paläontologie schon bewiesen worden waren, konnte er doch erkennen, dass manche von Professor Nuriels Aufzeichnungen sehr … nun ja, eigenwillig waren, dass der Mann einen hellen Kopf hatte, der älteren Institutsangehörigen in der Regel abging. Die Aufzeichnungen waren wie ein Tagebuch geschrieben und an vielen Stellen durchgestrichen, aber die letzten Seiten weckten Daniels Aufmerksamkeit. Er las sie, las sie noch einmal, doch es war ihm fast nicht möglich, sie zu verstehen:

MITTWOCH, 28. JULI

ICH HABE SOEBEN DIE ERSTAUNLICHSTE ENTDECKUNG MEINER LAUFBAHN GEMACHT, UND ZWAR MITTEN IN DIESEM GEBIET, DAS DIE EINHEIMISCHEN IN EINE ART NATIONALPARK UMWANDELN WOLLEN – SIE NENNEN IHN DEN »BIG BEND NATIONAL PARK«. ICH KANN NUR HOFFEN, DASS DIESER ORT UNZUGÄNGLICH BLEIBT, ABER LEIDER MUSS ICH DAS bezweifeln – der Handelsposten, den sie bei Lajitas einrichten, wird schon dafür sorgen. Die Menschheit breitet sich in den fernsten Winkeln unseres Planeten aus wie Flöhe auf dem Rücken eines streunenden Hundes. Eines Tages werden die Strassen hier im North Brewster County asphaltiert sein; dann kann jedermann hierher kommen und schliesslich werden die wunderbaren Dinge, die die Natur für uns aufgehoben hat, zerstört sein.

Wobei mir einfällt: Während Jimmy und der Rest unseres Teams an unserer Hauptausgrabungsstelle etwas ans Tageslicht brachten, das mir wie der Oberschenkelknochen eines Iguanodon erschien, war ich hinter eine grosse Felsnase gegangen, um beide

Wie auf den anderen Seiten des Tagebuchs war auch hier der Rest der Seite zu einem verwischten Fleck zerlaufen, der an einen Rorschachtest erinnerte, doch Daniel konnte den Faden auf der folgenden Seite wieder aufnehmen:

alte lederne Satteltasche. Die Sprache der darin enthaltenen Seiten scheint mir ein rumänischer Dialekt zu sein, aber ich kann genug davon übersetzen, um zu ahnen, dass es um eine Art Ritualzauber geht. Dieser ist äusserst eigenartig und scheint die Theorie aufzustellen, dass etwas Totes ins Leben zurückgebracht werden kann. Das besondere Augenmerk liegt auch darauf, welcher *Art* dieses Objekt ist: keine Menschen, sondern Tiere »wie grosse Eidechsen oder die versteinerten Überreste ihrer Brutstätten«.

Von besonderem Interesse ist eine Textstelle, die mir wie ein Verweis auf die griechische Mythologie erscheint. Grob ins Englische übersetzt bedeutet die Beschwörung:

> Hört diesen Ruf, Geister von Ladonithia,
> Erwachet und kehrt wieder aus eurem Abgrund
> zu diesem erstarrten Wirt.
> Erster von Vier, vereinigt euch,
> Und gewähret dem, der euch wieder erweckt,
> Die Erfüllung eines einzigen Wunsches.

Wieder war ein Abschnitt am Fuß der Seite unleserlich. Daniel las auf der nächsten Seite weiter, und seine Augen wurden immer größer vor Staunen:

Es ist erst Mittwoch; ich muss warten, bis die mexikanischen Arbeiter fort sind. Sie werden noch den ganzen Samstagnachmittag bleiben und dann zu ihren Familien fahren, um am Sonntag zur Messe zu gehen. Es gibt keinen logischen Grund, es zu versuchen, ausser dem der Neugier, aber ich bin Wissenschaftler und muss selbst diese Regung untersuchen. »Versteinerte Überreste ihrer Brutstätten« – könnte sich das nicht auf ein Fossil beziehen? Es gibt wahrhaftig wenig Unterhaltung an dieser öden Stätte und daher habe ich das kleine (wenn auch leider unvollständige) Skelett eines jungen Hypsilophodon ausgewählt. Wiederbelebung? Unmöglich!!! Ich tue dies selbstredend nur zur Zerstreuung, und deshalb muss ich meine Torheit vor den anderen

Wieder abgebrochen. Enttäuscht stellte Daniel fest, dass die folgenden Seiten leer waren. Was für eine verrückte Sache – aber es war ja auch sechzig Jahre her und hatte sich an einer abgelegenen Ausgrabungsstätte zugetragen, und, soweit es Daniel betraf, hätte es ebenso gut Frühgeschichte sein können. Natürlich wusste er nichts über Gibor Nuriel, aber dennoch … Er war überrascht, wie ein ernsthafter Wissenschaftler seine Zeit für so etwas verschwenden konnte. Der letzte Teil des Tagebuches war robuster und nicht so fürchterlich beschädigt, Daniel blätterte lustlos weiter. Also ehrlich, was hatte Nuriel sich denn erhofft von so einer …

»Hey, was ist denn das?« Am Ende des Tagebuches war er wieder auf eine beschriebene Seite gestoßen. Seine eigene Stimme erschreckte ihn. Er hatte schon fast vergessen, dass er allein hier unten war, und das schon seit Stunden. Das Licht, das durch die Glassteine schien, wurde schwächer und im ganzen Kellergeschoss war es trotz der Neonbeleuchtung dunkler geworden. Wenn er nicht auf die Zeit achtete, würde er noch über Nacht im Museum eingeschlossen werden. Er hatte zwar keine Angst vor der Dunkelheit, aber die Vorstellung, hier unten mit Objekten wie der lebensgroßen Nachbildung eines Ceratosaurus und den Überresten einer einbalsamierten Inkaprinzessin eingesperrt zu sein, riss ihn nicht gerade vom Hocker.

In dem zunehmenden Dämmerlicht versuchte er blinzelnd, die Seite zu entziffern. Dort stand noch mehr in Nuriels Handschrift, aber diese Stelle war eilig gekritzelt und voller Kleckse, schräg über eine beliebige Seite geschrieben, als sei der Mann in schrecklicher Eile gewesen, alles noch zu Papier zu bringen:

Es war ein schrecklicher Irrtum – ich hätte diese Beschwörung NIEMALS aussprechen sollen. Ich hielt sie für einen Scherz, aber ich bin derjenige, der hier der Tor ist, ein kläglicher Mensch, den das Universum auslacht. Ein lebender, atmender Hypsilophodon – meine Güte, wer hätte sich das je vorstellen können?? Aber es ist FALSCH … doch wie hätte ich das vorher wissen können? Dieser Dinosaurier-Krea-

TUR FEHLEN DIE HÄLFTE DES RÜCKGRATS UND ZWEI GLIEDMASSEN SOWIE EIN TEIL DES SCHÄDELS – UND DENNOCH SCHLÄGT SIE UM SICH UND KREISCHT – JA, IN GEWISSER WEISE IST SIE WIRKLICH WIEDER BELEBT, AM LEBEN. ICH WEISS NICHT, OB DIESES WESEN SCHMERZEN LEIDET ODER OB ES EINFACH NUR ... BÖSE IST. ICH GLAUBE, LETZTERES, DENN ES SPRICHT ZU MIR IN MEINEN GEDANKEN, VERLANGT, DASS ICH FORTFAHRE, BRÜLLT BEFEHLE IN MEINEN GEIST, DASS ICH NOCH MEHR TUN MUSS. GOTT MÖGE MIR VERGEBEN, ABER ICH GLAUBE NICHT, DASS ICH ES NOCH LÄNGER AUSHALTE – ICH BIN NICHT STARK GENUG. WAS HABE ICH NUR GETAN? UM MICH ZU RETTEN, UM ALLES ZU RETTEN, MUSS ICH DIE BESCHWÖRUNGSFORMEL VERN

Und das war alles. Neugierig blätterte Daniel den Rest des Tagebuches durch, aber die letzten Seiten waren leer. Schließlich widmete er sich dem wenigen, was von Nuriels Akten übrig geblieben war, aber dort stand kaum Lesbares. Und es hatte auch nichts zu tun mit jenen verstiegenen Behauptungen, die der Professor in seinem Notizbuch notiert hatte. Wie konnte er sich nur so hineinsteigern – hatte er einen Hitzschlag erlitten? Texas im Sommer war zuweilen unerträglich und sicherlich gab es im Jahre 1939 noch keine Air Condition für Zelte. Aber trotzdem, für eine durch Sonnenstich hervorgerufene Wahnvorstellung war die Geschichte zu detailliert, zu genau beschrieben. Konnte es sein, dass an dieser wilden Story doch etwas dran war?

Daniel warf einen Blick auf seine Uhr, dann stand er auf. Zeit, das Werk für heute zu beenden, obgleich er zugeben musste, dass es gar nicht so öde gewesen war, wie er erwartet hatte: Der Fund von Nuriels Tagebuch hatte alles ein wenig zum Interessanten gewendet. Tatsächlich spürte er Lust, in seiner Freizeit noch einmal einen gründlicheren Blick darauf zu werfen. Wer würde es schon erfahren oder sich gar darum kümmern, wenn er die Aufzeichnungen mitnahm? Hey, schließlich hatte sich keiner um dieses Zeug geschert, seit fast sechzig Jahren nicht, vielleicht sogar schon seit damals nicht mehr, als sie den Schreibtisch des Professors ausräumten. Die Maßanzüge – so nannte Daniel die Verwaltungsangestellten und die Lehrer und den ganzen Rest der alten, sturen Mischpoke – scherten sich nicht sonderlich um die Gefühle der Leute, die sie in der Gegend umherhetzten. Sie wollten nur Ergebnisse, die kleine Lichter wie er mühsam herausfanden, damit sie diese dann für den allmächtigen Dollar feilbieten konnten.

Also, so blöd bin ich nicht.

Sunnydale, dachte er, während er seine Hände abwischte und das Tagebuch sorgfältig in seinem Rucksack verstaute, war schon ein verdammt abartiger Ort. Warum hatte der Professor diese Formel nicht verschwinden lassen? Im Jahre 1939 wäre sie den meisten Menschen in Big Bend, Texas, unglaublich erschienen. Aber hier? Keinesfalls. Sunnydale war irgendwie … *anders*, und vielleicht war es auch früher schon so gewesen. Schließlich stammte Nuriel aus Sunnydale. Daniel lebte zwar nicht wie die meisten seiner Freunde schon seit seiner Geburt hier, aber soweit er es beurteilen konnte, war es eher positiv, *nicht* in Sunnydale aufzuwachsen. Menschen – Kinder, Teenager, irgendjemand – *verschwanden* hier mit einer Regelmäßigkeit, die ihm als Außenstehendem sofort aufgefallen war. Und er wusste immer noch nicht, was ihn mehr erstaunte – die absolute Verrücktheit, die aus jeder Pore dieser Stadt sickerte, oder die Tatsache, dass die Bewohner das Verschwinden ihrer Freunde, Kinder, Verwandten ohne ein Wimpernzucken hinnahmen.

Daniel säuberte das Zeug, das er aus den Kisten gepackt hatte, und beschloss, es morgen zu katalogisieren. Es wurde allmählich spät, er war hungrig und er hatte schon eine ganze Menge vorgehabt, bevor er das Tagebuch fand. Während er durch das fast leere Museum Richtung Ausgang ging, erinnerte sich Daniel daran, wie mühevoll sein Weg in den letzten zwei Jahren gewesen war. In diesem Museum drehte sich alles nur um Politik. Es ging ausschließlich darum, wer etwas zu sagen hatte und welche Beziehungen man anknüpfte, wer die besten Partys gab und wer wie viele Aufsätze veröffentlicht hatte, Texte voller langweiliger Fakten, die als wichtiges Lehrmaterial ausgegeben wurden. Wer wollte schon vor dem Computer sitzen und Hunderte von Seiten heraussuchen, die kein Mensch je lesen wollte? Daniel ganz sicher nicht, so viel war klar.

Draußen begrüßte ihn ein wunderbarer, warmer Frühlingsabend, der ihn wieder daran erinnerte, dass er lieber mal ein Date mit einem lebendigen Mädchen haben sollte anstatt mit einem Haufen Lehrbücher. Noch besser allerdings wäre es, wenn er Pläne für die nächste Ausgrabung in Dinosaur Cove in Australien machen könnte, die vom Museum gesponsert wurde. Das würde im Sommer sein. Doch als ob sie ihn jemals mitfahren ließen! Er kannte sich mit Dinosauriern aus, er konnte zeichnen, er konnte schreiben und er konnte graben, aber so wie diese Eine-Hand-wäscht-die-andere-Beziehungen hier liefen, würde er so alt sein wie Nuriel, bevor ihm erlaubt wurde, einen der Knochen von den Ausgrabungen überhaupt sauber zu machen! Für seinen Tutor und den Rest dieser Maßanzug-Typen war er nichts als Klärschlamm, der entsorgt werden musste.

Aber vielleicht konnte er ja mit Hilfe der Beschwörungsformel in Nuriels Tagebuch etwas daran ändern. Er hatte sie nur flüchtig überflogen, aber als er sich konzentrierte, fiel ihm sogar die letzte Zeile wieder ein:

> UND GEWÄHRET DEM, DER EUCH WIEDER ERWECKT,
> DIE ERFÜLLUNG EINES EINZIGEN WUNSCHES.

Darüber sollte man doch mal nachdenken, oder?

1

Mal nachdenken, überlegte Buffy Summers. Wo möchte ich lieber sein? Hier im Dunkeln, neben so einem dreckigen, widerlichen Grabstein, der auf einer Seite angeknackst und mit Schimmel und irgend so ’nem anderen Zeugs bedeckt ist, dessen Herkunft ich nicht einmal kennen möchte, oder –

Hinter ihr knackte ein Zweig.

Sie machte eine Drehung und ging in Kampfhaltung. In ihrer rechten Hand fühlte sie die raue, Sicherheit verheißende Oberfläche des Holzpflocks. Aber hinter ihr war niemand. Buffy machte ein ärgerliches Gesicht, blieb jedoch wachsam. Vielleicht war es nur ein Vogel oder ein Waschbär, vielleicht sogar eine Katze … doch falls sie in ihrer Aufmerksamkeit nachließ, würde es *mit Sicherheit* ein hässlicher Blutsauger sein, der sie zum Mitternachtsmahl verspeisen wollte. Da hinten war etwas – sie *wusste* es. Wäre wirklich viel netter, wenn man es jetzt auch einfach hinter sich bringen würde, sodass sie nach Hause gehen konnte. Schließlich war Sonntagabend, verdammt noch mal! Alle guten Menschen, alle Kinder und auch alle Monster sollten am Sabbat gefälligst ruhen … oder so.

Wieder hörte sie einen Zweig knacken. Sie stand neben einer Hecke, die zwei Gräber des Friedhofs voneinander trennte. Freund oder Feind?

Feind!

Instinktiv sprang Buffy nach links. Mitten im Sprung drehte sie sich herum, und als sie wieder auf den Füßen landete, hatte sie die Stelle, auf der sie den Bruchteil einer Sekunde zuvor noch gestanden hatte, im Blick. Es war ein Mädchen, nicht älter als sieben oder acht, fein eingekleidet für sein eigenes Begräbnis im weißen Spitzenkleidchen mit Schleifen und rosafarbenen Satinröschen. Das rote Haar war in der Mitte gescheitelt und ursprünglich offenbar zu ordentlichen Zöpfen geflochten gewesen. Doch nun war es, wie der Rest seiner Aufmachung, durch Dreck, Laub und Erdkrumen arg in Mitleidenschaft gezogen worden. Verdammt nochmal, diese ausgewachsenen spitzen Zähne waren schon schlimm genug, aber Buffy hasste es wirklich, wenn der Vampir der Nacht ausgerechnet ein Kind sein musste.

»Okay«, begann sie mit ganz ruhiger Stimme. Konnten kleine Vampire eigentlich besser hören als kleine Menschen? »Wir können das auf die weiche oder auf die harte Tour machen. Es liegt ganz bei dir.«

Die Kleine grinste sie nur an. Unter ihren Brauen und den funkelnden gelben Augen blitzten die spitzen Fangzähne. Sie trat einen Schritt vor. Buffy machte sich bereit ... und schrie vor Schreck auf. Jemand packte sie von hinten an den Schultern.

Widerlicher, stechender Mundgeruch drang ihr in die Nase – wie sie den *hasste!* – und ein zweiter, wesentlich älterer Vampir versuchte, seine Zähne in die rechte Hälfte ihres Halses zu schlagen. Buffy zog die Schulter hoch und stieß gleichzeitig den Kopf nach rechts – die Kreatur heulte und ließ los, denn Buffy hatte mit dieser Kopfnuss ihre Augenbraue getroffen. Als der Vampir zurückstolperte, sprang das Vampir-Mädchen vor und wollte Buffy angreifen, aber die wischte das Kind weg, als sei es nichts weiter als eine lästige Mücke. Der erwachsene Vampir knurrte wütend und warf sich vorwärts, Buffy aber tauchte unter seinen ausgestreckten Armen weg, richtete sich hinter ihm wieder auf und bohrte den Pflock tief in seinen Rücken. Die Waffe drang bis zu dem Punkt im Körper des Ungeheuers, wo einst das Herz gesessen hatte, und Buffy wurde mit einer schwarzbraunen Staubexplosion für ihre Mühen belohnt.

Super, dachte sie. Einen geschafft und noch einen halben zu erl –

»Hey!«, rief sie überrascht aus. »Wo willst du denn hin?«

Ein prüfender Blick verriet ihr, dass das Vampir-Kind hinter einen der größeren Grabsteine ein paar Meter weiter gekrochen war – obwohl über und über mit Friedhofserde verdreckt, fiel es ihm doch schwer, das weiße Kleid in der mitternächtlichen Dunkelheit zu verbergen. Buffy legte die Entfernung in einer Sekunde zurück und zerrte das fauchende Kind hervor. Dann versuchte sie, es in eine Position zu bringen, in der sie es am besten pfählen konnte. Es war wie ein Kampf mit einer Wildkatze, denn die Größe des Kindes und seine Geschmeidigkeit machten es zu einem viel stärkeren Gegner, als Buffy erwartet hätte. Endlich aber schaffte die Jägerin es, die Kleine zu Boden zu drücken, indem sie sich rittlings auf sie setzte. Sie hielt das Kind mit der Linken fest, während sie mit der Rechten den Pflock hob.

»Zeit zum Schlafengehen«, sagte sie so sanft wie möglich.

»Ich will aber nicht!«, heulte das Mädchen. »Da unten ist der Schwarze Mann!«

Buffy wollte eben erwidern, dass das Mädchen selber so etwas wie der Schwarze Mann sei, besann sich aber eines Besseren. Es war schon schlimm genug, dass dieses Kind nun zum zweiten Mal sterben musste. Die Kleine bäumte sich auf und warf sie fast ab, grub die Finger in die Erde und versuchte hochzukommen. »Sei jetzt ruhig, damit wir's hinter uns bringen!«, knurrte Buffy ungeduldig.

»Nein!«, kreischte das Vampir-Mädchen mit schriller Stimme. »Ich will aber *wach* bleiben!«

Die Stimme des Kindes versagte, als Buffy es wieder zu Boden drückte. Nun reichte es ihr. Sie schwang den Pflock bereits nach unten, als der kleine Vampir die nächsten Worte hervorstieß, … und Buffy konnte, selbst wenn sie es versucht hätte, den Schwung nicht mehr stoppen.

»Du wirst schon sehen!«, schrie das Kind. »Er wird jeden Moment aufwach …«

Staub.

Buffys Hintern knallte hart auf die fest getretene Erde, als das Wesen unter ihr sich auflöste. Mit einem kleinen *Puff!* ging ihm die Luft aus. Die Jägerin blinzelte und starrte stirnrunzelnd auf das Häuflein Staub, das ihr eine Sekunde zuvor noch etwas hätte mitteilen können, das sie wissen musste. »*Was* wird aufwachen?«, fragte sie überflüssigerweise. Als ob Staubkörnchen reden könnten!

Sie stand auf und klopfte sich den Staub ab, wobei sie automatisch ihre Umgebung im Auge behielt. Drohend hob sie den Pflock, als sich aus den Bäumen am Ende des Weges ein Schatten löste – aber sofort entspannte sie sich wieder, denn es war Angel, mit einer Haut so bleich wie der Mond, der nun leise herüberkam und vor ihr stehen blieb. Dunkle Kleidung, dunkles Haar, dunkle Augen … er sah so schön aus, dass ihr das Herz wehtat.

»Lieber spät als nie?«, fragte sie ein bisschen sauer – und hoffte, dass sie nicht noch Vampirstaub im Haar hatte.

Er verzog keine Miene. »Du hast es ja ganz gut allein geschafft.«

Sie sahen einander ein paar Sekunden tief in die Augen, dann zwang Buffy sich, den Blick abzuwenden. Sie musste an etwas anderes – an *irgendetwas* anderes – denken und nicht daran, wie gerne sie jetzt in seinen Armen wäre. Also nahm sie das Erstbeste, was ihr durch den Kopf ging. »Hast du gehört, was dieses Vampir-Kind gesagt hat?«, fragte sie. »Bevor ich es aufgespießt hab? Irgendwas über so ein Schreckgespenst, das bald aufwacht.«

Angel zuckte die Achseln. »Sie war nur ein Kind. Sie hat damit alles Mögliche meinen können.«

Aber da war ein Stocken in seiner Stimme und Buffy blickte ihn forschend an. »Was?«, fragte sie. »Du verschweigst mir etwas.«

»Nur, weil ich es nicht genau weiß«, erklärte er, während sie langsam den Weg zum Ausgang des Friedhofs einschlugen. »Ich hab was munkeln hören, aber nichts Genaues.«

»Was munkeln worüber?«

»Das ist es ja gerade«, stellte Angel klar. »So viel ich weiß, könnte es um eine neue Prophezeiung gehen oder um eine besonders verrückte Planetenkonstellation. Keiner will etwas sagen. Aber irgendwie haben alle ... Angst, als ob etwas Großes kommen würde.«

Buffy dachte ein paar Augenblicke darüber nach. »Als ob etwas Großes kommen wird«, wiederholte sie leise. »Oder ...« Sie schaute zurück zu der Stelle, wo das Vampir-Kind nun nichts weiter mehr war als eine Erinnerung, die der Nachtwind zerstreute.

»Oder etwas, das *aufwachen* wird ...«

2

Das Gebäude war neunzig Jahre alt und die Fenster in der Abteilung für Geowissenschaften hoch und prächtig gestaltet, sie waren aus vielen kleinen Einzelscheiben zusammengesetzt und im oberen Teil mit breiten, fächerförmigen Verzierungen versehen. Die Fensterrahmen bestanden aus dunklem, lackiertem Holz und auf den breiten Fensterbänken lagerte alles Mögliche, von Gipsabdrücken alter Knochen bis hin zu wirklich interessanten Sachen: Segmente prähistorischer Dinosaurier-Rückgratknochen und sogar ein Exemplar Zähne aus der Jurazeit, das im Laufe von Jahrmillionen schwarz angelaufen war. Durch die Scheiben schien die Sonne und wärmte den hohen Raum, der sonst eisig kalt gewesen wäre, da das altersschwache Heizungssystem gegen die Kälte nicht ankam. Staubkörnchen tanzten träge in den Sonnenstrahlen, die über die Tische und eine lange Reihe Glaskästen an der hinteren Wand streiften. Der Kasten ganz links, in dem er ein kleines paläontologisches Display aufgebaut hatte, war sein Lieblingskasten. Darin steckte –

»Mr. Sanderson, glauben Sie, dass Sie uns demnächst Ihre geschätzte Aufmerksamkeit widmen könnten?«

Oh weia! Umschalten! ... Falsches Klassenzimmer, er war in Sunnydale, nicht in Chicago.

Kevin Sanderson schluckte und schnitt eine verlegene Grimasse, während alle seine Mitschüler sich nach ihm umdrehten. Dann nickte er Mr. Regis, dem Lehrer, zu. »'tschuldigung.« Er schaute auf das Lehrbuch auf seinem Pult und versuchte, sich auf den Text zu konzentrieren, aber es langweilte ihn entsetzlich. Er war diesem Unterricht weit voraus – ja, er war der ganzen *Schule* weit voraus, denn sie war in nichts mit der Lane Tech zu vergleichen, die er in Chicago besucht hatte. Allein schon die Klassenzimmer! Wenn er an die Atmosphäre in den Räumen der Universität von Chicago dachte, wo er unzählige Stunden damit verbracht hatte, paläontologische Texte und Proben zu studieren. Und wie viele Vorbereitungskurse er für die Uni absolviert hatte! Der behagliche spanische Stil der Sunnydale High mit den Bogengängen, Palmen und einem luftigen Hof war ja ganz nett, aber das reichte ihm nicht.

Kevin seufzte tief. Dann spürte er, dass er beobachtet wurde. Als er aufblickte, sah er, dass es der Typ am Nebentisch war – Oz. Kevin erinnerte sich an ihn, weil er diesen Spitznamen so cool fand. Außerdem hatte Oz so eine bestimmte Art an sich, als sei er der König des Understatements. Und wie zur Bestätigung betrachtete er seinen Mitschüler nun mit kühlen grünen Augen unter den roten Stachelhaaren, nickte kurz und wandte den Blick ab.

Kevin beugte sich über sein Lehrbuch und wünschte, er könnte etwas sagen, ein Gespräch anfangen. Er konnte hier wirklich einen Freund gebrauchen, aber Oz war wahrscheinlich nicht interessiert. Er hatte ihn schon im Korridor mit seinen Freunden gesehen, sogar schon die Namen erfahren – schließlich war Paläontologie hauptsächlich Detektivarbeit und Kevin war geübt darin, Einzelheiten aufzuspüren. Oz' Freundin hieß Willow, das war die Rothaarige, die neben ihm saß. Sie hatte ein nettes Lächeln und war von einer unauffälligen Schönheit, die Kevin sehr gefiel. Dann gehörte, soweit Kevin das beurteilen konnte, noch ein dunkelhaariger Typ namens Xander zu dem Kreis, dessen Humor einen oft an den Rand der Verzweiflung treiben konnte und Kevin ein unwohles Gefühl vermittelte – zu sehr erinnerte ihn das an seine eigenen Gefühle, seit er nach

Sunnydale gekommen war. Ab und zu tauchte auch eine gewisse Cordelia Chase auf. Jeder schien sie zu kennen: Sie zählte zu den so genannten oberen Tausend von Sunnydale, war reich und dementsprechend eingebildet. Die Letzte aus dem Kreis war Buffy Summers, die Kevin wie die Verkörperung der typisch kalifornischen High-School-Schülerin vorkam – blond, hübsch und total trendy. Aber seltsamerweise schienen alle hier Respekt vor ihr zu haben, auch wenn niemand darüber sprach, und es gingen Gerüchte um, dass sie einen sehr viel älteren Freund hatte, dem niemand in die Quere kommen wollte. Vielleicht war an Buffy mehr dran, als der äußere Anschein vermuten ließ.

Mr. Regis leierte irgendetwas über den Unterschied zwischen Beuteltieren und Säugetieren herunter und Kevin schaute zum hundertsten Male, seit diese Folterstunde begonnen hatte, auf die Uhr. Nur noch eine Viertelstunde bis zum Klingeln und zur Freiheit, aber es kam ihm vor wie eine Ewigkeit. Er konnte einfach nicht glauben, dass sein Leben fortan aus dieser ständigen Tretmühle bestehen sollte: Eine langweilige Schulstunde absitzen, dann weiter zur nächsten und danach zur übernächsten. Hatten seine Eltern auch nur einen Augenblick über ihn nachgedacht, als sie beschlossen, von Chicago hierher zu ziehen? Natürlich sorgte auch er sich um die Gesundheit seines Vaters, aber hätte der nicht einfach seinen Job an der Uni Chicago aufgeben, in Rente gehen und in der Stadt bleiben können? Oder – falls er das harte Klima dort oben wirklich nicht vertragen konnte – wäre es dann nicht möglich gewesen, mit Kevins Mutter fortzuziehen und Kevin in der Obhut seines Onkels zu lassen? Nur noch ein Jahr Schule, bis ich endlich den Abschluss mache, dachte er.

»Mr. Sanderson.«

Kevin blinzelte betreten, als Mr. Regis' Stimme schon wieder in seinen Tagtraum eindrang und er merkte, dass alle in der

Klasse ihn anstarrten. Verdammt – wieder erwischt! »Es … tut mir Leid«, gestand er. »Ich habe die Frage nicht verstanden.«

»Ich fragte, ob Sie vielleicht aufstehen und uns etwas über die Evolution der Säugetiere erzählen würden.«

Super.

Er quälte sich von seinem Stuhl hoch und fühlte dabei die Blicke der Mitschüler auf sich, interessierte, gelangweilte und absolut leere Blicke. War überhaupt jemand an seinem Beitrag interessiert oder ärgerte sich Regis bloß, weil er Kevin allzu deutlich ansehen konnte, dass dieser ihm insgeheim den Vornamen BLÖD verpasst hatte?

Er räusperte sich. »Die Säugetiere stammen von den ersten Reptilien ab«, begann er. »Das war vor ungefähr zweihundert Millionen Jahren im Trias.«

Mr. Regis schaute ihn erwartungsvoll an. »Und?«

Kevin presste die Lippen zusammen. Wie weit sollte er denn nach Meinung des Lehrers ausholen? »Nun … also, unter den Herbivoren gelten Artiodactyla – Rinder und Schafe – als am weitesten entwickelt, weil sie ein perfekt angepasstes Verdauungssystem haben. Unter den Karnivoren sind Löwen und Bären der Inbegriff Fleisch fressender Säugetiere.«

»Ja«, gröhlte jemand von hinten. »So wie wir Menschen. Wir fressen das auch gerne.«

Kevin drehte sich um und gab automatisch Antwort, bevor der Lehrer das übernehmen konnte. »Eigentlich sind Menschen Primaten, keine Karnivoren.«

Er hatte nicht erkannt, von wem der Zwischenruf stammte, bis er ein Mädchen in der vorletzten Reihe sah, das sich an seinen nachlässig gekleideten Banknachbarn wandte und das Kinn hochreckte. »Wusst ich's doch, dass du ein Affe bist.« Brüllendes Gelächter war die Antwort. Kevin drehte sich wieder nach vorn. Auch er musste grinsen.

Vorwurfsvoll schüttelte Regis den Kopf. »Vielen Dank, Mr.

Sanderson.« Er klatschte in die Hände, um die Schüler wieder zur Ordnung zu rufen. »Okay, jetzt setzt mal wieder den Deckel drauf, damit wir diesen Teil abschließen können.«

Kevin ließ sich wieder auf seinem Stuhl nieder. Da tippte ihm jemand auf die Schulter. Oz beugte sich vor. »Dein Punkt. Sanderson gegen Regis: eins zu null.«

»Ich will hier nichts gewinnen«, entgegnete Kevin.

»Manche von uns müssen es eben forcieren«, sagte Oz und lehnte sich wieder zurück. Das Gespräch war für ihn beendet.

Kevin runzelte die Stirn. Was hatte er forciert? Drängte er sich nach einem gewissen Status? Aber möglicherweise hatte Oz Recht – vielleicht hatte er zu hochtrabend dahergelabert und damit das Gegenteil erreicht von dem, was er wollte, nämlich, dass Regis ihn in Ruhe ließ. Aber das war sowieso nur ein Schuss ins Ungewisse: Manche Lehrer riefen einen seltener auf, wenn sie wussten, dass man den Stoff beherrschte, andere hingegen wollten, dass man als leuchtendes Beispiel seine Schau lieferte. Er wollte zwar aufgerufen werden, aber nicht, weil er zufällig einen Haufen langweiliger wissenschaftlicher Fakten wusste. Kevins Problem war, dass seinem Lieblingsfach Paläontologie in den heiligen Hallen der Sunnydale High herzlich wenig Aufmerksamkeit gewidmet wurde. Und, verdammt nochmal, er *selber* fiel ja nicht einmal auf! In Chicago waren sein Pferdeschwanz und sein Ohrring etwas Besonderes gewesen, genauso wie seine Bräune, die er durch die Teilnahme an Ausgrabungen erworben hatte. Und außerdem waren da noch die beiden kämpfenden Velociraptoren, die er sich auf den rechten Oberarm hatte tätowieren lassen. An seiner alten Schule hatten ihn die anderen Typen cool, die Mädels groß, blond und scharf gefunden; hier in Kalifornien hingegen schien jedermann Sonnenbräune, lange Haare und Ohrringe zu haben; Tattoos waren den Leuten sogar zur zweiten Natur geworden.

In Chicago hatte er auch etwas zu tun gehabt, selbst während des Schuljahrs. Erst letzten Oktober war er im selben Marathon mitgelaufen wie sein großes Vorbild, Professor Paul Sereno. Es war eine Benefizveranstaltung gewesen, aus deren Mitteln die Rekonstruktion des Skeletts eines 130 Millionen Jahre alten Sauropoden bestritten werden sollte, den Sereno aus der Sahara mitgebracht hatte. Es gab nichts, aber auch gar nichts in Sunnydale, das mit einer derart Ehrfurcht gebietenden Sache konkurrieren konnte.

»Hört zu, Leute«, sagte Mr. Regis jetzt. »Morgen früh werden wir einen Gastdozenten hier haben, vom Naturkundemuseum.« Es klingelte und in der Klasse brach die große Unruhe aus, alles packte ein, schnappte sich seine Rucksäcke und drängte bereits hinaus. Nur Kevin stand ruhig da und hörte aufmerksam zu. Regis hob die Stimme und versuchte, seine Information noch an die Schüler loszuwerden, bevor sie ihm entkommen konnten. »Er heißt Daniel Addison und kommt von der Abteilung Paläontologie, also erwarte ich, dass ihr ihm viele Fragen über Dinosaurier stellt.«

Kevin grinste, während er sich den Weg hinaus bahnte. Zum ersten Mal, seit er in diesem miesen Schuljahr in Sunnydale war, hatte er so etwas wie ein Glücksgefühl. Es war zwar erst eine Woche her, dass er hier angekommen war, ihm aber kam es vor wie die Zeitspanne seit Beginn der Kreidezeit vor 144 Millionen Jahren.

Endlich etwas, auf das er sich freuen konnte, außer diesen Palmen und dem ewigen Sonnenschein, auf den seine Mutter so abfuhr.

3

Wo werden wir alle in zehn Jahren sein?

Buffy setzte sich ein bisschen gerader hin, das Geschichtsbuch in der Hand. Sie wunderte sich schon, woher gerade jetzt dieser Gedanke gekommen war – ganz schön heavy, wenn einem so was aus heiterem Himmel während der Pause in den Sinn kam. Sie hätte es wirklich vorgezogen, an weniger komplizierte Dinge zu denken: Schließlich hatte sie als Jägerin in Sunnydale – als Auserwählte, die Vampire zu bekämpfen und die Ausbreitung des Bösen zu verhindern hatte-, schon mehr als genug am Hals, wie sie fand. Mehr als jeder normale Teenager verdiente. Zählte man dazu noch Geometrie, Englische Literatur und die politischen Hintergründe der Schlacht um Hastings, war sie wirklich voll und ganz ausgefüllt, wenn nicht gar überlastet.

Doch wieder fuhr ihr dieser Gedanke durch den Kopf. Sie machte ein finsteres Gesicht. Warum konnte sie nicht an Make-up denken, an Schuhe oder Klamotten – neue zum Beispiel – oder an den Film, der nächste Woche ins Kino kam? Am besten würde ihr so ein Streifen über Liebe gefallen, zur Not auch eine gute Komödie. Auf jeden Fall hatte sie überhaupt keinen Bock, über Schule oder Zukunft nachzugrübeln – und wozu auch, schließlich lag Sunnydale auf dem Höllenschlund, einem Tor zur Unterwelt, aus dem alle möglichen dämonischen Scheußlichkeiten auftauchten, ohne sich vorher groß anzukündigen. Buffy wusste zwar, dass dieses absolut lästige Tor bereits seit

Jahrhunderten, womöglich seit Jahrtausenden existierte, aber manchmal glaubte sie, diese Pforte sei nur dazu geschaffen worden, um ihr auf den Geist zu gehen. Es war ziemlich schwer, so was nicht persönlich zu nehmen, wenn man ohne eigenes Verschulden – ja, ohne den geringsten *Wunsch* – zur Jägerin samt allen daraus resultierenden Konsequenzen ernannt worden war, plus einiger kleinerer Nettigkeiten wie Vampire pfählen, Dämonen töten und herauszufinden, dass der Mann, den man liebte, ungefähr zweihundertfünfzig Jahre alt war. Die Litanei der Jägerin – »*Solange es Vampire gibt, gibt es auch eine Jägerin.* Ein *Mädchen auf der ganzen Welt ...*« – war wie ein Singsang, der ihr horrormäßig oft durch den Kopf rauschte.

Aber sie war, was sie war. So sehr sie sich auch äußerlich dagegen wehren, zuweilen sogar offen rebellieren mochte – ganz tief drinnen, dort, wo niemand Zutritt hatte, *wusste* Buffy, dass sie die Dämonenjägerin war. Egal, was ihr Leben, ihre Zukunft, was der Morgen, die nächste Woche, das nächste Jahr und die folgenden bringen würden – sie war die Jägerin und würde das Böse bekämpfen, und zwar jahraus, jahrein bis ans Ende der Zeiten ...

Nun ja ... vorausgesetzt, sie lebte so lange.

Buffy wusste nicht sehr viel über ihre Vorgängerinnen, außer, dass sie alle tot waren, auch Kendra, die »gerufen« worden war, weil Buffy – vorübergehend – tot gewesen war. Vielleicht würde sie ja mehr Glück haben als die anderen – schließlich hatte sie Freunde, die sie praktisch seit ihrem ersten Tag an dieser Schule in ihrem Kampf unterstützten. Es war wie ein Geben und Nehmen: Sie hatten Buffy wohl ein Dutzend Mal gerettet und die Jägerin hatte das Gleiche für sie getan. Willow war ihre beste Freundin, eine verwandte Seele, der sie fast alles anvertraute, was sie vor anderen Menschen verbarg. Sicher, ein- oder zweimal hatte sie es nicht getan – zum Beispiel, als Angel aus der Hölle zurückgekehrt war –, aber Willow schien genauso ihre eigenen geheimen Wege zu verfolgen, und manchmal hatte Buffy das Gefühl, dass es Dinge gab, die die Rothaarige ihr ebenfalls nicht erzählte. Aber das war schon in Ordnung: Wenn die Welt erfahren sollte, was Willow vorhatte, dann würde es eines Tages schon herauskommen. Bis dahin schien sie ziemlich glücklich mit ihrem Freund Oz zu sein, der Gitarrist in der Sunnydaler Rockband *Dingoes Ate My Baby* war und selbst ein überaus interessantes Geheimnis hütete.

Dann war da noch Xander, der wie Willow hier in der Stadt aufgewachsen war. Trotz seiner verrückten Art glaubte Buffy felsenfest, dass sie inzwischen längst ein Fressen für Vampire geworden wäre, hätten er und Willow ihr nicht so oft beigestanden. Sie würde es Xander nie vergessen, dass er ihr damals eine Herz-Lungen-Massage verpasst und damit das Leben gerettet hatte, nachdem sie mit dem uralten Vampir, dem Meister, gekämpft hatte und ertrunken war. Das wiederum hatte dann Kendra auf den Plan gebracht. Ja, an Xander war mehr als seine raue Oberfläche, sein allzu sehr auf Freiheit bedachtes, sarkastisches Gehabe und seine Angewohnheit, immer nach dem angenehmsten Ausweg zu suchen. Und so sehr Buffy sich auch für den Gedanken schämte: Was Xander wirklich brauchte, fand sie, war eine Lektion in »Sei-mal-ein-gehorsamer-Sohn« von seinen Eltern.

Die Zukunft. Aus irgendeinem Grunde nagte dieser Gedanke heute an ihr, und sie wünschte, sie könnte ihn wie eine lästige kleine Fliege verscheuchen. Was ihre Familie und Freunde betraf, so fiel ihr die Antwort leicht. Willow und Oz waren beide ein ziemliches Kaliber, was Geistesgröße anging. Willow würde ganz gewiss als Atomphysikerin oder weibliches Gegenstück von Bill Gates enden – nur, dass sie natürlich viel netter war. Oz ... nun, der war eher ein Rätsel. Er war intelligent und dazu noch Musiker, es war möglich, dass er in beidem Karriere machte. Während der Berufsmesse an der High School waren er und Willow die Einzigen gewesen, denen man High-Tech-Computerjobs angeboten hatte. Aber Oz schien die gelegentlichen Auftritte mit seiner Band jedem Job mit Krawatte und sonstigen einengenden Utensilien vorzuziehen.

Xander … nun, der war eben Xander und würde das Kind hoffentlich bald mal schaukeln. Und was Cordelia anging – wer wollte voraussagen, was ihr bestimmt war? Schönheit und ein hohles Hirn hatten schon vielen Leuten die Karriereleiter zum Star geebnet und Cordelia hatte beides, dazu ein nicht unbeträchtliches Selbstbewusstsein, das ihr bei ehrgeizigen Plänen nur dienlich sein konnte.

Aber im Hinblick auf ihre eigene Bestimmung hätte Buffy gut die Hilfe einer Kristallkugel gebrauchen können. Denn egal, was aus den anderen wurde, sie war die Einzige, die Vampire bekämpfen konnte.

Natürlich waren ihre Freunde eine Hilfe. Aber es gab … grundlegende Unterschiede zwischen ihnen und Buffy. Zum Beispiel ihre Kraft. Zählte man dazu noch ihre Geschmeidigkeit, ihre Schnelligkeit, die Tatsache, dass sie nur einen Bruchteil des Schlafs eines normalen Teenagers brauchte, viel zu viel Mut und viel schärfere Sinne besaß, wenn es um das Aufspüren des Bösen ging, dann war völlig klar, wer sie war: Die Jägerin – und ihre Freunde waren …

Na ja, eben ihre Freunde.

Buffy seufzte und strich ihren Rock glatt. Einen Moment lang staunte sie, wie normal sie nach außen hin wirkte. Gleich zum Beispiel musste sie in den Geschichtsunterricht, und wenn es dem Lehrer einfiel, sie zu einem spontanen Test über die Schlacht von Hastings zu verdonnern, war ihr Schicksal besiegelt. Sie wusste mit knapper Not das Jahr – 1066 –, musste aber widerwillig zugeben, dass sie es sich wahrscheinlich nur deshalb gemerkt hatte, weil die Zahl sie an ein Steuerformular erinnerte. Auf der Berufsmesse war ihre berufliche Eignung als »Gesetzeshüter« eingeschätzt worden, und wenn das der Fall sein sollte, warum musste sie dann unbedingt was über diesen normannischen Herzog wissen?

»Hey.«

Sie blickte auf und lächelte Oz zu, der sich auf die Bank gegenüber setzte. »Hi«, sagte sie erfreut, dankbar für alles, was sie von den verschiedenen Stadien des Trübsinns ablenkte, der sie heute nicht loszulassen schien. »Was geht ab?«

»In der Erde geht's ab.« Als sie ihn verständnislos anstarrte, zog Oz grinsend einen Mundwinkel hoch. »Es gibt so ungefähr zwanzigtausend Erdbeben im Jahr.«

»Aha.« Buffy steckte die Nase wieder ins Buch. Die Schlacht von Hastings, Erdbeben rund um die Welt. Interessierte sie alles nicht so rasend. »Ich hatte eigentlich mehr an hiesige Sachen gedacht.«

Oz zuckte die Achseln. »Nichts Besonderes. Devon und ich haben 'n Meeting mit jemand, der uns vielleicht managen will.«

Buffy riss die Augen auf. »Und das nennst du nichts Besonderes? Oz, das ist ja irre – hast du's Willow schon erzählt?«

»Noch gibt es nichts zu erzählen«, erwiderte er ruhig.

Buffy beugte sich vor und schob die Bücher beiseite. »Aber sicher gibt es das. Wen managt er denn jetzt? Kriegt ihr dann auch Gigs in Los Angeles? Und hat er schon mal jemanden in eines der großen Labels gebracht?«

»Er ist eine ›Sie‹ und ich weiß es nicht«, gab Oz zur Antwort. »Alles eine Frage der Kraft.«

Enttäuscht lehnte Buffy sich zurück. »Oh. Und wann ist das große Ereignis?«

»Irgendwann Freitagabend. An dem Abend spielen wir im *Bronze*, und sie kommt hin und will während der Pause mit uns sprechen.« Oz richtete den Blick auf etwas hinter ihrer Schulter. Seine Miene blieb unverändert, aber seine Augen fingen an zu leuchten. Buffy war daher nicht überrascht, als sie Willows Stimme hörte.

»Hi, Leute«, grüßte Willow. Oz rutschte zur Seite, damit sie sich neben ihn setzen konnte. »Wer kommt ins *Bronze*?«, fragte sie

»Eine Frau, die vielleicht unsere Bandmanagerin wird«, erklärte Oz.

Willow strahlte über das ganze Gesicht und Buffy musste grinsen. Ihre Freundin trug einen Pullover mit U-Boot-Ausschnitt und roten und violetten Querstreifen, die sich eigentlich mit Oz' grünem Bowling-Shirt hätten beißen müssen. Doch trotz der schreienden Farben sahen die beiden zusammen einfach hervorragend aus. »Das ist ja großartig!«, rief Willow. »Ein Durchbruch für die *Dingoes*, ein Schritt zu Ruhm und Reichtum –« Sie brach plötzlich ab und schaute Oz fragend an. »Das stimmt doch, oder? Ich meine, es ist doch gut?«

Oz nickte. »Es könnte passieren.«

Willow lächelte von neuem. »Toll«, sagte sie. »Und wir werden alle dabei sein.« Sie blickte Buffy an, die nickte. »Um euch zu unterstützen. Zur Ermutigung. Aus Freundschaft. Und ... überhaupt.«

»Genau«, setzte Buffy hinzu und packte ihre Bücher ein.

Bevor Oz noch etwas sagen konnte, klingelte es zum Ende der Pause. Es war, als habe jemand einen kosmischen Schalter umgelegt: Überall sprangen Schüler auf und sausten in unterschiedliche Richtungen. Oz und Willow waren ein bisschen langsamer – vielleicht lag es an ihren Superhirnen, dass sie so viel Selbstsicherheit hatten –, während Buffy, die vor der bevorstehenden Begegnung mit der Schlacht von Hastings zurückschreckte, sich am liebsten gar nicht bewegt hätte.

»Nun kommt schon, kommt schon!«, rief Xander, der bereits ein Stück weiter war. »Wir wollen doch unsere Nachmittagskurse nicht verpassen!«

»Und warum bist du so scharf darauf, in diese Lehranstalt zu kommen?«, fragte Buffy, als sie ihn einholten.

»Hirnfieber«, schloss Oz.

»*Au contraire*«, meinte Xander mit schiefem Grinsen. »Es ist Wissensdurst, der unstillbare Drang nach …«

Er zuckte zusammen, als Cordelia an ihm vorbeiging, die Hand ausstreckte und ihm sein Notizbuch unter der Nase wegschnappte. Nach einem vernichtenden Blick auf ihn entfaltete sie den Stundenplan, den er in die vordere Umschlaghülle geschoben hatte, und las vor: »Gesundheitskunde 1.02.« Sie verdrehte die Augen. »Eine genaue Untersuchung der weiblichen Fortpflanzungsorgane.«

Oz verzog keine Miene. »Wie ich gesagt habe.«

Buffy kicherte. »Warum überrascht mich das nur gar nicht?«

Xander tat beleidigt. »Hey, ich versuche hier bloß, etwas zu lernen. Über sehr wichtige Dinge, die einen Einfluss auf mein späteres Leben haben.«

»Du bist ein absoluter Idiot«, sagte Cordelia verächtlich. »Ich kann einfach nicht glauben, dass ich mich je mit dir in der Öffentlichkeit gezeigt habe.«

»Ich bin der Schatten, der dich in umso hellerem Licht erscheinen lässt«, erwiderte Xander schlagfertig.

»Neben dir sähe sogar eine Schlammpfütze toll aus«, zischte Cordelia.

»Nicht gerade 'n Kompliment für dich«, bemerkte Willow.

Buffy versetzte ihrer Freundin einen Rippenstoß, während Cordelia mit finsterer Miene grübelnd stehen blieb, Xander hingegen bis über beide Ohren grinsen musste. Oz hingegen fand, dass es am besten sei, Willow in Sicherheit zu bringen, bevor Cordelia den Witz verstanden hatte. »Bis später«, sagte er zu den anderen und dirgierte Willow in die andere Richtung. »Die aufregende Welt der Algorithmen wartet auf uns.«

»Hey, wart mal eben«, sagte Cordelia. »Hat sie gemeint, dass …«

»Muss auch los«, sagte Xander fröhlich. »Will doch auf keinen Fall verpassen, wenn Ms. Tischler die S-M-F-Wörter sagen muss. Es ist wirklich lustig, wie ihr Gesicht dann immer so dunkelrot anläuft.«

Er düste ab und überließ es Buffy, das Resultat von Cordelias Überlegungen in Empfang zu nehmen. Zum Glück hatte die bereits den Gedanken vergessen, den sie in Bezug auf Willows Beleidigung gehabt hatte. »S-M-F? Was soll 'n das sein?«

Buffy seufzte und nahm ihre Bücher in den Arm. Da zog sie sogar den Herzog der Normandie vor. Cordelia war zwar im gleichen Kurs, aber im Unterricht würde sie wenigstens den Mund halten müssen. »Denk an die männliche und die weibliche Anatomie. An die ganz speziellen Teile.«

Die Dunkelhaarige machte sich zusammen mit ihr auf den Weg. »Oh«, entfuhr es ihr auf einmal, »jetzt hab ich's. Männer und Frauen … *Körper*teile.« Dann schüttelte sie den Kopf. »Xander kann manchmal ein ziemlicher Idiot sein.«

Buffy schaute sie nur an und folgte ihr dann in die Klasse. Es würde ein sehr, sehr langer Nachmittag werden.

4

»Ich geh jetzt, Mom!«, brüllte Kevin. Er schulterte den Rucksack und ging Richtung Haustür.

Schaffte es aber nicht ganz.

»Warte bitte mal«, sagte seine Mutter von der Wohnzimmertür her. Sie betrachtete ihn mit ruhigen braunen Augen, die seinen sehr glichen. »Dein Vater und ich würden unseren Sohn gelegentlich gern mal *sehen*, bevor er zur Schule geht.«

Mist! Warum hatte sie das nicht gestern gesagt? Heute kam doch dieser Mensch namens Daniel Addison aus dem Paläontologischen Institut in die Schule. Seit Mr. Regis das angekündigt hatte, konnte Kevin an nichts anderes mehr denken. Er wollte so früh wie möglich da sein und versuchen, als Erster in die Klasse zu kommen, um Gelegenheit zu haben, mit Addison zu sprechen. Wenn er diesem Mann klarmachen konnte, dass er den Unterschied zwischen einem Dilophosaurus und einem Deinonychus kannte, würde ihm das vielleicht die Tür ins Museum öffnen. Ein Job oder so könnte der erste Schritt sein, dort etwas aufzubauen. Natürlich würde es nie so sein wie in Chicago, aber …

»Erde an Kevin, komm wieder rein, bitte!« Die heisere Stimme seines Vaters machte ihm klar, dass jetzt beide Eltern vor ihm standen. Wenn er sie ansah, zuckte er innerlich zusammen. Das Haar seines Vaters war in der letzten Zeit immer dünner geworden und die Haut schien in dem rapide gealterten Gesicht täglich mehr zu welken. Er sah alt und müde aus, das

Lungenemphysem forderte allmählich seinen Tribut. Daneben sah Kevins Mutter mit ihrem gepflegten weißen Haar und der etwas rundlichen Figur geradezu unverschämt gesund aus.

»Was – oh, Entschuldigung.« Sehnsüchtig blickte Kevin zur Tür. »Ich ... ich muss jetzt wirklich gehen. Heute ist ein wichtiger Tag.«

»In der Schule?« Rebecca Sanderson schaute erst ihren Mann Bert, dann den Sohn an. »Tut sich dort endlich was, ja? Hast du Freunde gefunden?«

Kevin lag schon eine spitze Erwiderung auf der Zunge, doch dann schluckte er die unfreundlichen Worte hinunter. Was hatte das für einen Sinn? Er konnte sich beschweren, so viel er wollte, nichts würde sich dadurch ändern – der Umzug war gemacht, der Schulwechsel ebenso und nun lebten sie hier, Punkt. Mom und Dad Schuldgefühle einzureden würde nichts bringen, außer sie unglücklich zu machen, und dann wäre die Reihe an Kevin, sich schuldig zu fühlen. Mom ... nun, sie wollte, dass all ihre Lieben glücklich waren. Und weil sie immer das Wichtigste zuerst tat, hatte sie den schwersten Fall, seinen Dad, vorgezogen. Man konnte es auch nicht abstreiten: Die Lungen seines Vaters, von jahrelangem Rauchen angegriffen, vertrugen die Sommerfeuchte und die kalten Winter in Chicago nicht mehr.

»Jaa«, kam nun Kevins Antwort. »Ich lerne, ähm, grad ein paar Leute kennen.« Die sonst fast immer besorgte Miene seines Vaters schien sich aufzuhellen und dieser Anblick stimmte Kevin einen Moment lang heiterer. »Genauer gesagt«, fuhr er fort, »werde ich heute mit einem von den Paläontologen vom Naturkundemuseum reden.« Er schob sich näher zur Tür. »Deshalb hab ich's so eilig, zur Schule zu kommen.«

»Sehr schön«, sagte Bert. Er schloss kurz die blauen Augen und hustete hinter vorgehaltener Hand – die Art Husten, mit der er immer einen drohenden Anfall noch ein paar Augenblicke hinauszögerte. Kevin konnte hören, wie es in den Lungen seines Dads pfiff, als dieser die Luft einsog. *Autsch.* »Wenn die Leute vom Museum erstmal mitkriegen, was für ein Ass du bist, werden sie sich umbringen, um eine Minute deiner Zeit zu ergattern. Du wirst schon sehen.« Wieder ein Hustenstoß, diesmal etwas heftiger, und das Gesicht des ehemaligen Mathematikprofessors lief langsam rot an.

»Ich muss jetzt echt gehn«, sagte Kevin schnell. Er liebte seinen Dad, aber er konnte es nicht mit ansehen, wenn dieser so hustete, konnte seine eigene Hilflosigkeit nicht ertragen, wenn der Körper seines Vaters zuckte und aussah, als wolle er gleich Teile seiner Lungen ausspeien.

Mom trat einen Schritt vor und glättete seinen Kragen an der Stelle, wo der Gurt des Rucksacks einschnitt. Dann gab sie ihm einen Kuss auf die Wange. »Nun geh schon!«, sagte sie. »Amüsier dich gut und viel Glück mit den Museumsleuten.«

»Klar«, sagte Kevin. »Dank dir.« Er drehte sich um und stieß die Tür auf, dann hielt er zögernd inne und schaute nochmal zurück. Mrs. Sanderson strich ihrem Mann gerade über die Schulter und versuchte, ihn auf ihre Art zu trösten. »Dad, vergiss deine Medizin nicht.«

Kevins Vater blickte auf. Es tat dem Jungen weh, als er die Dankbarkeit auf dessen Gesicht sah. War er denn wirklich so ein schlechter Sohn, dass seine Eltern schon dankbar waren, wenn er sich Sorgen machte? Mit dunkler Miene eilte er hinaus, lief die Einfahrt hinunter und hörte die Tür hinter sich ins Schloss fallen. Zu spät fiel ihm ein, dass er so nicht hätte gehen dürfen, ohne ein weiteres Wort zu sagen. Aber Mom würde ihm verzeihen: Sie sagte immer, dies sei eben der Fluch des intelligenten Menschen – der müsse so viel Abstraktes in seinen Kopf hineinstopfen, dass kein Raum mehr für die alltäglichen Kleinigkeiten übrig bleibe.

Alltägliche Kleinigkeiten – das waren überhaupt die Sachen, die ihn neuerdings unglaublich nervten. Zum Beispiel das Wetter hier. Die meisten Leute würden es ja toll finden – Wärme und Sonne fast das ganze Jahr über, und eine trockene Luft, die für die Atemwege seines Vaters wirklich das Beste war. Im Winter brauchte man kaum einen Mantel, besonders dann nicht, wenn man die eisige Luft Chicagos gewohnt war. Und Schnee? Nun aber mal ernsthaft: Der Himmel hier würde es nicht wagen, so etwas Haarsträubendes auch nur in Erwägung zu ziehen.

Aber was war mit Wintersport, was war mit Schlittschuh laufen oder mit all diesen Sachen, für die man gar keine Ausrüstung brauchte – zum Beispiel seine Freunde mit Schneebällen zu bewerfen oder im Vorgarten einen klobigen, absolut missgebildeten T. Rex aus Schnee zu bauen? Wenn man in Sunnydale Schlittschuh laufen wollte, musste man in eine Halle gehen – war die überhaupt außerhalb der Wintersaison geöffnet? In Chicago war es so, dass die Angestellten des Gartenamtes im Winter herumfuhren und Spielplätze überfluteten. Jede einzelne Lage ließ man gefrieren, bis dicke, riesige Eisseen entstanden waren, in die niemand einbrechen konnte. Und niemand geriet in Gefahr zu ertrinken, weil es auch kein plötzlich einsetzendes Tauwetter gab. Die größte Angst der Kids dort war, während einer besonders gewagten Kurve in eine der Parkbänke am Rand zu rasseln – was auch nicht sehr unwahrscheinlich war.

Hier in Sunnydale war alles ... nun ja, perfekt. Gepflegter Rasen, saubere Bürgersteige, Häuser im spanischen Stil, hell und mit reichlich Stuck versehen, wie aus einem Einrichtungskatalog. Zwar stimmte es, dass er noch nie die »schlimmen« Viertel hier gesehen hatte, aber wie schlimm konnten die in einer so kleinen Stadt schon sein? Die ganze Stadt Sunnydale passte bequem *in* eines jener Viertel in Chicago, die niemand – nicht mal am helllichten Tag – betrat, wenn er den nächsten Tag noch erleben wollte. Sunnydale kam ihm einfach zu *seicht* vor:

Es war, als sei der ganze Ort eine in Glanzpapier verpackte Kiste und unter dieser glänzenden, mit Schleifen geschmückten Oberfläche gab es *nichts*, was von besonderem Interesse war.

In der Schule war es dasselbe: Durch die Korridore der Sunnydale High strömten scharenweise Schüler mit frischen braunen Gesichtern und gesund aussehenden Bodys. Kaum einer hatte auch nur andeutungsweise eine Gruftie-Aufmachung oder irgendetwas anderes angelegt. Aber hier war doch Kalifornien, verdammt nochmal – war das nicht einst der Hort der Individualisten gewesen? So weit Kevin es beurteilen konnte, gab es hier nur ein paar Sportler, die sich gelegentlich als Tyrannen aufspielten, doch seinem geschulten Blick entging nicht, dass sie dies nur halbherzig taten. Es gab einfach nichts *Aufregendes* in dieser relativ kleinen Stadt. Es war das totale Suburbia, wie man es aus alten Filmen kannte – und das hier bis in die Neunziger überlebt hatte. Falls sie Probleme hatten, konnten diese Kids sie wirklich gut verbergen – aber was sollte einem in diesem Land von Milch und Honig überhaupt Sorgen machen?

Er wusste, dass seine Schwierigkeiten sich einzuleben zum größten Teil darauf beruhten, dass er schon mit der Einstellung, nichts gut zu finden, hierher gekommen war – sei es die Schule, sei es das Klima oder die Leute. Und genau das war dann ja auch passiert. Eine negative Haltung zeitigte stets negative Ergebnisse, Kevin war klug genug, dies zu wissen. Aber er konnte seinen Groll und das Gefühl, anders zu sein, nicht hier sein zu wollen, einfach nicht verbergen. Und bis jetzt hatten die anderen Schüler ihn auch demonstrativ gemieden.

Kevin eilte zum Klassenraum und wünschte insgeheim, er könnte seinen ganzen Ärger in eine der Abfalltonnen im Flur werfen. An der Lane Tech hatte er als Vorbereitung fürs College ein paar Psycho-Kurse belegt und gelernt, dass Menschen dazu neigten, dumme Sachen anzustellen, wenn sie sich durch eine Situation überbelastet fühlten. Da gab es dann so typische

Sachen wie zum Beispiel diese Amokläufer, die mit 'ner Knarre in der Aktentasche zur Arbeit gingen und ein halbes Dutzend ihrer Kollegen umnieteten. Oder die Übergeschnappten, die ihre Wut abreagierten, indem sie hilflose Ehefrauen oder ältere Familienmitglieder verprügelten. Es gab aber auch andere, nicht so offensichtliche Fälle, wie zum Beispiel das heimtückische Versagen bei einer Entscheidungsfindung, die einem Menschen seine Karriere oder seine Beziehung, ja sogar sein ganzes Leben zerstören konnten, und das im Zeitraum eines Wimpernschlags. Kevin glaubte allerdings nicht, dass es schon so schlimm um ihn stand, und er würde alles daransetzen, niemals so weit herunterzukommen.

Schwungvoll betrat er den Klassenraum. Mr. Regis, ein kleiner, stämmiger Mann mit grau meliertem Bürstenhaarschnitt, war schon da und unterhielt sich mit einem Unbekannten. War das Daniel Addison? Er war noch ziemlich jung, vielleicht drei oder vier Jahre älter als Kevin, mit lockigem dunklem Haar und blitzenden hellblauen Augen – die Mädels im Kurs würden ihn wahrscheinlich sofort anhimmeln. Enttäuscht sah Kevin auf die Uhr. Er hatte geglaubt, es würde reichen, zwanzig Minuten vor Kursbeginn da zu sein. Aber er hatte nicht bedacht, dass der Lehrer natürlich ebenfalls noch Vorbereitungen treffen und mit dem Gastdozenten sprechen wollte.

Statt in den Korridor zurückzugehen, um mit dem Rest der Herde brav auf den Unterrichtsbeginn zu warten, setzte sich Kevin auf einen Stuhl in der vorderen Reihe und zog ein neues Notizbuch aus der Tasche. Wenn er nicht vor dem Kurs mit Addison reden konnte, würde er eben aufschreiben, so viel er konnte. Später würde er dann einmal ins Museum gehen –

»Kevin«, sagte Mr. Regis auf einmal. »Ich bin froh, dass du ein bisschen früher gekommen bist. Kommst du bitte mal nach vorn?«

Kevin nickte und versuchte, ganz lässig zu wirken, als er zum

Pult ging. Regis neigte den Kopf zu dem jungen Mann, der Kevin interessiert betrachtete. »Ich möchte dir Daniel Addison vorstellen, unseren Gastdozenten vom Museum, von dem ich euch gestern erzählt habe.« Während Kevin und Daniel sich die Hände schüttelten, fuhr Regis fort: »Kevin kommt von der Lane Tech High School in Chicago und er hat viel mit den paläontologischen Studien der Universität Chicago zu tun gehabt. Er ist vor kurzem erst an diese Schule gekommen und ich könnte mir vorstellen, dass er sehr gern im Museum mitarbeiten würde.«

»Ja, wirklich?«, meinte Daniel. »Was hast du denn an der Uni gemacht?«

»Mein Vater war dort Mathematikprofessor und als ich anfing, mich für Dinosaurier zu interessieren, hat er mich den Leuten vorgestellt«, erzählte Kevin eifrig. »Ich kannte bald alle Institutsangehörigen der Paläontologie und hab mich total in die Sachen vertieft. In den letzten Jahren haben sie mich in den Sommerferien auch auf Ausgrabungen mitgenommen.« Er hielt inne – es sollte nicht so klingen, als wollte er angeben. »Ich hab da viel gelernt«, fuhr er fort. »Es sind wirklich tolle Leute, unglaublich klug.«

Daniel nickte. Dann blickten alle drei zur Tür, durch die jetzt die ersten Schüler hereinkamen. Unter Lachen und Gerede suchten sie ihre Bänke auf. Die Zeit für ein ruhiges Gespräch war vorbei. »Ich würde wirklich gern noch weiter mit dir darüber reden«, sagte er zu Kevin. »Hast du später mal Zeit?«

Die Versuchung, ›Ja‹ zu sagen, war groß, aber Kevin traute sich nicht. Irgendeine Kleinigkeit – ein verpasster Kurs zum Beispiel – konnte ihm alles vermasseln. Er hatte den Verdacht, dass den Schülern zuweilen Fallen gestellt wurden, damit sie hineintappten. Und er war nicht so dumm, dass er darauf hereingefallen wäre. »Erst nach eins«, sagte er deshalb.

»Okay.« Daniel zog seine Brieftasche hervor und entnahm

ihr eine Visitenkarte, die er Kevin reichte. »Heute bin ich total eingespannt, aber morgen kannst du mich wahrscheinlich bis sechs oder sieben Uhr im Museum antreffen. Komm doch nach der Schule rüber, dann können wir ja mal schauen, ob wir dich nicht irgendwie bei den Paläontologen unterbringen können.« Er grinste. »Natürlich forschen wir nicht in so großem Stil, wie du es gewöhnt bist – leider. Aber ab und zu gelingt uns auch etwas.«

Kevin nahm die Karte und grinste die beiden Männer an. »Vielen Dank. Ich komme bestimmt.« Er ging zu seinem Platz zurück, während das Klassenzimmer sich mehr und mehr füllte. Doch das nahm er gar nicht wahr. Er konnte es fast nicht glauben: Er hatte gehört, die Fakultäten in Kleinstädten seien ein verschworener Haufen, in dem ein Neuankömmling kaum Aufnahme finden könne. Er hatte geglaubt, es würde eine gewisse Zeit brauchen, dazu ein paar Spenden ans Museum mit sorgfältig formulierten Begleitbriefen von seinen Eltern ... Kevin wusste, dass seine Eltern sich so etwas überlegten, denn er hatte sie eines Abends darüber sprechen hören. Sie hatten nicht gemerkt, dass er aufgestanden war, um in der Küche nach einem Mitternachtssnack zu kramen und dabei unfreiwillig Zeuge ihres Gesprächs geworden war. Und doch – er wusste, dass es besser wäre, wenn er die Sache aus eigener Kraft ins Rollen brächte. Und nun war er anscheinend auf dem richtigen Wege, weil Regis in seine Akte geschaut hatte. Der Lehrer schien sich wirklich um ihn zu kümmern.

Wahnsinn!

Willow konnte sich nur schwer darauf konzentrieren, was der Mann vom Naturkundemuseum da vorn abließ. Laber, laber, laber – ehrlich gesagt. Dinosaurier waren eher Oz' Hobby als ihres. Und wo sie gerade an Oz dachte ... meine Fresse! Eine *Managerin* für die Band? Jesus, und er war nicht mal aufgeregt, während sie sich kaum auf dem Stuhl halten konnte und unruhig hin- und herruschte. Wie konnte er nur so ruhig dasitzen und sich den Kopf mit Dinosauriern voll quatschen lassen?

Als spürte er, dass sie an ihn gedacht hatte, schaute Oz plötzlich zu ihr herüber und lächelte, bevor er seine Aufmerksamkeit wieder dem Gastredner widmete. Willow erwiderte sein Lächeln, dann verpasste sie sich im Geiste eine Ohrfeige, weil sie sich so leicht von dem Vortrag ablenken ließ. Wenn Oz zuhören konnte, dann konnte sie das auch ... aber andererseits, er war ein männliches Wesen und männliche Wesen konnten sich auf die seltsamsten Dinge konzentrieren. Unglaublich, wie sie den Rest der Welt ausschalten konnten, wenn es um Saurier, Autos oder Gitarren ging. Allerdings gab es auch welche, die alles andere außer ihrem Interesse am weiblichen Geschlecht ausschalteten, also vielleicht war das nur ausgleichende Gerechtigkeit.

»Die meisten Menschen kennen Dinosaurier wie den Tyrannosaurus Rex, den Stegosaurus und den Triceratops«, sagte Daniel Addison soeben. Er stand vor der heruntergezogenen Dia-Leinwand. Der Typ war wirklich zum Auffressen süß. Trotzdem schüttelte Willow insgeheim den Kopf über einige der anderen Mädels, die ihn mit offenem Mund unverhohlen anstarrten. »Diese werden ja oft im Fernsehen erwähnt und äußerst inkorrekt in Büchern und Filmen verwendet, wo die Zeitalter, in denen sie lebten, aus Bequemlichkeit in einen Topf geworfen werden. Wenn wir das Licht ein wenig dämpfen könnten, würde ich euch gerne ein paar Illustrationen zeigen und euch ein Bild davon vermitteln, wie sie *wirklich* waren – nicht wie in diesen Hollywood-Machwerken à la *Jurassic Park.*«

Jemand an der Türseite drehte am Dimmer, während ein anderer Schüler aufstand und die Blenden an den Fenstern herunterließ, sodass das Klassenzimmer nun im Halbdunkel lag. Willow fühlte sich plötzlich an Orte erinnert, die sie lieber vergessen hätte. Addison betätigte den Handhebel und die grelle weiße Leinwand wurde in Farben getaucht, als etwas Riesiges, Gelbes sich vom einen Rand bis zum anderen erstreckte. Das Wesen, das Willow nun anschauen musste, hatte einen langen Hals und eine Schnauze mit nach oben geschwungenem Ende – ein grinsendes Maul, das sie an Krokodile erinnerte. Nein, von Dinos verstand sie überhaupt nichts, aber Addisons nächste Worte machten ihr klar, dass ihr erster Eindruck gar nicht so falsch gewesen war.

»Dies ist eine Rekonstruktion, die zeigt, wie ein Baryonyx, ein Fleisch fressender Dinosaurier, kurz nach seinem Tod ausgesehen haben könnte. Er wurde 1983 in einer Lehmgrube in England gefunden. Achtet darauf, wie der Kiefer gebaut ist. Er erinnert stark an heutige Krokodile und zwar nicht nur auf Grund der Länge, sondern auch wegen der Anzahl der Zähne – es sind vierundsechzig, doppelt so viele wie bei anderen Fleisch fressenden Sauriern. Die Paläontologen haben zwar nicht das vollständige Skelett gefunden, aber immerhin sechzig Prozent, und konnten so diese Rekonstruktion erstellen. Außerdem sind sie, dort, wo der Magen des verendeten Sauriers gewesen sein müsste, auf die fossilen Überreste eines prähistorischen Fisches gestoßen – und damit wurde ihre Theorie bestätigt, dass der Baryonyx vermutlich Fischfresser war.«

Jemand meldete sich und Addison hielt einen Moment inne. »Du hast eine Frage?«

»Sieht gar nicht so groß und gefährlich aus, das Biest«, sagte einer der Typen aus der vorderen Reihe, ein Sportler namens Peter. »Sieht aus, als könnte man's mit 'nem Tritt umnieten.« Einige seiner Kumpels johlten vor Begeisterung.

Addison lächelte etwas gezwungen. »Du solltest vielleicht wissen, dass das Dia die Proportionen nicht genau wiedergibt. Der Baryonyx wog zwei Tonnen und war zwischen drei und vier Meter groß.« Er richtete den Blick zur Decke. »Damit wäre ein großes Exemplar höher als dieser Raum.«

Willow klappte vor Staunen der Kiefer runter. Auch die anderen murmelten überrascht und versuchten, sich diese Proportionen vorzustellen. Blicke flogen zwischen Leinwand und Decke hin und her. Sie hatte echt *überhaupt* keine Ahnung von Dinos: Alles, was aussah wie ein Reptil oder eine Schlange, war für sie böse, weil sie nun mal kleine pelzige Tiere verspeisten, und das fand Willow einfach nicht richtig. Aber vier Meter fünfzig hoch? Sicher, sie hatte viele Zahlen und Fakten gelesen: Der T. Rex war bis zu fünfzehn Meter lang, Brontosaurier waren auf jeden Fall so groß wie ein Haus usw. usw. Doch trotz aller Abbildungen und Special Effects aus den Filmen, trotz der Skelette, die sie in Museen gesehen hatte – nichts hatte ihr die Viecher jemals so nahe gebracht wie dieses Farbdia, das sie dort vor sich auf der Leinwand erblickte. Sie wusste nicht genau warum – vielleicht, weil es so lebensnah bzw. eher »todesnah« wirkte: Die Haut war stark verrunzelt und spannte sich über einigen Stellen, die sehr gut Muskeln eines einstmals lebendigen Tieres gewesen sein konnten. Die lange Schnauze stand leicht offen und zeigte diese gefährlichen, spitzen Hauer und eine feucht aussehende, rosa Zunge. Selbst die glasigen Augen, halb geschlossen – und zwinkernd? – sahen viel zu echt aus. Hier in Sunnydale konnte ja fast alles zum Leben erweckt werden – Statuen, Mumien, Leichen, was man sich nur wünschen konnte. Und was wäre, wenn gerade jetzt ein paar dieser Biester in den städtischen Abwasserkanälen rumschwammen?

»Würde 'n cooles Model abgeben«, flüsterte Oz ihr ins Ohr. »Und 'n echt *großes* dazu. Aber da wir ja hier von der Kreidezeit reden, wäre es natürlich auch über 120 Millionen Jahre alt.«

Willow spürte, wie sie grinsen musste, während Oz sich wieder zurücklehnte. Sie zwang sich, von ihrem leichten Angsttrip runterzukommen. Gab es einen besseren Freund als Oz? Beugt sich vor, flüstert was Tröstliches in mein Ohr und lehnt sich wieder zurück. Manchmal war es so, als könnten sie die Gedanken des anderen lesen.

Der Diaprojektor klickte und auf der Leinwand erschien das nächste Bild. Doch diesmal ließ sich Willow davon nicht erschrecken. Sie war wieder in Ordnung. »Dieser hier«, fuhr Addison fort, »ist ein Allosaurus. Man darf ihn nicht mit dem Tyrannosaurus Rex verwechseln. Der Allosaurus war kleiner und zweifellos schneller. Seine Zähne waren ungefähr fünfzehn Zentimeter lang.« Er hielt inne und schaute die Schüler an. »Wenn ihr euch das nicht so richtig vorstellen könnt, nehmt mal eure Lineale und messt nach.« Er zeigte wieder auf die Leinwand. »Beachtet auch die kräftigen Vorderläufe im Gegensatz zu denen des berüchtigten T. Rex aus *Jurassic Park*, die so klein und schwach waren, dass sie ihm fast nichts nützten. Der Tyrannosaurus Rex war, nebenbei gesagt, im Gegensatz zu dem, was viele Leute glauben, eher ein Aasfresser als ein wirklicher Jäger – womit nicht gesagt sein soll, dass er nicht auch die Gelegenheit zum Beutemachen nutzte, wann immer sich eine Chance bot. Aber bei so großen, schweren Tieren muss man bedenken, wie viel Energie sie bei ihren Bewegungen verbrauchten. Sie mussten also nicht nur große Mengen Fleisch von bereits toten Artgenossen vertilgen, es ist auch sehr gut möglich, dass sie viel Zeit damit verbrachten, sich auszuruhen anstatt die Urwälder unsicher zu machen.«

Oz lehnte sich zurück und dachte über diese Theorie nach. Er hatte immer angenommen, der Tyrannosaurus sei trotz seiner massiven Hinterbeine ein flinker Jäger gewesen. Aber das, was Addison sagte, ergab durchaus mehr Sinn: sogar Löwen, die doch im Vergleich zu Dinos viel kleiner waren, verbrachten viel Zeit damit, faul im Schatten herumzuliegen. Was für ein überaus interessantes Leben!

Der Neue, dieser Kevin Sanderson, saß in der Reihe vor ihm

ein Stück weiter rechts. Er kam Oz ein wenig zu aufgeregt vor im Hinblick auf den trockenen Stoff, der in diesem Kurs verzapft wurde. Gerade eben nickte er zustimmend zu Addisons Worten und kritzelte etwas in ein Notizbuch. Nun ja, wenn Kevin sich ohnehin für diese Dinge interessierte, dann war Addisons Vortrag für ihn sicher das Ereignis der Woche. Irgendwie hatte er auch etwas Mitleid mit ihm: Wenn man neu in einer Schule war, in der sich fast alle schon lange kannten, kam man sich bestimmt ziemlich überflüssig vor. Er glaubte, irgendwo gehört zu haben, dass Kevin aus Chicago hergezogen war, und es gehörte schon etwas dazu, sich nach der *Windy City* so einem Städtchen wie Sunnydale anzupassen. Wenn Kevin sich so übermäßig für Dinos interessierte und am Ende mit dem Dino-Typen vom Museum zusammenarbeiten könnte, wäre das doch sicher eine klasse Sache. Addison war vielleicht so etwas wie ein Mentor auf Bestellung für ihn.

Oz blickte wieder zu Willow hinüber. Apropos Zusammenarbeit: Er war schon ein wenig nervös wegen der Bandmanagerin, viel mehr, als er vor Willow und den anderen hatte zugeben wollen. Er wusste auch mehr, als er ihnen erzählt hatte, aber was für einen Sinn hatte es, alle verrückt zu machen, wenn er und Devon noch nicht einmal einen Plan hatten, ob überhaupt etwas passieren würde?

Über die Frau selbst wussten sie jedoch einiges: Sie hieß Alysa Bardrick und der Typ, der für die Live-Auftritte im *Bronze* verantwortlich war, sagte, sie betreue bereits drei oder vier der Bands, die regelmäßig dort spielten. Es waren keine besonders bekannten, aber es gab inzwischen so viele in der Szene der kleineren Clubs, dass man froh sein konnte, wenn sich überhaupt eine Chance ergab. In diesem Business musste man ganz klein anfangen und sich allmählich nach oben arbeiten, und die Musiker der *Dingoes* waren klug genug zu wissen, dass sie keine Ausnahme bildeten. Es würde nicht leicht sein.

Und falls diese Bardrick ihnen einen kräftigen Schubs nach oben geben konnte, warum nicht? Vielleicht war sie genau die Managerin, die sie brauchten: jemand mit Kontakten zur Plattenindustrie und nach L.A. Oz wusste zwar immer noch nicht genau, ob er sein Leben lang in einer Band spielen wollte – aber was wäre, wenn die Managerin eines Tages mit einem Vertrag für eine der großen Plattenfirmen aufkreuzte? Wie würde er dann darüber denken?

Während er Kevins aufgeregtes Gesicht betrachtete – Addison berichtete inzwischen über die Paläontologie als berufliche Laufbahn –, dachte Oz, dass ein Mensch manchmal einfach nur den richtigen Führer brauchte.

»Nun, Kevin, wie hat dir der Vortrag gefallen? War er interessant oder hast du das alles schon in der vierten Klasse gelernt?«

Kevin, der zusammen mit den anderen Schülern die Klasse verlassen wollte, blieb stehen und drehte sich um, als er Daniels Frage hörte. »Dinosaurier und Paläontologie haben mich schon immer interessiert«, antwortete er aufrichtig. »Es macht nichts, wenn es um Teilgebiete geht, die ich schon kenne. Ich könnte den ganzen Tag einfach nur zuhören.«

Daniel grinste und blickte Mr. Regis an, der das Lächeln jedoch nur schwach erwiderte und mit dem Einsammeln seiner Papiere begann. »So spricht ein wahrer junger Paläontologe.« Er packte seine Unterlagen in eine Aktenmappe aus Leinen. »Du hast mir ja gesagt, dass du jetzt noch Kurse hast, aber würde es dir was ausmachen, wenn ich dich ein Stück begleite?«

Kevin blinzelte erstaunt. Ob es ihm was *ausmachen* würde? Wie das? »Aber keineswegs«, antwortete er.

Daniel nickte, dann schüttelte er Mr. Regis die Hand. »Vielen Dank, dass ich kommen durfte«, sagte er zu dem Lehrer.

»Macht immer Spaß, ab und an zu seinen Wurzeln zurückzukehren.«

Regis nickte ernst. »Ja, genau. Und so lange ist es auch nicht her, dass ich die Zeit vergessen hätte, als Sie in meiner Klasse waren.«

Daniel nickte zur Antwort und winkte, dann folgte er Kevin. Der dachte gerade über den Gesichtsausdruck nach, den er eben bei dem Lehrer gesehen hatte. Er hätte schwören können, dass in Regis' Miene so etwas wie Missbilligung gelegen hatte, aber konnte er das überhaupt beurteilen? Er war jetzt erst eine Woche in Sunnydale und kannte den Lehrer nicht gut. »Also, diese Ausgrabungen, die du erwähnt hast«, unterbrach Daniel seine Gedanken, »wo war das?«

»Ein paar in Montana«, erzählte Kevin mit begeisterter Stimme. »Die Uni hat mir das gesponsert. Sie würden das vielleicht Sommerausflüge nennen – jede dauerte nur ein paar Wochen. Ich meine, das Team blieb schon den ganzen Sommer da, und vorletztes Jahr durfte ich auch einen ganzen Monat bei ihnen bleiben.« Er brach ab und fragte sich erneut, wo die Grenze zwischen Prahlerei und dem Aufzählen einfacher Fakten lag. Aber dann beschloss er, dass Daniel mehr hören müsse, um sich ein Bild von ihm machen zu können. »Letztes Jahr hatte ich echt Glück und durfte mit auf die Ausgrabung nach Australien.«

Daniels Augen leuchteten interessiert auf. »Australien – wirklich? Haben sie da was Interessantes gefunden? Wie war's überhaupt da draußen?«

Kevin nickte. »Oh, ja, gefunden haben sie viel. Diese Ausgrabung in Australien war echt eine irre Erfahrung, ganz anders als die in Montana oder sonst wo in den Staaten.«

»Und inwiefern?« Sie bogen um einen Schwarm Cheerleader herum, der ihnen auf dem Flur entgegenkam.

»Also, alle Ausgrabungen sind natürlich aufregend – besonders, wenn man wirklich was findet – und außerdem war es heiß und ganz schön ungemütlich. Aber wenn man allein in einem ganz fremden Land ist, dann wird man irgendwie so … ruhelos. Da fehlt einem das Sicherheitsnetz, das man zu Hause hat. Es fühlt sich alles irgendwie gefährlich an, weil jeder mit so einem erhöhten Adrenalinspiegel rumläuft. Und das war nur in Dinosaur Cove, im Otway Nationalpark. Ich kann mir überhaupt nicht vorstellen, wie es in der Mongolei oder in Argentinien wäre, weil man dort ja nicht mal Ausrüstung oder Vorräte zu kaufen kriegt.«

»Ich wette, dass es toll war«, sagte Daniel sichtlich beeindruckt. »Im Sommer wird unser Museum eine Ausgrabung in Dinosaur Cove sponsern. Und was für Fossilien habt ihr damals gefunden?«

»Das, was schon früher dort gefunden wurde: Pterosaurier, Plesiosaurier, ein paar unvollständige Allosaurus-Skelette und … andere Sachen.« Durfte er das jetzt überhaupt preisgeben?

Aber Daniel hörte immer noch aufmerksam zu. Er achtete gar nicht auf die vielen Schüler, die an ihnen vorbeizogen. »Das ist ja klasse.« Er nickte wie zur Bekräftigung seiner Worte. »Ich wette, du könntest mir eine große Hilfe sein und vieles zur Arbeit des Museums beitragen. Schließlich verfügst du über jede Menge Erfahrung aus erster Hand.«

»Ja«, sagte Kevin und hielt sich nun nicht mehr zurück. »Das würd ich gerne. Außerdem hab ich … ich meine, sie haben mich ein paar Souvenirs behalten lassen von der, äh, Ausgrabung.« Verdammt. Das hatte er eigentlich nicht sagen wollen, aber er war so froh über das Interesse, das Daniel an den Tag legte, dass er es ohne zu überlegen verraten hatte. Er hoffte nur, dass Addison sein Stocken nicht bemerkt hatte. Sie hatten es ihn »behalten lassen«? Das entsprach nun wirklich nicht der Wahrheit.

Aber Daniel blieb ganz cool: Falls er etwas bemerkt hatte, ließ er sich das jedenfalls nicht anmerken. Stattdessen fuhr er sich zerstreut mit der Hand über sein T-Shirt und da sah Kevin zum ersten Mal, was darauf war – ein Pterodactylus aus Haut und Knochen neben einem Menschen, der in relativer Größe dazu abgebildet war, dazwischen die kursiven Buchstaben *GG*. Unter dem Bild standen zwei klare, deutliche Worte: *Kein Vergleich*.

»Ist ja super«, meinte Daniel. »Und – was für Souvenirs sind das?«

Kevin schluckte hart, dann entschloss er sich zur Wahrheit. »Also, von der Tour nach Australien hab ich wirklich etwas mitgebracht«, begann er. »Ein Ei – ein kleines natürlich. Nichts Besonderes.«

»Was für ein Ei?«

»Von einem Timimus«, sagte Kevin. Sein Herz begann plötzlich heftig zu klopfen. Daniel Addison war ja nicht blöd. Er musste sich im Klaren sein, dass … nun ja, dass Kevin das fossile Ei von der Grabungsstätte geklaut hatte. Eigentlich war das ja nicht so schlimm: Da war schließlich ein ganzes Nest gewesen, fast ein Dutzend heiler Eier auf einem Haufen. Keiner hatte gesehen, wie Kevin zugegegriffen hatte, also hatte es auch keinen gekümmert – und jetzt besaß er eine Erinnerung an diese Reise, die länger halten würde als sein eigenes Leben.

Daniel grinste breit. »Kevin, das ist ja großartig! Könnte ich's mir mal ansehen? Ich könnte jemanden zu dir nach Hause schicken, der es abholt.«

»Ich würd es lieber bei mir behalten«, sagte Kevin hastig. »Weil es so selten ist.«

Daniel hob beschwichtigend die Hand hoch. »Natürlich. Was hab ich mir nur dabei gedacht? Aber wenn du ins Museum kommst – du kommst doch morgen Abend, oder?« Kevin nickte und er fuhr fort. »Gut. Bring es mit, damit ich es mir mal ansehen kann, ja? Ich wusste gar nicht, dass man von der Art ein Nest gefunden hat.«

»Sie haben es auch nie an die große Glocke gehängt«, gab Kevin nervös zu. »Die Entdeckungen des australischen Teams wurden damals von einer Grabung in der Sahara überschattet, die ein ganz berühmter Paläontologe leitete. Trotzdem fanden wir den Fund toll und sie haben auch ein Exemplar im Institut ausgestellt, um die Highlights der Grabung herauszustellen. Ich bring das Ei morgen mit.«

»Das wär einfach super«, meinte Daniel. Einen Moment lang schien er ein wenig zerstreut, als dächte er an etwas anderes. Dann richtete er den Blick wieder auf Kevin und lächelte. »Ja«, betonte er noch einmal, als wollte er sicher gehen, dass Kevin ihn verstanden hatte. »Bring es auf jeden Fall mit. Und, stimmt, im Gegenzug hab ich etwas, das ich dir zeigen möchte – etwas, von dem du bestimmt nicht geglaubt hast, dass es existieren würde.«

»Echt?«, staunte Kevin. »Was denn?«

Daniel schüttelte den Kopf, dann schaute er auf seine Uhr. »Nee – ich will dir doch nicht die Überraschung verderben. Und außerdem solltest du jetzt lieber zu deinem nächsten Kurs gehen. Ich hätt's nicht so gern, wenn der alte Regis mir vorwirft, ich würde seine Schüler auf Abwege führen. Du kommst einfach morgen vorbei, wie du gesagt hast, okay?« Aufmunternd klopfte er Kevin auf die Schulter, dann drehte er sich um und ging davon.

Kevin starrte ihm nach. Jetzt war er wegen der Einladung morgen noch aufgeregter als vorhin. Was konnte Daniel ihm zu zeigen haben, das seiner Meinung nach etwas so Besonderes war? Entweder war es etwas wirklich Spektakuläres oder Daniel hatte keine Ahnung davon, was für außergewöhnliche Dinge Kevin bereits gesehen hatte.

Er nahm seine Bücher fester in die Hand und guckte auf seinen Stundenplan, bevor er zu seinem Spind eilte, um die Hausaufgabe für Geografie herauszuholen. Zuerst war ihm ja doch ziemlich unwohl dabei gewesen, als er das Timimus-Ei erwähnt hatte. Aber nun war es völlig in Ordnung, ja, es war vermutlich genau das Richtige gewesen. Auf diese Weise hatte er vielleicht seinen ersten wirklichen *Freund* in Sunnydale gefunden. Denn etwas in dieser Art schien Daniels aufmunterndes Schulterklopfen offenbar auszudrücken. Und dass er ein Mensch war, der so viel mit Kevin gemeinsam hatte, war fast zu schön, um wahr zu sein – er wollte sich aber wirklich nicht beschweren, wenn es der Welt nun zufällig mal einfiel, auch ihm ein bisschen Freude zu bescheren.

Schließlich war es verdammt noch mal Zeit!

Rupert Giles erkannte schon am Schritt, dass es Buffy war, die in die Bibliothek kam – noch bevor er sie sehen konnte. Sie mochte ja die Jägerin sein, er aber als ihr Wächter besaß auch ein paar Talente, die natürlich niemand angemessen würdigte. Als er aufblickte, stand sie erwartungsvoll da. Sie sah wirklich süß aus in ihrer pastellfarbenen Kombi aus Pullover und Rock, und offenbar glaubte sie, sie habe ihn völlig überrascht. Was wohl kaum der Fall war. Und doch – ihr fast sommerliches Outfit versetzte ihm einen leichten Schlag: War es wirklich schon so warm draußen? Wo waren die dicken Winterjacken geblieben, die alle noch vor so kurzer Zeit getragen hatten? Manchmal hatte er das Gefühl, er sei in dieser Bibliothek eingesperrt wie Angel in der Nacht.

»Guten Morgen, Buffy«, sagte er und schloss das *Glossarium de Vespertilionis et Daemonis*, in dem er geblättert hatte – war ohnehin elend langweilig. Das meiste davon wusste er schon und ehrlich gesagt hatte er auch nur die Radierungen betrachtet. Nur zur Wiederholung. Doch er durfte nicht zerstreut oder uninteressiert wirken – das wolle Gott verhüten! Buffy Summers war ein Teenager, und er als ihr Wächter musste ihr ein zuverlässiger Begleiter, ein Vorbild sein. Zuweilen, das wusste

Giles, lag er fürchterlich daneben, wenn es um Buffys Probleme ging. Um die Wahrheit zu sagen: Da er keine eigenen Kinder hatte, fand er die meisten dieser so genannten Schwierigkeiten eines Teenagerlebens äußerst trivial. Sie zogen lächerliche Kleider an, hörten furchtbare Musik, machten beim Tanzen die absurdesten Verrenkungen – mein Gott, was sollte das? Und dann war da noch Buffys Beziehung zu Angel, eine so komplizierte Geschichte, dass sogar Giles nicht mehr mitkam, darüber hinaus eine Geschichte, die mitunter verheerende Folgen für alle Beteiligten nach sich zog. Aber dennoch: Als intelligenter Mensch behielt Giles seine Gedanken lieber für sich, denn sie zu offenbaren würde ihm bei der Jägerin ganz gewiss keine Punkte einbringen.

»Irgendwas passiert auf der Streife letzte Nacht?«, erkundigte er sich. »Gab's Probleme?«

»Nur zwei Vampire«, antwortete Buffy aufgeräumt. »Wenn irgendjemand noch was von denen will, muss er sie mit 'nem Staubpuster aufgabeln.«

Giles legte die Stirn in Falten. »Mit *was*?«

»Stellen Sie sich's einfach als Kehrschaufel mit Motor vor.« Buffy blickte sich in der Bibliothek um. Ihr Blick streifte Bücher- und Papierstapel, die überall herumlagen – kurz, das allgemeine Chaos, das sich unweigerlich immer dann einstellte, wenn der Bibliothekar zu lange mit seinen Büchern allein blieb. »Vielleicht schenke ich Ihnen einen zu Weihnachten.«

»Ach nein, danke«, sagte Giles. »Dir ist das vielleicht nicht klar, aber ich weiß ganz genau, wo sich jeder Gegenstand in diesem Raum befindet.«

»Ach, wirklich?« Buffy legte die Hände auf die Hüften. »*Face Odyssey*.«

»Wie bitte?«

»*Face Odyssey*«, wiederholte sie. »Von Howard Alberts.«

»Ich … also, was ist denn das für ein Buch?«

»Haarstyling«, sagte Buffy frech. »Ich glaube, es heißt auch ›Sammlung von Frisuren‹.«

»Aha«, sagte Giles nur. Ein Buch ... ein *richtiges* Buch über Frisuren? Meine Güte, diese Amerikaner schreckten aber auch vor nichts zurück! »Haarstyling. Also, das würdest du in der Abteilung Kultur der Moderne oder vielleicht bei Fotografie ...«

»Aber Cordelia«, unterbrach ihn Buffy, »hat es unter dem Stichwort ›Wie mache ich Karriere‹ gefunden.«

Giles verzog schmerzlich das Gesicht. »Karriere?«

»Als Model zum Beispiel, Giles.«

Der Bibliothekar schaute immer noch so verständnislos drein, dass Buffy mit einer Miene übertriebener Geduld den Kopf zur Seite neigte. »Wissen Sie, diese Sache, wo die Frauen sich die Gesichter anmalen und hübsche Kleider tragen und danach mit lauter hübschen grünen Scheinen bezahlt werden?«

Giles verschränkte die Arme. »Ach, wirklich? Und ich dachte immer, das sei das Ritual, bevor ein Stamm in den Krieg zieht!«, konterte er.

»Touché!«, lachte Xander quer durch den Raum.

»Hast du keinen Unterricht?«, fragte Giles streng, als Xander auf sie zukam und sich auf einen Stuhl fallen ließ. Der Bibliothekar blickte wieder zu Buffy. »Genauer gesagt, habt ihr *beide* keinen Unterricht?«

»Natürlich haben wir«, erwiderte Buffy. »Aber diese ganze Sache mit Unterricht und Klassen wird doch total überbewertet.«

»Klasse im Sinne von Erziehung«, fühlte sich Xander bemüßigt hinzuzufügen. »Nicht zu verwechseln mit der Einteilung in *upper* und *lower* –«

»– wie Cordelia sich das immer vorstellt«, beendete Buffy geschickt den Satz.

»Das reicht jetzt«, fuhr Giles dazwischen. »Ich werde nicht

zulassen, dass Rektor Snyder mir wieder die ganze Zeit in den Ohren liegt, dass ich euch ein schlechtes Beispiel gebe. Buffy, ich weiß über deinen Stundenplan so gut Bescheid wie du, und du kommst bereits jetzt zu spät zur Englischen Literatur, stimmt's? Und Xander, ich weiß zwar nicht, was bei dir heute Morgen anliegt, aber ganz sicher solltest du hier nicht herumlungern!«

»Mann«, brummte Xander. »Schau dir mal diesen strengen Chef an!«

»Ab mit euch!«, sagte Giles nachdrücklich. »Ob ihr's glaubt oder nicht – da draußen gibt es Wissen, das darauf wartet, die leeren Stellen eures Hirns zu füllen. Außerdem habe ich wirklich zu tun.«

»Zu tun?«, fragte Xander. »Hier?« Er machte einen auf völlig überascht.

»Ja«, erwiderte Giles. »Die Sunnydale High School verlangt tatsächlich Arbeit von mir, für die ich auch gelegentlich mit einem Barscheck belohnt werde.« Er nahm die Brille ab und polierte sie mit seinem Taschentuch. »Vielleicht habt ihr sogar schon mal davon gehört – dass man Bücher von Zeit zu Zeit sortieren und wegräumen muss?«

»Oh.« Giles runzelte die Stirn, als Xander Buffy ein schiefes Grinsen zuwarf. »Muss man dabei auch erraten, wer Sunnydales Bösewicht-der-Woche ist?«

»Xander ...«

»Ist ja gut, ist ja gut.« Der Junge hielt die Hände hoch und rutschte vom Stuhl herunter. »Sie haben ja so Recht. Ich weiß, Mr. Regis kann's gar nicht erwarten, mir *irgendwas* ins Hirn zu pumpen!«

»Raus!«

Xander hastete zur Tür. Doch unterwegs stoppte er noch einmal und Giles stieß einen unhörbaren Seufzer aus: Er wusste, dass dieser Junge einfach nicht verschwinden konnte, ohne noch einen Abschiedsgruß abzufeuern. Und Xander, der ein potenzielles Publikum nie hängen ließ, strahlte tatsächlich jetzt von der Tür her: »Ich bin nämlich sein Lieblingsschüler, müssen Sie wissen.«

Giles machte einen drohenden Schritt auf die Tür zu, aber Xander war schon verschwunden, bevor der Bibliothekar noch etwas sagen konnte. Giles wandte sich an Buffy, die ebenfalls im Aufbruch begriffen war, und zog die Augenbrauen hoch. »Englische Literatur, das stimmt doch?«

»Sie haben's erfasst«, erwiderte Buffy mit Mitleid heischendem Blick. »Gehe nun fürbass nach Engelland! Natürlich nur im übertragenen Sinne.«

Er nickte, als sie sich umdrehte, doch dann rief er sie noch einmal zurück. »Buffy?«

Die Jägerin wandte sich um. »Was ist?«

Giles öffnete den Mund, schüttelte dann aber nur den Kopf. »Nichts. Geh zu deinem Kurs.«

Sie schaute ihn aufmerksam an. »Sind Sie sicher? Ich sehe da nämlich dieses riesige, blinkende Fragezeichen über Ihrem Kopf.«

Drohend die Stirn runzelnd sah er sie an. »Buffy –«

Die grinste. »Wollen Sie mal bitte schauen? Ich bin doch gar nicht da!«

Als die Tür hinter ihr zuschlug, starrte Giles ihr noch ein paar Sekunden lang gedankenverloren hinterher. Dann wandte er sich der Theke zu und begann, die aufgestapelten Bücher zu sortieren, die im Laufe des Morgens zurückgegeben worden waren. Er hatte Buffy fragen wollen, ob sie glaubte, dass er seinen Job als Beschützer gut machte – aber, ehrlich gesagt: War das eine Frage, die ein Lehrer seiner Schülerin stellen konnte?

Er durfte es nicht zugeben, aber manchmal fühlte er sich von seiner Aufgabe schier überfordert. Für ihn gab es keine persönlichen Vorteile wie Reichtum oder Macht zu gewinnen, oder gar

Unsterblichkeit. Er wollte einfach nur der beste Wächter sein, der er sein konnte, für sie und ... nun, für alle, sogar für sich selbst. Denn vielen Dank auch, aber er wollte die Welt nicht gerne in einem Feuerball aufgehen sehen.

Doch war er wirklich ein guter Begleiter für Buffy, das beste Vorbild? Er versuchte, sie zu veranlassen, ihre Hausaufgaben zu machen, aber irgendwie kam immer der Kampf gegen das Böse dazwischen – das Mädchen kam kaum zum Schlafen oder dazu, etwas zu lesen, das über die bloße Dämonenlehre hinausging. Gleichzeitig versuchte er, ihr ein Beispiel für Moral und Ethik zu geben: Selbst falls ihre Freunde ein bisschen vom Weg abkämen, würde Buffy – das hoffte er – stets den Weg zum Guten erkennen oder ihn zumindest erahnen, so weit Giles ihn für sie erleuchten konnte.

In ziemlich deprimierter Stimmung setzte sich Giles auf den Stuhl, auf dem Xander eben gesessen hatte, und blickte sich in der Bibliothek um. Andere mochten diesen Raum düster nennen, ihm aber gefiel es, dass es hier nie so richtig hell war. Er empfand dieses Dämmerlicht eher wie ein warmes, goldenes Leuchten, und in allen Ecken und Winkeln nistete eine ganz eigentümliche Schönheit, die durch unzählige Holzgeländer und Regale und natürlich durch die Unmenge an Büchern entstand. Wo es Bücher gab, gleich über welches Thema, musste auch eine Seele sein – und die würde kein Vampir nehmen können. Bücher spendeten Leben und Gelehrsamkeit. Dort lag auch das *Handbuch des Wächters*, das ihn und andere lehrte, wie sie ihren Pflichten am besten nachzukommen hatten. Und gelegentlich traf Giles sich auch mit anderen Wächtern.

Und doch – wie sehr wünschte er, es gäbe auch für Wächter ein lebendes Vorbild, eine Art Ersatzvater, einen Mentor für *ihn*. Dann hätte er wenigstens einen Anhaltspunkt, ob er alles richtig machte.

5

Kevin erschien der heutige Tag der längste seines Lebens zu sein. Das war natürlich nicht Mr. Regis' Schuld: Wahrscheinlich gab es viele Menschen, die die Evolution der Säugetiere für eine der interessantesten Fragen der Welt hielten – mindestens so spannend wie das Geheimnis, wie eigentlich blaue M&Ms gemacht wurden. Vielleicht war sie das auch, doch er hatte das schon vor langer Zeit abgehakt. Kevin war nicht klüger als irgendein anderer hier im Raum, es hatte einfach was mit seiner Leidenschaft für Dinosaurier zu tun. Wenn man über diese Spezies so genau Bescheid wissen wollte wie er, wenn man wissen wollte, wie sie sich entwickelt, wie sie gelebt hatte und warum sie vor Jahrmillionen ausgestorben war, musste man sich schon ziemlich intensiv mit der Theorie der Evolution auseinander setzen – und das hatte Kevin getan, viel früher als seine Freunde oder Klassenkameraden.

Es war wieder einmal ein wunderschöner Tag im sonnigen Kalifornien, und Kevin merkte es kaum. Regis konnte ihm jeden Augenblick eine Frage stellen, doch das bereitete dem Jungen keine Sorgen. Obwohl er wegen des bevorstehenden Treffens mit Addison aufgeregt war, hatte er gestern Abend seine Hausaufgaben gemacht – nun ja, eher überflogen – und fühlte sich so ziemlich allen Fragen des Lehrers gewachsen. Den größten Teil der Stunde saß er einfach nur da, starrte ins Leere, kritzelte in seinem Notizbuch herum und dachte sehnsüchtig an den Abend, wenn er endlich zum Museum gehen und Daniel Addison treffen würde. Das Timimus-Ei lag sicher verwahrt in einem Schuhkarton in seinem Spind, und falls ein lebloses Objekt tatsächlich »ein Loch brennen« konnte – so wie Geld angeblich Löcher in mancher Leute Taschen brennt –, dann war es geradezu erstaunlich, dass dieses prähistorische Fossil nicht genau in diesem Augenblick durch die Metalltür in den Korridor schoss.

Ein rascher Blick auf die Uhr – ungefähr zum hundertsten Mal seit Beginn der Stunde – zeigte ihm, dass nur noch wenige Minuten zu überstehen waren. Kevin bemühte sich nun um Aufmerksamkeit, folgte Regis' Zusammenfassung der Stunde und schrieb die Hausaufgabe mit. Als es klingelte und er sich mit den anderen Schülern erhob und zur Tür ging, hörte er, wie sein Name gerufen wurde.

»Kevin, könnte ich dich kurz sprechen, bitte?«

Widerwillig blieb er stehen. »Klar.«

Regis schob ein Stuhl neben das Lehrerpult. Kevin setzte sich und der Lehrer nahm ihm gegenüber Platz. Kevin fragte sich, was los war und womit er diese Aufmerksamkeit von einem Lehrer verdient hatte, den er bis jetzt kaum kannte.

»Du kannst dir sicher vorstellen, dass ich deine Schülerakte von der Lane Tech studiert habe und daher weiß, wie sehr du dich für Paläontologie interessierst – außerdem werden dir auch glänzende Leistungen bescheinigt.« Kevin nickte, sagte jedoch nichts. Regis schaute einen Moment beiseite, seine Miene war undurchdringlich. »Gehe ich recht in der Annahme, dass du die Bekanntschaft mit Daniel Addison vertiefen wirst?«, fragte er schließlich.

»Ja, Sir«, antwortete Kevin. »Heute nach der Schule gehe ich rüber ins Museum.«

»Ich kann mir vorstellen, dass du große Hoffnungen in eine Verbindung mit dem Naturkundemuseum setzt«, sagte der Lehrer. »Wir haben hier natürlich nicht so ein breit gefächertes

Angebot wie die Universität Chicago, aber zieh daraus keine voreiligen Schlüsse. Wir bekommen immer mehr Colleges bewilligt und du wirst schon sehen, dass die Uni Sunnydale ...« Er brach ab und lächelte schwach. »Aber wahrscheinlich zieht es dich ohnehin wieder in den Mittelwesten.«

Kevin zuckte die Achseln. Darauf konnte der Lehrer wetten, aber er fand es sinnlos, das noch mal extra zu betonen oder Sunnydale abzuwerten. Es war halt ... *Sunnydale*, und bestimmt gab es eine Menge Leute, die hier bis ans Ende ihrer Tage glücklich lebten. So jedenfalls kam ihm diese Stadt vor.

»Also, was ich dir sagen wollte«, fuhr Regis fort, »und das bleibt jetzt unter uns: Ich möchte dir raten, dich nicht zu sehr mit Daniel Addison einzulassen.« Als Kevin den Lehrer überrascht anstarrte, beugte der Ältere sich vor, die Ellbogen auf den Knien, und faltete die Hände – er sah aus, als wäre er Kevins Vater, der ihm jetzt mal das mit den Blumen und den Bienen erklären wollte. »Wenn dir das anmaßend vorkommt, tut es mir Leid. Aber du bist ein heller Kopf, Kevin – viel, viel klüger als Addison. Ich hatte diesen jungen Mann vier Jahre hintereinander in meiner Klasse. Ich *kenne* ihn und ich weiß, wie er arbeitet. Und wie er denkt.« Regis zögerte, dann fuhr er fort: »Wenn Addison dich ansieht, dann sieht er ein Werkzeug, Kevin. Er gibt sich zwar freundlich und leutselig, aber er wird dich nicht als Menschen respektieren. Für ihn geht es entweder darum, ob du ihm beim Vorwärtskommen auf der Karriereleiter nützlich sein kannst, die er so schnell und leicht wie möglich erklimmen will, oder ob er mit dir nur seine Zeit verschwendet. Er ist zwar gewillt zu arbeiten, aber so wenig wie möglich. Er hätte es viel lieber, wenn ein anderer für ihn die Schwerstarbeit erledigte – und so ist er immer gewesen.« Regis starrte zu Boden. »Ich glaube, du hast eine außergewöhnliche Karriere vor dir, und du denkst wahrscheinlich, dass der Umzug nach Sunnydale deiner Zukunft im Wege steht. Aber die Wahrheit ist, dass er nur eine zeitliche Verzögerung bedeutet. Doch selbst in dieser kurzen Zeit wäre es schade, wenn dich jemand als Trittbrett benutzt, um weiterzukommen. Verstehst du?«

Kevin nickte. Er wusste nicht, ob er die Geschichte glauben sollte. Aber auf jeden Fall war ihm äußerst unwohl bei diesem Gespräch. Daniel Addison war derjenige, der Kevin in das Museum einführen konnte. Wollte Regis ihm tatsächlich empfehlen, das *nicht* zu tun? »Völlig klar, Mr. Regis«, sagte er jedoch nur und stand auf. »Ich werde mir merken, was Sie gesagt haben.«

Der Lehrer erhob sich gleichzeitig und schob die Stühle zurück. »Du denkst vermutlich, ich sei verrückt«, meinte er und gestattete sich ein kurzes Lächeln, das jedoch schnell von Stirnrunzeln überschattet wurde. »Ich wollte dir auch nur sagen, dass du vorsichtig sein sollst. Und ich weiß, dass du trotzdem weiter darauf hoffst, Freundschaft mit Daniel zu schließen – ich will dir das gar nicht auszureden versuchen. Aber auch in einer kleinen Stadt wie Sunnydale sind die Menschen nicht immer...« Er hielt inne. »Nun, sie sind nicht immer das, was sie zu sein scheinen. Also möchte ich dir nur eins sagen: Nimm dich in Acht! Einverstanden?«

Wieder nickte Kevin. Mann, er konnte es gar nicht erwarten, hier rauszukommen. »Klar.«

Regis blickte ihm forschend in die Augen, und Kevin spürte leichte Gewissensbisse, als er zu sehen glaubte, wie der Lehrer sich irgendwie geschlagen gab. »Nun«, sagte Regis abschließend. »Viel Glück.« Er drehte ihm den Rücken zu und ließ ihn gehen.

Mehr als verwirrt eilte Kevin zu seinem Spind, um die Bücher für die nächste Stunde herauszusuchen. *Nimm dich in Acht?* Was zum Teufel sollte denn das bedeuten? Aber nur ein Kind oder ein Schwachkopf würde so eine Warnung ignorieren, besonders wenn man noch gar nicht wissen konnte, worauf man sich einließ. Was wusste er denn schon über Daniel Addison? Der Typ konnte ein Serienmörder sein oder ein Perverser, der Kinderknochen in einer Gruft unter dem Keller des Museums hortete. Sicher, über Mr. Regis wusste er auch nicht viel, aber hier lag der Fall etwas anders: So sehr man sich auch meist gegen die guten Ratschläge von Erwachenen wehrte, musste man bei genauerem Nachdenken doch zugeben, dass sie ihren Rat gewöhnlich deshalb erteilten, weil sie die Kids vor Bösem bewahren wollten. Diese Ratschläge waren zwar nicht immer erste Sahne, aber die Absicht dahinter war meistens ehrlich.

Regis und Daniel Addison. Kevin dachte über die beiden nach. Konnte es da noch eine weitere Verbindung geben außer der Lehrer-Schüler-Beziehung, die Regis gemeint hatte? Vier Jahre waren eine lange Zeit, wenn man fast täglich mit einem Menschen zu tun hatte – da konnte man ihn und seine Gedanken schon kennen lernen. Aber vielleicht war Regis neidisch auf Daniel, wegen irgendeiner Sache, von der Kevin nichts wusste. Eine alte Redensart besagt, dass die Wahrheit immer in der Mitte liegt, und Kevin war neu hier, er war der Außenstehende, der die Geschichte von Anfang an kennen lernen und seine Schlüsse daraus ziehen musste. Und selbst wenn er Daniel Addison nicht faul und respektlos fand, konnte es doch nicht schaden, wenn er aufpasste.

»Hi«, grüßte Willow.

Oz drehte sich um und lächelte sie an. »Hey.« Ohne ein weiteres Wort schloss er sich ihr an, als sie auf den Hof hinausging.

»Und – was gibt's heute zum Lunch?« Sie zeigte auf die Papiertüte, die er zwischen Arm und Bücher gequetscht hatte. »Was Leckeres?«

Oz zog die Tüte hervor und öffnete sie. »Apfel«, gab er nach kurzem Blick hinein bekannt. »Außerdem Sandwich undefinierbarer Herkunft mit besonders gesundem Büchsenfleisch, vermutlich geringer Fettgehalt. Weder Mars noch Chips.« Er knautschte die Tüte wieder zusammen und zuckte die Achseln. »Auf'm Gesundheitstrip.«

Willow nickte mitfühlend und klopfte auf ihren Rucksack. »Meine Mom genauso. Vollkornbrot mit Gurke und Sprossen und Thousand-Islands-Dressing – im ganzen Haus war nicht ein Stückchen Truthahn zu finden.«

»Ist wie 'ne Krankheit«, sagte Oz düster. »Gesund-itis.«

Willow grinste nur. Oz hielt sich dicht neben ihr, während sie zu ihrem Lieblingstisch unter dem Baum auf der anderen Seite des Schulgeländes gingen. Dort lümmelte Xander schon herum, umgeben von einer Menge Krümel und Plastikverpackungen. Ihm gegenüber saß Buffy, deren Miene sich schlagartig erhellte, als sie Oz und Willow näher kommen sah. »Hi, Leute«, grüßte sie. »Erzählt mir doch mal was Neues, was Aufregendes. Sunnydale hat im Moment rein gar nix zu bieten.«

»Was, hast du heute noch nicht dein übliches Quantum Blutsauger gehabt?«, erkundigte sich Oz trocken.

»Ich beschwere mich ja gar nicht«, erwiderte Buffy schnell. »Will nur feststellen, dass seit Sonntagabend absolut null los ist.«

»Aha, deine Kumpane mit den langen Zähnen haben dich auf dem Abendspaziergang wieder einmal im Stich gelassen.« Xander nickte wissend und stopfte sich ein riesiges, tortenähnliches Stück dunklen Schokoladenkeks in den Mund. Er wollte noch etwas sagen, wurde aber durch die weiße Füllung gehindert, die ihm fast aus den Mundwinkeln herausquoll.

Willow stöhnte. »Xander, das ist ja ekelhaft!«

»Oink«, brachte er nur als Antwort hervor.

Buffy kicherte. »Passt auf, das ist der Schokoladen-Vampir!«

»Ehrlich gesagt«, meinte Willow, als sie und Oz sich setzten und anfingen, ihre Lunchpakete auszupacken, »sieht es mehr nach Schaum aus. Weißt du, wie bei einem Hund, der ...« Oz warf ihr einen Blick zu. Willow schlug sich die Hand vor den Mund. »Oh! Kein Wolfshund oder so was oder … ich, ich meine einen mit Tollwut, einen, der …« Sie brach ab.

»Hechelt«, half Buffy geschickt aus. »Besonders im Sommer, wenn's heiß ist.«

Xander sah Oz aufmerksam an. »Er sabbert doch nicht, oder?«, fragte er, den Mund immer noch voller Schokoladenkeks.

Willow blickte von neuem entsetzt drein, aber bevor sie etwas darauf erwidern konnte, fing Xander heftig an zu husten – und zwar ein bisschen zu heftig. Buffy klopfte ihm auf den Rücken. Als er endlich wieder Luft bekam, schenkte er ihr ein Lächeln mit derart viel Schokolade, dass seine Zähne denen einer verwesenden Leiche zum Verwechseln ähnlich sahen. »Danke«, brachte er heraus.

»Kauen. Schlucken.« Oz blickte Xander über den Rand seines Sandwichs an. »Einfacher geht's nicht.«

»Hab ich mir doch gedacht, dass du das ganz genau weißt«, schoss Xander zurück.

»So ziemlich alle Lebensformen müssen essen«, sagte Oz, ohne die Stimme zu heben.

»Ja«, meinte Xander nur. Er streckte die Hand nach einem neuen, in Plastik gepackten Kuchen aus, doch dann hielt er mitten in der Bewegung inne. »Wobei manche Lebensformen gerade uns Menschen als besondere Leckerbissen auf der Speisekarte von Sunnydale ansehen.« Er blickte auf, weil niemand etwas sagte. »Äh, war 'n Witz!«

»Ha, ha«, brummte Willow. Sie biss von ihrem Brot ab und beschloss, das Thema zu wechseln. »Hast du schon das Neueste gehört?«, fragte sie Xander. »Die *Dingoes* haben vielleicht bald einen Manager.«

Xander riss die Augen auf. »Echt? Werdet ihr berühmt? Die Groupies werden euch …«

»Langsam, Xander«, grinste Willow. »Sonst kriegst du noch 'nen Schluckauf.«

»Wie es heißt, kann man den kurieren, indem man dem Betroffenen 'ne Papiertüte über den Mund stülpt«, stichelte Buffy. Willow musste kichern.

»Du kannst gern meine haben«, bot Oz an und nun platzte Willow laut heraus.

»Spielt nur eure kleinen Spielchen, wenn ihr wollt, aber ernsthafte Fragen müssen eine Antwort bekommen«, sagte Xander beleidigt.

»Darüber gibt es noch gar nichts zu sagen«, erklärte Oz.

»Aber ...«, fing Xander an.

»Am Freitagabend«, versprach Oz. »Von ihrem Mund zu unserem und dann zu deinem.«

»Also, das nenn ich einem Freund etwas erzählen«, murrte Xander. Dann ging ihm auf, was Oz gesagt hatte. »›Sie‹?«

»Das Gegenteil von ›Er‹«, bestätigte Oz.

Wenigstens einmal schienen Xander die Worte zu fehlen. »Oh.«

»Wir sind alle scharf drauf, mehr zu erfahren«, erklärte ihm Buffy. »Aber es sieht so aus, als ob wir es einfach abwarten müssten.«

»Vielleicht könnte sie einen Assistenten gebrauchen«, meinte Xander plötzlich. »Ich kann tippen.«

»In welcher Welt kannst *du* denn tippen?«, fragte Willow mit hochgezogenen Augenbrauen.

»Hab schließlich Finger.« Xander schob den Papiermüll beiseite. »Und zwei davon kann ich gebrauchen. Vielleicht bin ich nicht so sagenhaft schnell wie du, Miss Computerhirn, aber ich schlage mich wacker.«

Willow holte tief Luft. »Halt bloß den ...«

»Als Jägerin hasse ich es ja, einen echten Kampf abzubrechen«, warf Buffy in diesem Moment ein, »aber wir haben noch ungefähr zwei Minuten, bis es klingelt, und bis dahin müssen wir mit dem Essen fertig sein, und Xander muss noch den Atommüll beseitigen, den er hier so großzügig verstreut hat.«

Alle stöhnten, als sie daran dachten, was für einen Aufstand Rektor Snyder letzte Woche gemacht hatte, weil er glaubte, sie hätten eine Plastiktüte liegen gelassen, die er an ihrem Lieblingstisch gefunden hatte. Dabei klemmte das halb verrottete Ding dort offensichtlich schon seit Wochen unter einem der Beine, aber *Seine Rattigkeit* hatte das nicht davon abgehalten, den vieren eine Zukunft als »Neuen Todfeind Nummer eins« von Mutter Erde zu prophezeien. Viele Worte waren aus seinem Mund geschossen und komischerweise hatten die meisten stark nach »Nachsitzen« geklungen.

»Bin schon dabei«, versicherte Xander. »Alles im Griff und unter Kontrolle.« Er nahm sich eine Hand voll Plastik – und nur um ihn zu ärgern, kam in diesem Moment ein kleiner Windstoß auf, und schon flog alles in der Gegend herum.

Oder diese Böe war gekommen, um das Schicksal auf ihre unschuldigen Köpfe niederhageln zu lassen, dachte Willow, denn genau in diesem Moment ging der Rektor vorbei. Aber gesegnet sei Buffy, die sich rasch nach rechts beugte und ihnen mit einer blitzschnellen Handbewegung das Leben rettete – oder sie zumindest geschickt vom Müll befreite.

»Wie ich sehe, habt ihr euch meine Ermahnung zu Herzen genommen«, sagte der Rektor, als er zu ihnen an den Tisch trat und sah, wie Buffy das letzte bisschen Müll von Xanders Lunch in seiner Tasche verstaute. Willow musste ein Kichern unterdrücken, als sie sah, wie die Freundin auf ihre mit Schokolade beschmierten Hände starrte und ein angeekeltes Gesicht machte, bevor sie sie unter dem Tisch versteckte.

»Wirklich ganz und gar zu Herzen, Sir«, antwortete Buffy mit aufgesetzter Fröhlichkeit.

Snyder musterte die vier mit seinen braunen Augen.

»Umweltsünder verbringen unter Umständen ihr ganzes Leben im Gefängnis«, sagte er mit rigider Stimme. Sein Blick fiel auf Willow, die leicht zusammenzuckte. »Wollen Sie nicht aufessen, Miss Rosenberg?«

»N-nein, Sir«, antwortete sie und schob ihr angebissenes Sandwich in die Papiertüte. »Ich ... glaube, mir ist der Appetit vergangen.«

Sofort streckte Xander den Kopf vor. »Kann ich's haben?«

Bevor Willow antworten konnte, hatte Snyder ihr die Tüte bereits aus der Hand genommen und reichte sie Xander. »Verschwendung ist genauso schlimm, wie du weißt«, schnauzte er sie an. Dann fuchtelte er drohend mit dem Finger in Richtung Xander. »Und du, junger Mann, sieh zu, dass du keine Reste herumliegen lässt.«

»Das tun wir doch nie«, sagte Oz mit absolut ausdrucksloser Stimme. Snyder funkelte sie alle noch ein letztes Mal wütend an, dann stolzierte er davon. Ein paar Sekunden lang standen die vier reglos um den Tisch herum, keiner sagte ein Wort.

»War das nicht ein Spaß?«, meinte Xander schließlich und stopfte sich unversehens die ganze zweite Hälfte von Willows Brot in den Mund. »Scheet ih? Kei Müfff!«, sagte er mit halb erstickter Stimme, während Gemüsestückchen in alle Richtungen sprühten. Er kaute ein paarmal kräftig, schluckte runter – und verzog das Gesicht. »Hey – wo ist denn das Fleisch?«

»Achtung!«, mahnte Buffy jetzt die anderen zum Aufbruch. Und genau in diesem Augenblick begann es auch zu läuten. Auf dem Schulhof brach hektische Aktivität aus, alle Schüler hasteten in verschiedene Richtungen. Die vier packten den restlichen Müll weg und trabten nach einem Umweg an den Abfalltonnen vorbei zurück ins Gebäude.

»Wie machst du das bloß?«, wollte Willow von Buffy wissen. »Du hast doch nicht mal 'ne Armbanduhr!«

»'ne besondere Gabe.« Die Freundin warf den Rucksack über eine Schulter, blieb dann stehen und grinste sie mit verschlagenem Blick an. »Ehrlich gesagt, ist das so eine neue Stufe in der Evolution, die wir Nichtintellektuellen entwickeln. So kriegen wir schon vorher Bescheid, wann wir uns vom Acker machen sollen.«

Willow lachte, während Buffy ihr zum Abschied zuwinkte und dann in die andere Richtung davoneilte. Xander war auch schon verschwunden, und nun fasste Oz sie am Arm. »Dienstagnachmittags hab ich Soziologie«, sagte sie, weil sie schon wusste, was er fragen wollte.

Oz nickte. »Dann seh ich dich später. Auf mich wartet die Chemie.«

»Oh!« Seinen Chemiekurs vergaß sie fast jedes Mal. Vielleicht war es eine Form der Selbstverleugnung, eine Sicherheitssperre. »Pass auf ... du weißt schon. Spreng bloß nichts in die Luft.«

»Wie wär's denn mit *jemandem*?«

»Tja«, sagte Willow. Die Art, wie er sie ansah – *jetzt* zum Beispiel –, raubte ihr manchmal ein bisschen den Atem. »Ich würde sagen, das hängt davon ab ... *wen*.«

Oz grinste leicht, dann schüttelte er den Kopf. Ein schneller Kuss – zu schnell, fand Willow – und er trollte sich. Sie sah ihm ein paar Sekunden nach, dann ging sie quer über den Weg auf ihre Klasse zu. Warum konnte sie nicht auch so sein – so cool und gelassen? Oz schien nichts etwas auszumachen – nun ja, abgesehen von dieser Werwolf-Geschichte. Aber vielleicht war er ja auch gerade *deswegen* so gelassen: Wie viel Ärger er im Laufe eines Monats auch aufgestaut haben mochte oder wie sehr ihn jemand verletzt hatte, er besaß dieses eingebaute Sicherheitsventil, das ihn einmal im Monat von seinen Spannungen befreite. Selbst wenn er es in dieser Zeit über sich ergehen lassen musste, für jeweils drei Nächte in der Bibliothek eingesperrt zu sein – er hatte das Glück, regelmäßig mal so richtig loslassen zu können.

Willow erhaschte noch einen flüchtigen Blick auf Xander am Ende des Gehweges. War sie wirklich verärgert über ihn? Nein, nicht mehr als sonst auch. Es war diese Sache mit der Bandmanagerin, die sie so nervös machte. Sie sollte sich wirklich freuen für Oz, nicht nur äußerlich so tun – aber sie konnte nicht. Was wäre wenn ... was wäre, wenn diese bis dato Unbekannte genügend Connections hatte, um die *Dingoes* bei einem Plattenlabel unterzubringen oder sie auf eine große Tournee zu schicken?

Und was wäre, wenn sie ... nun ja, wenn sie diese große Chance verspielten?

Willow schüttelte den Kopf und schlang ihre Arme fester um die Bücher. Dann merkte sie, dass ein paar beknackt aussehende Kids diese Bewegung beobachtet hatten. Meine Güte, sie musste ja wie ein Spasti aussehen! Sie beschleunigte ihre Schritte und ließ die Gaffer hinter sich. Aber ihre Gedanken kreisten weiter um diesen möglichen Manager oder Agenten für die *Dingoes*. Jemand, der Clubs für Auftritte auftat, der Leute im Musikbusiness kannte und ihnen Aufmerksamkeit verschaffen konnte. Das war doch 'ne tolle Sache, oder?

Warum hatte Willow dann nur jedes Mal, wenn sie daran dachte, das Gefühl, als ob ihr soeben geschlucktes Essen wieder nach oben und herauswollte?

Das Naturkundemuseum von Sunnydale war bei weitem nicht so imposant wie sein Pendant in Chicago, das berühmte Field Museum of Natural History. Aber es war doch eindrucksvoller, als Kevin erwartet hatte, ja, es sah sogar ziemlich gut aus. Ein dreistöckiges Gebäude mit einem Dach aus drei Kuppeln – eine große in der Mitte, flankiert von zwei kleineren, die nicht einmal ein Drittel der Größe der Hauptkuppel erreichten. An der

Vorderfront befanden sich drei fünf Meter hohe Rundbögen, im mittleren davon war das Eingangsportal. Der ganze Komplex war von einem ausgedehnten, wunderschönen Rasen umgeben, in dessen Mitte scharlachrote Petunien in Beeten blühten. Ringelblumen, Tagetes und gestutzte Büsche wuchsen an dem Zaun und den Bäumen, die das Areal und den Parkplatz eingrenzten. Es war eine üppige Flora, die in einer Gegend wie Chicago erst in drei oder vier Monaten blühen würde. Und unter dem strahlend blauen kalifornischen Himmel sah das einfach prächtig aus.

Fast ehrfürchtig betrat Kevin das Foyer. Er war so wütend gewesen wegen des Umzugs und allem, was er in Chicago verloren hatte, dass er noch nicht einmal auf die Idee gekommen war, das Museum zu besuchen oder andere Dinge in Sunnydale anzusehen. Er hatte eigentlich erwartet, das Museum nicht zu mögen, weil er es als winzig und unbedeutend einstufte, weil er geglaubt hatte, alles von Anfang an kritisieren zu müssen – doch stattdessen fühlte er jetzt Aufregung und Abenteuerlust, als ob etwas ganz Neues beginnen würde. Und mal ehrlich – welcher Dino-Liebhaber konnte einen Ort gering schätzen, in dem schon in der Eingangshalle die wuchtigen Schädel eines Tyrannosaurus und eines Triceratops durch eine spezielle Beleuchtung hervorgehoben wurden?

Er warf einen Blick auf die Uhr und eilte an den Schädeln vorbei. Er wünschte, er hätte mehr Zeit: Dann könnte er den ganzen Abend hier zubringen und das Museum in aller Ruhe erforschen. Wie viele Stunden hatte er allein im Naturkundemuseum in Chicago verbracht ... Aber heute Abend hatte er nun einmal etwas anderes vor. Er hatte Daniel noch einmal angerufen, um ihm zu sagen, dass er bestimmt käme, und Daniel hatte gemeint, er solle spätestens bis halb sechs dasein. Dann bliebe noch genug Zeit, um Kevin herumzuführen, ihm einen kurzen Eindruck der ausgestellten Saurier zu vermitteln und ihm auch die Arbeit hinter den Kulissen zu zeigen. Wenn es Kevin gefiel, so würde er in Zukunft ja gewiss öfter Gelegenheit dazu haben, sich im Museum umzusehen.

Kevin ging bis zum Ende der Halle, wandte sich nach rechts und folgte dem Korridor, bis er vor dem Eingang zur Dinosaurierausstellung stand. Über seinem Kopf leuchtete das Licht golden und warm, die typische dramatische Ausleuchtung eines paläontologischen Museums. Aber Kevin mochte das – er hatte so viel Zeit im Field Museum von Chicago verbracht, dass die Atmosphäre hier ihm jetzt gleich ein vertrautes, heimeliges Gefühl vermittelte. Der Fußboden war mit riesigen, altmodischen Fliesen ausgelegt, die das Licht widerspiegelten und dem ganzen Raum Glanz verliehen. Das Leben war doch schön, wenigstens abschnittweise.

Daniel Addison wartete an dem ebenfalls von einem Bogen überdachten Eingang der Ausstellung neben einem tropisch anmutenden Schild, auf dem WILLKOMMEN IN DER URZEIT! stand. »Hi, Kevin, wie geht's?«

»Gut«, erwiderte Kevin ohne nachzudenken und war ganz überrascht, als er merkte, dass es der Wahrheit entsprach. Und obwohl er schon so viele Dinosauriermodelle gesehen hatte, konnte Kevin auch jetzt nicht anders, als an Daniel vorbei auf die Ausstellungsstücke zu starren. Manche davon waren altbekannte Rekonstruktionen der häufigsten Arten: ein Stegosaurus, der sein Nest gegen einen räuberischen Ceratosaurus verteidigte; ein äsender Pelorosaurus; die unerwartete, aber äußerst interessante Darstellung einer Gruppe von Cynognathus, die einen erlegten Kannemeyeria fraßen; noch ein Ceratosaurus, zum größten Teil in Skelettform belassen. Kevins geschultes Auge erkannte sofort, dass bei der Darstellung eines Hypacrosaurier-Nestes Fiberglas verwendet worden war. Die Nachbildung war gut gemacht, für den Fachmann jedoch sofort zu erkennen. Spannender waren hingegen die perfekten Reproduktionen der weniger bekannter Spezies wie Typothorax, Euparkeria und Oviraptor. Und wenn letztere auch keine echten Saurier, sondern nur Vorformen von ihnen waren, gab es am Ende des Gangs doch ein Prachtstück, das die Krönung der Ausstellung sein musste: die lebensgroße Darstellung eines Pteranodon Ingens im Flug. Er schwebte über dem Kopf des Betrachters wie ein riesiger fliegender Teufel, die Spannweite der Flügel betrug fast sieben Meter. Von hinten angestrahlt, konnte man die zerbrechlich aussehende Membranhaut sehen, die das Skelett bedeckte, sowie den verlängerten Daumen, der die Pterosaurier befähigt hatte, durch die Lüfte zu gleiten. Der lange dreieckige Kiefer war voller scharfer, winziger Zähne und die dunklen Augen glitzerten unheimlich. Kehlige Brüll-, Schrei- und Grunzlaute – wie der Mensch sich die Geräusche dieser ausgestorbenen Giganten vorstellte – erklangen in Abständen aus Lautsprechern, die in unechtem Laubgewirr verborgen waren.

»Verdammt realistisch, was?« Daniel stand neben Kevin und grinste. Kevin fiel plötzlich wieder das T-Shirt mit dem Aufdruck *Kein Vergleich!* ein, das Daniel gestern beim Vortrag getragen hatte. »Ist mein Lieblingsstück.«

Kevin nickte. »Super gemacht«, gab er zu und lächelte nun auch. »Ich wette, der jagt den Kindern eine Heidenangst ein.«

Daniel lachte. »Oh, ja, allerdings. Als die Ausstellung eröffnet wurde, hing er vorn bei den Vitrinen, und zwar so, dass man ihn erst sehen konnte, wenn man ganz drin war. Dann schaute man hoch und *Peng*! Da war das Viech und sah aus, als würde es gleich auf dich herabstoßen und dich fressen. Den Leuten hat das ziemlich gefallen – ich meine, den Eltern und den Teenagern. Die Kleinen aber waren außer sich vor Angst. Sie kriegten Albträume, und ein paar haben sich gleich auf der Stelle erbrochen – und das war dann weniger schön. Eltern riefen an und beschwerten sich, dass ihre Kinder völlig verängstigt seien, und da haben wir das Teil hier an die Rückwand verfrachtet.« Er zuckte die Achseln. »Jetzt kann man sehen, was einen erwartet, und reagiert nicht mehr so stark darauf. Aber wenn du mich fragst, ist dadurch die Luft raus. Es ging ja gerade um den Überraschungseffekt.«

»Auf jeden Fall«, stimmte Kevin zu. »Sieht aber immer noch toll aus.«

Daniel sah erfreut drein. »Komm weiter«, sagte er. »Ich nehm dich mit nach oben und zeig dir das Kabuff, das mein Büro ist. Die verstecken nämlich die Akademiker ganz oben im zweiten Stock, so weit weg wie möglich.«

Kevin nickte und folgte ihm. Auf dem Weg erzählte Daniel von den verschiedenen Ausstellungen, von den Säugetieren Afrikas, über die Geschichte Kaliforniens bis hin zu einem Raum, der Douglas-Perren-Gedächtniszimmer hieß. Für ein Kleinstadtmuseum wirklich nicht schlecht, dachte Kevin noch einmal. Es schien, als habe Sunnydale unter seiner glänzenden, aber doch allzu glatten Oberfläche allerhand zu bieten, und es ging ja, wie Daniel schon gesagt hatte, um den Überraschungseffekt. Sie folgten einer Unzahl Korridore, die Kevin weiter zu reichen schienen als das Gebäude selbst. Er verlor etwas die Orientierung. Aber das war nicht weiter schlimm – wenn er Zeit und Gelegenheit hatte, würde er dieses kleine Museum hoffentlich besser kennen lernen.

Daniels Büro war zwar nicht gerade ein Kabuff, wie er gesagt hatte, aber viel mehr auch nicht. Vielleicht wäre »langer, rechteckiger Wandschrank mit L-förmigem Schreibtisch und eingebauten Bücherregalen« die bessere Beschreibung gewesen. Der Raum war bis in den letzten Winkel voll gestopft mit Büchern, Papieren, Fossilien, Bruchstücken versteinerter Knochen und Kartons, die Gott weiß was enthalten mochten. Viel zu voll, um noch gemütlich zu sein – Kevin fand es jedoch fantastisch.

»So«, meinte Daniel, zwängte sich hinter seinen Schreibtisch und ließ sich auf den Stuhl fallen. »Ist allmählich an der Zeit, dass wir dich von deiner tollen Paläontologie in Chicago runterholen und auf die kleinere Version von Sunnydale einstimmen.« Er schaute Kevin aus den Augenwinkeln an. »Das wolltest du doch, oder?«

»Ja, klar«, antwortete Kevin. Dann zögerte er, doch er wollte Daniel die Wahrheit nicht verschweigen. »Ich muss Ihnen aber was sagen – nächsten Herbst bin ich wieder weg. Ich gehe an der Uni Chicago aufs College.«

Daniel nickte. »Das habe ich mir schon gedacht. Mit den Connections, die du dir dort wahrscheinlich aufgebaut hast, wärst du ja ein Dummkopf, wenn du irgendwo anders hingehen würdest. Aber«, er wühlte auf seinem Schreibtisch herum, »ich glaube, wir können dich daran hindern, in der Zwischenzeit vor Langeweile zu sterben.«

Kevin grinste. »Ist ja super. Was kann ich denn hier tun?«

Diesmal lachte Daniel laut heraus. »Ach, da hast du die Wahl zwischen ein paar Tausend unerledigter Aufgaben! Aber, falls du nichts dagegen hast: Ich stecke selbst zurzeit mitten in so einer Aufgabe. Ich sag dir, worum sich's dreht, und du kannst dann entscheiden, ob du interessiert bist. Wenn nicht, erledigen wir den Papierkram, um dich in unsere Datenbank aufzunehmen, und finden einen anderen dafür.«

»Klar.« Etwas anderes wählen als das, woran Daniel gerade arbeitete? Ziemlich unwahrscheinlich. Der Mann war doch seine Chance, der Garant dafür, dass er die nächsten acht Monate nicht ohne eine spannende Aufgabe dastehen würde – sonst käme er am Ende aus dieser Kleinstadt mit geschrumpftem Hirn und Sabber am Kinn. »Woran arbeiten Sie denn gerade?«

Daniel hob einen Stapel Papiere hoch und reichte ihn Kevin. »Sag doch ›Du‹ zu mir.« Er wies auf eine Zimmerecke. »Irgendwo unter dem Aktenstapel da ist ein Stuhl. Schmeiß die

Sachen einfach auf den Boden. Du musst das hier ausfüllen.« Während Kevin den Papierkram neugierig betrachtete, begann Daniel, die einzelnen Blätter aufzuzählen. »Antrag auf Arbeitserlaubnis – kriegst tatsächlich 'n paar Dollar die Stunde –, Info der Sozialversicherung, nächste Verwandte, so 'n Zeug.«

»Kapiert«, sagte Kevin. Ziemlich öde, aber notwendig.

»Meine derzeitige Arbeit«, erklärte Daniel, während Kevin mit dem Ausfüllen der Formulare begann, »besteht darin, dass ich einen Riesenstapel Kisten im Keller aussortiere. Da unten liegt eine Menge Zeugs herum, dass nie inventarisiert wurde: Tagebücher von Ausgrabungen, Vorräte, Akten und sogar Fossilien, die niemals, aus welchem Grund auch immer, zum Zeitpunkt des Fundes in den Museumslisten erfasst wurden. Das meiste davon stammt aus der Ära, als es noch keine Computer gab, und nun hat natürlich jemand die glänzende Idee gehabt, dass dies alles allmählich mal in die Datenbanken aufgenommen werden soll.« Er schwieg kurz. »Es ist ... eine ganz interessante Erfahrung. Ich hatte ja gedacht, das wäre das Hinterletzte, als ich damit anfing, aber je tiefer ich grabe, desto mehr tolle Sachen kommen dabei zu Tage. Was hältst du davon?«

»Hört sich total cool an«, log Kevin. »Könnte mir schon vorstellen, dass ich dabei helfen kann.« Kisten durchwühlen? Darauf hatte er nicht gerade spekuliert, aber es war immerhin etwas. Natürlich, wenn ihm das lieber war, dann konnte er auch seinen Schulkameraden zuhören, wie sie über Sport schwafelten oder über Bands, die er nicht hörte, Mädels, die er nicht kannte.

Daniel beugte sich vor und schaute zu, wie Kevin die letzten Kästchen auf einem der Blätter ankreuzte und dann seinen Namen darunter setzte. »Ich hatte gehofft, dass du das sagen würdest«, meinte er, während er die Papiere zusammenschob und beiseite legte. »Denn das hat viel mit dem zu tun, was ich gestern in der Schule erwähnt habe, etwas, das ich dir zeigen wollte.« Er hielt kurz inne. »Hast du … hast du auch das Timimus-Ei mitgebracht?«

»Natürlich.« Kevin holte seinen Rucksack und fischte die Schachtel mit dem sorgsam verpackten Fossil heraus. Er reichte sie Daniel.

»Wow«, machte der, als er die Schachtel öffnete. In seiner Stimme schwang eine Spur Ehrfurcht mit, während er mit den Fingern über die raue Oberfläche der versteinerten Schale strich. »Denk nur, vor hundertzwanzig Millionen Jahren wäre dies unter günstigen Bedingungen ein Lebewesen geworden, das wir uns heute nur mühsam vorstellen können.« Er studierte das Ei aufmerksam, rollte es vorsichtig erst in die eine, dann in die andere Richtung, dann legte er es wieder in die Schachtel und gab sie Kevin zurück. »Stell dir das nur mal vor!«

»Oh, das hab ich schon.« Kevin stellte die Schachtel hin, sagte aber nichts mehr. Daniel griff unter den Schreibtisch und brachte einen zerschlissenen Rucksack aus grauem Segeltuch zum Vorschein. Er zog ein altes ledergebundenes Tagebuch daraus hervor. Nach einem Augenblick des Zögerns reichte er es Kevin.

Kevin streckte automatisch die Hand aus, doch dann erschrak er ein wenig, weil das Buch stark von Ruß geschwärzt war. Offenbar war es vor langer Zeit in ein Feuer geraten. Und es fühlte sich seltsam schwer an. Für einen Augenblick hatte er die absurde Vorstellung, dass darin etwas enthalten war – vielleicht irgendeine geheimnisvolle Macht –, von der er lieber die Finger lassen sollte.

»Was ist das?«

»Das Tagebuch einer Ausgrabung, das ich in einer Kiste gefunden habe«, erklärte Daniel. »Ich erwarte jetzt nicht, dass du es liest. Das hab ich nämlich schon getan und es steht viel darin, was du sowieso schon weißt. Nur die Tatsache, dass es von 1939 ist, macht es ziemlich interessant – die Dinge werden von einem Standpunkt der Vergangenheit aus beurteilt, den du vielleicht niemals kennen gelernt hast. Allerdings fehlt auf jeder Seite ein gutes Stück, es ist entweder verbrannt oder abgerissen worden und deshalb konnte ich mir kein besonders klares Bild machen.«

»Ach, wirklich?«, meinte Kevin. Er blätterte das Buch durch, überflog die fleckige Blockschrift. 1939? Das war an sich schon faszinierend. Kevin war auf Grabungen gewesen: heiß und ungemütlich war es oft, man schwankte immer zwischen Freude an den Entdeckungen und Ärger über die Unterbringung und das Fehlen jeglichen Komforts. Wie musste es da erst früher gewesen sein, wenn man nicht einmal die kleinsten Annehmlichkeiten hatte, die Kevin und der Rest des Teams doch als selbstverständlich angesehen hatten?

Er wollte gerade eine Seite umblättern, aber Daniel legte ihm die Hand auf den Arm. »Kevin, bevor du noch weiterliest, gibt es etwas, das ...« Er zögerte, wie um seine Worte sorgfältig zu wählen. »Es geht um Sunnydale«, sagte er schließlich.

Kevin runzelte fragend die Stirn. »Was meinst du damit?«

Daniel suchte anscheinend immer noch nach den richtigen Worten. »Nun, also, hier passieren manchmal Dinge – *seltsame* Dinge –, die es an anderen Orten nicht gibt.«

Kevin ließ das Tagebuch sinken, behielt es aber in der Hand. »Was denn für ... seltsame Dinge?«

Daniel zuckte etwas verlegen die Achseln. »Ich kann's nicht richtig erklären. Ich kann dir nur so viel sagen, dass du es schon merken wirst, wenn du erst einmal eine Weile hier lebst. Und dann wirst du es *akzeptieren.*« Der Dunkelhaarige betrachtete seine Fingernägel, schaute auf die Bücher, die überall aus den Regalen quollen, starrte zu Boden – er mied Kevins Blick. »Ich kann wirklich nicht weiter ins Detail gehen, weil ... na ja, weil du dann glauben wirst, dass ich kein Fleisch in meinem Hirn-Sandwich hab.«

»Ich glaube, ich kann dir nicht ganz folgen«, sagte Kevin zögernd. Er gab das nicht gern zu, weil er Angst hatte, dass Daniel ihn dann für unwürdig befinden könnte und ihn nicht mehr in den Kreis der Eingeweihten des Museums aufnehmen würde. Die Wahrheit aber war, dass er keine Ahnung hatte, was Daniel Addison meinte.

»Und du musst es auch nicht verstehen«, fuhr Daniel fort. »Ich erwarte nicht einmal, dass du es verstehst. Ich bitte dich nur darum, die nächsten Seiten möglichst vorurteilsfrei zu lesen, so verrückt dir das, was Professor Nuriel schreibt, auch erscheinen mag. Denn hier, in Sunnydale, besteht die Möglichkeit, dass solche Dinge geschehen können.«

Völlig verwirrt nickte Kevin nur noch, als Daniel ihm mit einer Kopfbewegung bedeutete, weiterzulesen. Er hob das halb zerfetzte Buch und fand die Stelle, an der er unterbrochen worden war, folgte mit den Augen den Worten, die in seinem Kopf widerhallten. Es dauerte nicht lange, nur ein paar Sekunden, bis ihm der Mund offen stand und er den Blick zu seinem Gegenüber hob. Sein neuer Mentor sagte nichts, saß nur da und schaute ihn abwartend an. Unsicher versuchte Kevin noch einmal, das soeben Gelesene zu verarbeiten:

ICH KANN GENUG DAVON ÜBERSETZEN, UM ZU AHNEN, DASS ES UM EINE ART RITUALZAUBER GEHT. DIESER IST ÄUSSERST SELTSAM, EIGENARTIG UND SCHEINT DIE THEORIE AUFZUSTELLEN, DASS ETWAS TOTES INS LEBEN ZURÜCKGEBRACHT WERDEN KANN ...

Kevin ließ sich in den Stuhl zurückfallen. »Daniel, ich –«

»Also«, fiel der ihm ins Wort. »Du hast das Ei, ich das Tagebuch. Lass es uns versuchen.«

»Was?«

Daniel grinste ihn an. »Ich sagte, *lass es uns versuchen.*«

»*Was* versuchen?«

»Das Ritual – die Beschwörung.« Er nahm Kevin das Buch aus der Hand und blätterte ein paar Seiten vor. »Wir haben hier eine Beschwörungsformel und der Verfasser dieses Tagebuches – ein Professor, der damals fast fünfzig und angesehener Paläontologe war – behauptet, dass man damit bestimmte Arten von Fossilien wieder ins Leben zurückbringen kann. Dein Timimus-Ei fällt genau in diese Kategorie. Nun, was ist – machst du mit?«

Kevin saß wie versteinert da. Er traute seinen Ohren nicht. Ein Zauberspruch? Hexerei oder so was, vielleicht als kleines Spielchen? Aber wie immer man es auch nennen wollte – dass Daniel fest dazu entschlossen war, stand ihm deutlich ins Gesicht geschrieben. Kevin hätte vieles, sehr vieles dazu sagen können, als Erstes vielleicht »Bist du noch ganz bei Trost?«, aber er traute sich nicht. Er hatte ja schon die merkwürdigsten Stories über Kleinstädte gehört und dass die Leute dort manchmal sehr seltsame Dinge taten. Aber *Zaubersprüche*?

Aber egal was er dachte, er musste mitmachen. Wenn er es nicht tat, konnte er sich die Verbindung mit dem Naturkundemuseum von Sunnydale abschminken – und dieser schöne Traum wäre schon im Keim erstickt. Wenn er also nicht wollte, dass der Rest des Schuljahres eine Ewigkeit dauerte, dann durfte er Daniel den Wunsch nicht abschlagen.

Er räusperte sich. »I ... in Ordnung.«

»Hervorragend«, strahlte Daniel. Als Kevin sich nicht rührte, bedachte er ihn mit einem geduldigen Lächeln. »Das Ei?«

»Oh ... ja.« Kevin bückte sich und holte es aus der Schachtel, strich mit den Fingern über die raue Oberfläche, bevor er es David etwas widerstrebend aushändigte.

»Super.« Daniel schaute sich in dem winzigen Raum um und blickte dann Kevin an. Ein verständnisvolles Lächeln umspielte seine Lippen. »Sieh mal, ich weiß, dass du mich für verrückt hältst. Wenn ich nicht so viele Leute kennen würde, die schon ihr Leben lang hier wohnen und das Gegenteil beschwören könnten, dann würde ich selber glauben, dass ich so verdreht bin wie 'n Korkenzieher. Aber glaub mir, hier sind seltsamere Dinge passiert. Und schau: Was haben wir schon zu verlieren? Wir versuchen es ein einziges Mal, und falls es nicht klappt, sagen wir niemandem, dass wir so blöd waren, es überhaupt zu versuchen. Es sind doch nur Worte, und du wirst die ganze Zeit dabei sein. Ich hab doch nicht vor, das Ei aufzusägen oder gar zu zerstören. Okay?«

Kevin nickte etwas unwillig. Er hielt es immer noch für das Verrückteste, was er jemals gehört hatte. Mindestens so verrückt wie die Geschichte von dem Mann, der hundert Heliumballons an seinen Liegestuhl gebunden hatte und übers Meer davongeweht wurde, bevor die Air Force es schaffte, ihn wieder herunterzuholen. Aber immerhin hatte dieser Schwachkopf sich und seinen Biervorrat hochkriegen können. Andererseits – was konnte schon passieren, wenn man ein paar Worte murmelte ... im Übrigen würde er das gewiss nicht tun! Wenn es wirklich dazu kam, dann durfte Daniel die Ehre haben – und letztlich auch die Demütigung.

Daniel schaute sich noch einmal um, dann stand er auf, das Timimus-Ei sorgsam in der Armbeuge haltend. »Bloß raus hier«, meinte er. »Das ist so, als wollte man ein Experiment in irgendeinem Lagerraum durchführen. Schnapp dir das Tagebuch und wir gehn rüber ins Labor.« Er lachte leise. »Dort kommen wir auch an das Zeugs ran, das wir vielleicht brauchen.«

»Na schön«, antwortete Kevin. Er folgte Daniel aus dem Zimmer und zog die Tür hinter sich zu. Seine Nerven waren in Aufruhr. Ob das gefährlich werden könnte? Auf so etwas war er selbst durch Mr. Regis' warnende Worte nicht vorbereitet gewesen. Auch wenn Daniel gesagt hatte, dass es wahrscheinlich nur ein Jux wäre, so wollte er doch offenbar an den Erfolg glauben: ein paar gemurmelte Worte an ein versteinertes Ei und es sollte zum Leben erwachen. Das war schon schlimm genug, aber wie würde er erst reagieren, wenn es nicht klappte? Würde er völlig ausflippen oder es einfach hinnehmen und darüber lachen? Nun, gleich würde er es wissen.

»Wir gehen ins Labor der Anthropologen«, bestimmte Daniel. »Komm.«

Kevin tat wie geheißen und wünschte nur, er könne an irgendetwas anderes als an dieses blödsinnige Vorhaben denken. Es gab doch noch so viel Interessantes in diesem kleinen Museum: Mumien, eine Abteilung für präkolumbianische Kultur, er hatte vorhin sogar einen unglaublich spannend aussehenden »Insekten-Zoo« auf der anderen Seite eines Rundbaus gesehen. Doch sein Blick glitt jetzt darüber hinweg, er nahm kaum etwas richtig wahr. Irgendwie fühlte er sich seltsam ... die ganze Situation war nicht einmal *annähernd* normal.

»Da sind wir schon«, meinte Daniel. »Unser großes Experiment kann beginnen.« Er sagte es in einem scherzenden Ton, zweifellos, weil er mitbekam, wie unbehaglich seinem Begleiter zu Mute war. Vielleicht, dachte Kevin plötzlich, war das Ganze ja auch nur eine Prüfung, einer dieser hirnverdrehten Tests, die manche Arbeitgeber durchführten, um herauszufinden, wie gut man Anweisungen befolgte, oder ob man ein selbstständig denkender Kopf war und Probleme auf eigene Faust löste. Er wusste nicht, ob es solch einen Test auch mit Beschwörungen von Dinosaurier-Eier gab, aber das wäre immerhin eine Erklärung. Die Frage war nur: Wie lautete die richtige Antwort?

Der Raum, in den Daniel ihn nun führte, war viel größer und heller als sein Büro. Lange Edelstahltische standen an den Wänden aufgereiht, darüber hingen Regale, auf denen Bücher, Kabel, Computer und die dazugehörigen Software-Nachschlagebücher lagerten. Wenigstens war es ein Raum, in dem man atmen und sich umdrehen konnte, ohne gleich mit der Nase die

Wand zu rammen. Daniel führte ihn zu einem der Tische in der Mitte des Raumes und suchte sich ein freies Fleckchen. Dort deponierte er das Ei. Einen Moment lang blieben die beiden still stehen und betrachteten zuerst das Ei, dann das Tagebuch, das Kevin noch immer in der Hand hielt.

Kevin legte es nun neben das Ei. »Was, äh, brauchen wir noch dazu?«, fragte er Daniel.

Der zuckte die Achseln. »Nun ... vielleicht einen Käfig für den jungen Timimus, wenn er ausschlüpft. Die arbeiten hier manchmal mit Affen, also haben sie auch Käfige. Wart mal eben – ich schau nach.«

Kevin nickte und sah Daniel zu, wie er zu einem der größeren Wandschränke ging und darin herumwühlte, bis er etwas Passendes fand. Ihm war sehr wohl aufgefallen, dass Daniel gesagt hatte, *wenn* er ausschlüpft und nicht *falls* – no Sir, dem Mann fehlte es wirklich nicht an Zuversicht.

»Da haben wir schon einen.« Als Daniel mit einem kleinen Käfig aus Maschendraht an den Tisch zurückkam, dachte Kevin, dass er geradezu grotesk fröhlich klang, eher so, als wolle er den Termin für den Beginn der nächsten Ausgrabung ankündigen und nicht ein Ei ausbrüten. Was für ein Mist! So gern er auch im Museum sein wollte – im Augenblick wünschte Kevin nichts sehnlicher, als hier rauszukommen und nach Hause zu rennen.

Nach einem Moment andächtigen Schweigens nahm Daniel vorsichtig das Timimus-Ei, legte es in den Käfig und ließ die Tür zuschnappen. »Okay«, sagte er, »dann werd ich jetzt mal anfangen.« Plötzlich lachte er unerwartet, doch Kevin fand, es klang nervös. Außerdem steckte noch etwas anderes dahinter, das er nicht genau deuten konnte. Na klar – es war wahrscheinlich Hoffnung! Es kam ihm so vor, als versuche Daniel krampfhaft, sich normal zu geben. Er tat, als sei dies alles nur ein Schwindel, und als müsse er im nächsten Augenblick zugeben, dass es nur eine

Art Initiationsritual war, das jeder Neue im Museum über sich ergehen lassen musste. Aber Kevin nahm ihm das nicht ab, umso weniger, als er nun sah, wie Daniels Hand zitterte, als er Professor Nuriels Tagebuch aufblätterte und die Textstelle suchte.

Zu dieser späten Stunde war es im Museum sehr ruhig. Und für die Nachtwächter war es noch zu früh, ihre Runden zu drehen. Kein Laut drang durch die Rohrleitungen oder flog mit dem Wind herbei, der durch das zugige Treppenhaus wehte. Ohne es zu wollen, hielt Kevin den Atem an und horchte auf die Beschwörung, die Daniel jetzt vorlas.

»Hört diesen Ruf, Geister von Ladonithia«, intonierte er. Seine Stimme klang rau und verriet nur allzu deutlich, dass ihn ein großer Schauder überkommen hatte. »Erwachet und kehrt wieder aus eurem Abgrund zu ihm, der euch rief. Erster von vier, vereinigt euch, und gewähret dem, der euch wieder erweckt, die Erfüllung eines einzigen Wunsches.«

Kevin zog erstaunt die Augenbrauen hoch, als Daniel die letzten Worte sprach. »Erster von vier, vereinigt euch« – was sollte denn das bedeuten? Und die Erfüllung eines Wunsches – ging es um Gier oder so was?

Er drehte den Kopf zu Daniel herum, aber bevor er ihn fragen konnte, war in dem stillen Raum ein leises, aber deutliches Knacken zu vernehmen.

Wie wenn eine Eierschale aufbricht.

Kevins Kopf fuhr wieder zu dem Käfig herum und er wollte seinen Augen nicht trauen. Das Ei des Timimus war von einem intensiven, lavendelblauen Schein umgeben, wie man ihn nachts um die Neonschilder verrufener Nightclubs schimmern sieht – ein so stechendes Leuchten, dass einem die Augen wehtaten. Quer über das Ei lief ein gezackter Riss, der sich mit jeder Sekunde vergrößerte. »Das kann doch nicht sein«, flüsterte Kevin, während sie sich vorbeugten, um besser zu sehen. »Das gibt's nicht!«

»Oh«, meinte Daniel begeistert. »Ich glaube, das gibt's *doch!*« Ohne sich abgesprochen zu haben, schlichen sie wachsam um den Käfig herum, versuchten, das blaue Leuchten von allen Seiten zu betrachten. Das Licht wurde langsam schwächer, wie verglühende Holzscheite im Feuer. Dann lag wieder nur das Ei da, nun etwas ganz anderes als nur ein prähistorisches Fossil.

Die Schale war jetzt hell und gelblich, durchzogen von Streifen in dunklerem Gold. Sie erinnerte Kevin an Butter, die in der Pfanne schmilzt, kurz vor dem Braunwerden. Das Ei hatte ungefähr die Größe eines Kinderfußballs. Unter den aufgeplatzten Rändern kam eine hellere Farbe zum Vorschein, wie eine Art Wundsekret quoll eine klare Flüssigkeit hervor. Jedes Knacken der Schale erscholl wie Donnerhall in Kevins Ohren und als dann noch ein anderer Laut – ein leises *Zirpen* – hinzukam, wäre er fast übergeschnappt. Noch ein letzter *Kracks*! ... und das Timimus-Ei zerbrach in zwei Hälften.

Kevin und Daniel wichen automatisch einen Schritt zurück, doch dann kamen sie instinktiv wieder näher heran. Etwas wühlte sich aus der zersplitterten Schale, winzige Klauen kratzten und rutschten in der klebrigen, leicht blutigen Embryoflüssigkeit, die die Kanten der Eierschale überzog und ab und zu in einem Schwall zwischen den Rissen herausdrang. Den Krallen folgten Zehen, dann junge, äußerst zerbrechlich aussehende Gliedmaßen. Goldfarbene Haut mit braunen Flecken, glitzernd in den Resten des Eiklars.

»Das gibt's doch nicht!«, konnte Kevin nur noch krächzen. »Ich kann's einfach nicht –«

»Ich hab's dir doch gesagt«, mahnte Daniel mit ehrfürchtiger Stimme. »Manchmal geschehen sehr seltsame Dinge in Sunnydale.«

»So etwas zum Beispiel.«

Ich hab schon geglaubt, der geht nie mehr. Zu Daniels Verdruss war Kevin noch fast vier Stunden geblieben und nur die Angst vor dem Zorn seiner Eltern hatte ihn schließlich dazu bewegen können, sich endlich zu verziehen. Daniel war schon lange mit ihm durchgewesen, so ungefähr seit dem Zeitpunkt, als das Timimus-Ei zum Leben erwacht und das Junge geschlüpft war. Das Wichtigste hatte er ja bekommen – und wozu konnte er Kevin Sanderson sonst noch brauchen?

Heute Morgen war Daniel schon sehr zeitig ins Museum gekommen und hatte den Lieferanteneingang an der Rückseite des Gebäudes benutzt. Am liebsten wäre er letzte Nacht gar nicht nach Hause gegangen, aber dann hätte man den Zustand seiner Kleidung bemerkt und den leicht bläulichen Schatten auf den Wangen, weil er sehr starken Bartwuchs hatte. Nun begab er sich auf schnellstem Wege in sein Büro, weil er sich vergewissern musste, dass der Timimus immer noch sicher in seinem Käfig unter dem Schreibtisch verstaut war. Er hatte ihn mit nach Hause nehmen wollen, aber nicht gewusst, wie er das bewerkstelligen sollte. Nur die älteren Bediensteten durften Dinge hinein- und hinausschleppen, ohne von den Nachtwächtern angehalten zu werden. Er hatte den jungen Timimus also hier lassen müssen. Gott sei Dank war mit ihm alles in Ordnung.

Nun starrte er den kleinen Dinosaurier an. Gestern Abend hatte er zwar dringend gewünscht, Kevin los zu sein, aber er konnte auch verstehen, was für ein unglaubliches Ereignis dies für den Jungen war und dass er nicht hatte gehen wollen. Das kleine Wesen in dem Käfig war das lebende, atmende Exemplar einer Art, die länger ausgestorben war, als die meisten Menschen sich das überhaupt vorstellen konnten. Von Kopf bis Fuß mochte es annähernd vierzig Zentimeter messen und Daniel fand, dass man die nahe Verwandtschaft zu heute lebenden Vögeln gut erkennen konnte: vogelähnlicher Schnabel mit typischen kleinen Zähnen, gedrungener Körper mit schlanken

Gliedmaßen und langer Hals, der wie eine Illustration zu der Lehrbuchmeinung war, dass dieses Wesen dem Strauß glich. Die Paläontologen waren auf der richtigen Spur gewesen.

Daniel sah auf die Uhr und dachte über den weiteren Verlauf des Tages nach, während er den kleinen Segeltuchsack öffnete, den er mitgebracht hatte. Ein paar Blocks von der Sunnydaler Einkaufsmeile entfernt gab es eine Zoohandlung, ein kleines Geschäft, das sich tapfer gegen die großen Ketten behauptete, indem es früher öffnete, Katzen und Hunde in Pension nahm und außer den üblichen langweiligen Mäusen, Meerschweinchen, Welpen und Kätzchen gelegentlich auch ein paar »bunte« Kreaturen verkaufte. Manchmal gab es echte Knaller wie Kobras oder südamerikanische Pfeilgiftfrösche, und einmal hatten sie dort sogar einen Komodowaran angeboten. Daniel wusste nicht, wie sie es anstellten, nicht mit dem Gesetz in Konflikt zu geraten, es war ihm aber auch egal – im Augenblick war er einfach froh, dass er dort billig eine Hand voll weißer Mäuse bekommen hatte. Das Ding da im Käfig benötigte mehr als nur Wasser und er hoffte, seine Gabe würde vorerst genügen.

Er brauchte nur einen Moment, um die beiden Mäuse in den Käfig zu werfen und die Tür zu schließen …

… und in weniger als einem Moment hatte der Timimus seine Zähne in die beiden Tiere geschlagen.

Daniel schnappte nach Luft und wich instinktiv einen Schritt zurück, während das Mäuseblut schon gegen das Gitter und auf die Papiere auf seinem Schreibtisch spritzte. Der Baby-Saurier zerriss seine Beute mit einer Wildheit, die der junge Paläontologe nie erwartet hätte – denn dies war eine kleinere Spezies, von der man annahm, sie hätte sich ausschließlich von Insekten und kleineren Säugetieren ernährt. Wie konnte eine solche Spezies derart aggressiv sein, und das bereits als Jungtier? Ungläubig schaute er dem Timimus beim Fressen zu. Ihm wurde übel bei dem Anblick … doch dann beobachtete er fasziniert, wie sich der kleine Saurier nach der Mahlzeit putzte: wie ein Vogel, der sein Gefieder reinigt.

Bildete er sich das jetzt ein oder war der Timimus größer geworden? Sicher, die Mahlzeit hatte ihm Kraft gegeben, aber Daniel kam es wirklich so vor, als sei er in der kurzen Zeit ein ganzes Stück gewachsen …

Daniel!

Er fuhr herum, als er die Stimme hörte, und hätte fast einen Stapel Papiere und Fossilien von seinem Tisch gefegt. Natürlich war niemand da, es wäre unmöglich, dass jemand in sein Kabuff schlüpfen konnte, ohne dass er es merkte. Außerdem hatte er abgeschlossen. Wer …

Die Erfüllung eines einzigen Wunsches.

»Was?«, flüsterte Daniel. Er kniff die Augen zu und rieb sich die Stirn. Diese Worte – die kannte er doch von irgendwoher. Als er die Augen wieder öffnete, fiel sein Blick als Erstes auf den Timimus, der sich bequem im Käfig hingekauert hatte; als Nächstes sah er Nuriels Ausgrabungstagebuch, dicht daneben. Daher stammten die Worte – »Erfüllung eines einzigen Wunsches« war die letzte Zeile der Beschwörungsformel gewesen. Aber das hatte er doch getan! Wollte diese Stimme, diese … *Präsenz* in seinem Kopf ihm nun die Belohnung ankündigen?

»Berühmt«, stieß er ohne nachzudenken hervor. »Ich will berühmt sein, sodass jeder im Museum es weiß.« Das klang zwar nicht so gut, wie er eigentlich wollte – hätte er nur mehr Zeit zum Formulieren gehabt –, aber in seiner Aufregung über die miterlebte Dino-Geburt war ihm der Teil mit dem Wünschen entfallen. Nun, das konnte er ja nachholen: »Ich meine, ich w –«

Du hast deine Aufgabe noch nicht erfüllt.

Daniel hielt verwirrt inne. »Aber … aber ich habe dich doch wieder zum Leben erweckt«, sagte er zu dem kleinen Dinosaurier. Irgendwie kam er sich blöd vor, so als ob er in die Luft rede oder zu einem dumpfen Tier. Andererseits … nun, der Beweis für das Außergewöhnliche war ja dort, genau vor seinen Augen, oder? »Was willst du noch?«

Erster von vier, vereinigt euch …

»Was?«, fragte er zum zweiten Mal. »Ich verstehe dich nicht.«

Lass mich frei, murmelte die Stimme in seinem Kopf, und Daniel sah die Augen des kleinen Timimus plötzlich wild aufleuchten.

Lass mich frei und gebäre noch drei …

»Noch drei?«, wiederholte Daniel. Natürlich, der Timimus war der Erste, doch war es notwendig, noch drei weitere wieder zum Leben zu erwecken? »Aber warum denn?«

Wer auch immer dieses Wesen in seinem Kopf sein mochte – Daniel spürte, dass es jetzt *lächelte.*

Willst du nicht, dass ich deinen Wunsch erfülle, Daniel Addison? Willst du nicht … berühmt sein?

Daniel ließ sich auf seinen Stuhl fallen und schloss die Augen. Er wollte die verlockenden Worte in seinem Kopf kreisen lassen, nur eine kleine Weile.

6

Sie liebte ihre Mutter, aber im Augenblick fand Buffy, dass selbst die Extraktion von drei Weisheitszähnen – von Rektor Snyder mithilfe einer Eisenzange ausgeführt – angenehmer wäre als ein Freitagabend-Dinner.

Das Essen war natürlich ausgezeichnet. Joyce Summers war eine hervorragende Köchin und Buffy wusste, dass sie sich immer besondere Mühe gab, wenn ihre Tochter zufällig einmal keinen netten Abend mit den Freunden plante – oder gar schon aus der Tür und auf Nachtpatrouille war, bevor die Teller auf dem Tisch standen. Ein leckeres Dinner war an sich eine sehr nette Geste, doch seit Joyce herausgefunden hatte, dass Buffy die Jägerin war und sich mit allen möglichen Kreaturen – Löwen, Tigern und gar Vampiren! – herumschlagen musste, konnte Buffy die scheußliche Ahnung nicht loswerden, dass ihre Mom ihr bei jeder Gelegenheit die ganz spezielle Version einer Henkersmahlzeit auftischen wollte. Und dann immer diese ständigen Anspielungen aufs College und – in völliger Verkennung von Buffys Lage – die Bitte, ob ihre Tochter nicht an irgendeinem anderen Ort auf dieser Erde studieren könne.

»Bedien dich«, sagte Joyce fröhlich und stellte ihr eine Schüssel Schokoladenmousse mit einem Berg Schlagsahne hin. Schon irre.

»Schmeckt echt super«, meinte Buffy ehrlich, nachdem sie probiert hatte. »Ich ...«

»Wie wär's mit der University of Arizona?«, fragte Joyce

ohne Vorwarnung. Sie rührte dabei so begeistert in ihrem Dessertschälchen herum, dass Buffy unbehaglich zu Mute wurde. »Tucson ist doch nur sechs oder sieben Stunden von L.A. entfernt. Und sie haben ein wirklich tolles Fächerangebot. Hast du gewusst, dass das agrarwissenschaftliche Seminar 1998 einen Forschungstag zur Unkrautvernichtung durchgeführt hat?«

Buffy hatte gerade den Mund aufmachen und sich darüber beschweren wollen, dass Joyce wohl nie aufhören würde, von anderen Unis zu reden, doch dieses triviale Detail brachte sie völlig aus dem Konzept. »Was?«

»Ich sage ja nicht, dass du Agrarwissenschaft studieren sollst, sondern nur, wie viele Wahlmöglichkeiten sie anbieten«, beschwichtigte Joyce. Sie schöpfte sich noch einen Löffel Mousse ins Schälchen. »Und dann ist da noch die Arizona State University in Phoenix, das sind nur vier Autostunden …«

»Können wir das Buch über die verschiedenen Colleges nicht mal 'ne Weile zuklappen?«, fiel Buffy ihr ins Wort. »Bitte! Mir raucht ja schon der Kopf wie in dieser Anti-Werbung über Drogen, nur heißt der Slogan jetzt: *Das ist Buffys Hirn, wenn sie übers College nachdenkt.*«

Joyce Summers sah aus, als hätte sie gern noch mehr gesagt, verkniff es sich aber und schaute auf die Reste ihrer Mousse. Buffy rührte in ihrer eigenen herum und fühlte sich schuldig, aber sie wusste, dass es keinen Ausweg gab. Sie war nun einmal die Jägerin, sie musste in Sunnydale bleiben. Doch sie konnte genauso verstehen, wie verzweifelt ihre Mutter versuchte, sie zu retten. Versuchte sie selbst nicht ebenfalls immer, Joyce zu beschützen, wenn sie wusste, dass die Mächte des Bösen losgelassen waren?

»Tja«, meinte Joyce nach ein paar Sekunden verlegenen Schweigens, »in den Nachrichten hieß es, dass ein wildes Tier in der Stadt sein Unwesen treibt.«

Aha, endlich was Interessantes. »Was für ein Tier denn?«, fragte Buffy, plötzlich ganz gespannt.

Ihre Mutter zuckte die Achseln. »Einige behaupten, es sei ein Alligator. Wie in diesen Filmen, irgendein Haustier, das die Toilette heruntergespült wurde und nun, wo es ausgewachsen ist, aus der Kanalisation auf die Straße entwichen ist. Andere sagen, es sehe aus wie einer dieser urtümlichen Drachen von Komodo. Aber die Wahrheit ist, dass keiner es je richtig zu Gesicht bekommen hat. Die Polizei bleibt natürlich hartnäckig dabei, dass es sich um einen streunenden Hund handelt.«

Buffy starrte sie nur an. »Ein *Drache*?«

Joyce lächelte verschmitzt. »Keiner, der Feuer speit, ich versprech's dir. Und es ist auch ziemlich unwahrscheinlich, dass ausgerechnet in Sunnydale ein indonesischer Komodowaran herumgeistern soll. Nicht nur, dass sie fast ausgestorben sind – sie existieren wirklich nur auf einem kleinen Fleckchen unserer Erde.« Plötzlich verschwand ihr Lächeln und sie schaute besorgt drein. »Natürlich sind sie sehr groß und können sich blitzschnell bewegen. Soweit ich weiß, versetzen sie ihrer Beute einen tödlichen Biss, folgen ihr dann und warten, bis sie verendet.« Joyce sah nun ein bisschen grau im Gesicht aus, dann schüttelte sie den Kopf. »Aber solche Tiere haben wir in Sunnydale nicht, nicht einmal im Zoo.«

»Wenn es kein Drache und kein Hund ist, was ist es dann?«, fragte Buffy und kniff die Augen zusammen. »Eine Wahnvorstellung?«

Joyce legte den Kopf schief. »Na ja, bei ein paar Leuten *sind* schon Haustiere getötet worden. Am nächsten Morgen haben sie dann gefunden, was von ihnen übrig geblieben ist – und das war nicht viel.«

Bei diesen Worten setzte sich Buffy kerzengerade auf. Die Schokoladenmousse war mit einem Schlag vergessen, obwohl sie sonst nicht aufhören konnte, bevor die ganze Schüssel leer war. »Dieses Ding greift Haustiere an und *vertilgt* sie?«

Joyce nickte. »Nicht bei uns im Viertel, aber es war nicht weit weg.«

Grübelnd blickte Buffy auf ihr Schälchen. Vielleicht war es ja wirklich so ein Drachenviech, aber irgendwie passte es nicht zum Höllenschlund, einer derart *realen* Bedrohung ausgesetzt zu sein. Viel wahrscheinlicher handelte es sich um einen bösen Kobold mit einer Menge scharfer Zähne. Oder vielleicht um eine dieser Elfen, mit denen sie und ihre Freunde vor einer Weile konfrontiert gewesen waren, als sie den Erlkönig und seine Wilde Horde bekämpft hatten. Und waren sie nicht niedlich gewesen, diese Minimonster mit ihren messerscharfen Zähnchen – würg! Aber diese Ungeheuer pflegten nur in Massen aufzutreten, also war es diesmal vielleicht etwas –

In diesem Moment fing ein paar Häuser weiter ein Mann an zu schreien.

Im Bruchteil einer Sekunde war Buffy auf den Beinen. Sie hörte noch den überraschten Ausruf ihrer Mutter, während sie schon auf die Haustür zuraste, sie aufriss und auf den Bürgersteig rannte. Buffy brauchte nur einen Augenblick, um festzustellen, woher die Schreie kamen – zwei Häuser weiter, der neue Nachbar, der erst vor ein paar Wochen eingezogen war. Buffy erinnerte sich nicht mehr an seinen Namen, wusste aber noch, dass er einen hübschen Hund hatte, ein freundliches, wenn auch hyperaktives Tier mit dem passenden Namen »Mutzoid«, total verrückter Köter. »Reimt sich auf *nutzoid*«, hatte er ihr erklärt, als sie stehen geblieben war, um das Tier zu streicheln.

Und wie aufs Stichwort begann jetzt auch der Hund zu heulen.

Buffy stürzte auf das Haus zu. Hinter sich hörte sie ihre Mutter rufen. Zu spät dachte sie daran, dass sie weder einen Pflock noch Weihwasser dabei hatte – obwohl sie auch nicht glaubte, dass ihr das jetzt besonders helfen könnte. In Sekundenschnelle hatte sie den Weg zurückgelegt und folgte dem Lärm auf der Rückseite des Hauses. Dort sah sie ein Loch im Holzzaun, der den Hof umgab.

»Zurück! Vorwärts – *fass*!«

Die raue, panikerfüllte Stimme glich in keiner Weise der, die Buffy sonst von dem Mann kannte, und man konnte ihn auch kaum verstehen, weil der Hund so laut jaulte. Der Zaun war nicht sonderlich hoch, deshalb sprang Buffy schnell darüber, statt durchs Tor zu gehen ... aber als sie in dem kleinen Hof landete, hätte sie vor Überraschung fast laut aufgeschrien.

Es war wirklich ein Drache!

Nun, so ziemlich jedenfalls – er hatte keine Flügel und keine Nüstern, um Feuer zu speien. Aber das Untier, das Mutzoid und seinen Besitzer in die hinterste Ecke des Hofes zurückgedrängt hatte, glich genau dem Bild, das Buffy sich immer von einem Drachen gemacht hatte. Zum Glück 'ne ganze Ecke kleiner. Trotzdem, von der seltsam geformten Schnauze bis zum Ende des langen, wippenden Schwanzes war es gut einen Meter zwanzig lang und die Haut hatte eine Tönung, die vage an Wüstenechsen erinnerte. Und schlimmer noch: Es bewegte sich haargenau so wie die Monster in den Filmen, es schnappte nach Mensch und Hund und ließ ihnen keine Möglichkeit zu entkommen. Dazu stieß es fürchterliche Schreie aus – *skrieee! skrieee!* –, die Buffy regelrecht in den Ohren gellten.

»Hey!«, schrie sie das Vieh an. »Du weckst ja die ganze Nachbarschaft auf!«

Als die Kreatur jetzt den Kopf zu ihr drehte und Buffy sie von vorn sah, zögerte sie zunächst. Irgendwie sah das Wesen richtig niedlich aus: ein vogelähnlicher Kopf, klitzekleine Augen –

»Buffy, pass auf!«

Zu spät sah sie das Blut, das dem Tier vom Schnabel tropfte – der Beweis dafür, dass es schon versucht hatte, den unglücklichen Mutzoid zu verspeisen ... und jetzt offenbar seinen Appetit auf Buffy ausweitete. Als es schon fast bei ihr war, retteten Buffy ihre Reflexe: Blitzschnell sprang sie zur Seite, drehte den Oberkörper und trat mit einem kräftigen Roundhouse-Kick zu, der die Kreatur fast zwei Meter durch die Luft fliegen und zu Boden krachen ließ. Aber das Biest war schwerer und agiler, als Buffy gedacht hatte. Und ihr gefiel auch nicht besonders, dass es sofort wieder auf die Beine kam. Es schwenkte den Kopf zwischen Mutzoid und ihr hin und her, als versuchte es zu entscheiden, wer von beiden seine Aufmerksamkeit zuerst verdiente. Buffy ahnte schon, wer der beziehungsweise die Glückliche sein würde: Geht's mir nicht immer so?, dachte sie.

Blitzschnell wusste sie, was zu tun war. Beim nächsten Angriff tat sie, als wolle sie sich nach links wenden, und sah, wie das Tier mit seinem ganzen Gewicht der Bewegung folgte. Sie aber sprang eine Rolle nach rechts und kam neben einer großen Mülltonne mit schräg aufgesetztem Deckel wieder auf die Füße. Als das Drachenbiest wieder auf den Tatzen stand und von neuem angriff, hielt sie den Deckel vor sich wie ein Gladiator sein Schild und versetzte ihm eine volle Breitseite.

Das Tier fiel nach hinten wie ein Boxer, dessen Gegner seinen besten rechten Haken angebracht hat. Ein paar spannende Sekunden lang lag es zuckend zwischen Buffy und dem ungläubig starrenden Nachbarn, dann war es still.

»Buffy, bist du auch nicht verletzt?« Joyce lief in den Hof und streckte die Arme nach ihrer Tochter aus. Doch als sie das Tier am Boden sah, blieb sie mit einem Ruck stehen. »W-was ist denn *das*?«

»Ich glaube, das ist dein indonesischer Drache«, antwortete Buffy. Langsam ging sie auf das hingestreckte Tier zu. Auch der Nachbar, Mutzoid fest am Halsband gepackt, näherte sich vorsichtig.

»Ist es tot?«, fragte er mit zitternder Stimme. »Mann, es hat versucht, meinen Hund zu töten!«

»Nicht tot«, erwiderte Buffy. »Es atmet noch.« Sie griff nach der Mülltonne, stülpte sie um und leerte den Inhalt aus. »Helft mir, es reinzustopfen, bevor es wieder zu sich kommt.«

Joyce starrte sie ungläubig an. »Du willst es *anfassen*?«

Buffy zog eine Augenbraue hoch. »Ich hab grad keinen Drachenmaulkorb oder eine Leine zur Hand, Mom.« Joyce sah aus, als hätte sie eine passende Erwiderung auf den Lippen, ließ es dann aber und ging unsicher um das Tier herum. »Zuerst die Füße«, bestimmte Buffy. »Es hat ganz schön kräftige Hinterbeine und wir wollen doch nicht, dass es den Deckel raustritt.«

»Ich heiße Russ«, sagte der Nachbar zu ihrer Mutter, während Buffy weiter das am Boden liegende drachenähnliche Geschöpf inspizierte. Gott sei Dank, Buffy hatte schon befürchtet, er erwarte vorgestellt zu werden, und sein Name war ihr immer noch nicht wieder eingefallen. Der Hund winselte jetzt leise und Buffy sah, dass das arme Tier an ein paar Stellen blutete. »Lassen Sie mich zuerst Mutzoid versorgen, dann helfe ich Ihnen.«

»Mutzoid?«, wiederholte die Mutter verblüfft, aber da war Russ schon außer Hörweite. Sie schaute ihre Tochter an. »Er hat seinen Hund *Mutzoid* genannt?«

»Mom«, sagte Buffy entnervt. »Wir wollten uns um dieses Drachenviech kümmern, ja? Bevor es wieder aufwacht und uns zum Abendessen verspeist.« Sie schaute sich im Hof um – waren das Stimmen, die sie hinter dem Zaun hörte? Freitagabend, und eine Menge Leute gingen aus. Das Letzte, was sie jetzt gebrauchen konnte, waren noch ein paar Nachbarn mehr, die hier aufkreuzten und sich über das Viech den Mund fusselig redeten. *Irgendwas an diesen Augen …*

»Oh … natürlich.« Buffys Mutter schlich ein weiteres Mal um das Tier herum. Sie wusste nicht, was sie als Nächstes tun sollte, doch dann erschien Russ wieder auf der Bildfläche. So verzweifelt er eben noch gewesen war, schaffte er es nun, Joyce ein leicht zitterndes Lächeln zuzuwerfen. Buffy sah ihn genauer an: ein nett aussehender Typ um die vierzig mit etwas zu langen blonden Haaren und blauen Augen.

»Wie fangen wir's an?«, fragte er.

»Sie nehmen den Kopf«, bestimmte Buffy. »Mom und ich heben es hoch und schieben die Mülltonne darunter. Wir müssen schnell machen und auf das Maul achten – wenn es aufwacht, wird es bestimmt versuchen zu beißen.«

»Als ob ich das nicht *wüsste*«, murrte Russ.

Das Tier war schwerer, als es aussah. Noch schwerer war, es in die Tonne zu stopfen, aber sie hatten es trotzdem bald geschafft. Allerdings waren sie keine Sekunde zu früh gewesen: Kaum hatte Buffy den Deckel auf die Tonne gelegt, als es in dieser zu rütteln anfing. Instinktiv legten sie und Joyce sich auf den Deckel. Im nächsten Moment begann das Tier von innen mit seinem vogelartigen Maul gegen das Metall zu hämmern.

»Wir brauchen etwas, um den Deckel zuzuhalten!«, überschrie Buffy den Lärm. »Haben Sie einen Gürtel oder ...«

»Warten Sie, ich habe ein Seil in der Garage.« Russ sprintete davon und überließ es Buffy und Joyce, den Deckel festzuhalten, während das Drachenviech in der Tonne immer wilder wurde. Die Schnabelhiebe machten einen Riesenlärm und die Tonne schwankte hin und her.

»Buffy!«, keuchte Joyce. »Was ist, wenn wir den Deckel nicht zuhalten können?«

»Wir *müssen*«, gab ihre Tochter grimmig zurück. »*Russ!*«

»Hab es!«, rief er aus dem kleinen Garagenanbau. Mit eiligen Schritten kam er zurück und schlang ein dickes Seil durch die Henkel und über den Deckel der Tonne, dann führte er es unter dem Boden durch, während Buffy und Joyce die Tonne kippten. Als Russ den Knoten festmachte, beruhigte sich das Ding in der

Tonne endlich, als hätte es gemerkt, dass Flucht nun unmöglich war.

»Das war echte Hundefänger-Arbeit!«, verkündete Buffy und wischte sich mit ihrer dreckigen Hand die Stirn. Bäh, sie musste unbedingt duschen und was Frisches anziehen. Aber dafür war jetzt keine Zeit.

»Genau«, sagte Russ, der Nachbar. »Ich finde, wir sollten Animal Control rufen und dieses Vieh wegkarren lassen. Ich werde sofort anr…«

»Nein!«, fiel ihm Buffy ein wenig zu hastig ins Wort. Als er sie verblüfft anstarrte, versuchte sie ihre Reaktion abzuwiegeln. »Ich meine, Mom und ich, wir kümmern uns schon drum. Wir … bringen es hin …«

»Ein Bekannter von uns arbeitet dort«, half Joyce geistesgegenwärtig ihrer Tochter. »Er hat oft mit dem Zoo zu tun und möchte es vielleicht mal ansehen.« Buffy hätte sie küssen können.

Russ sah sie zweifelnd an. »Aber es ist doch ein Drache …«

»Och, das glaub ich nicht«, unterbrach ihn Buffy. »Es sieht mehr wie ein … ein großer *Vogel* .. aus. Findest du nicht, Mom?«

»Ganz genau.«

Russ schaute von den beiden zur Mülltonne, dann wieder zurück und zuckte schließlich müde die Achseln. »Was auch immer. Jedenfalls will ich es hier nicht haben.«

»Tonne in den Kofferraum«, sagte Buffy freundlich. »Gar kein Problem. Und auf diese Weise müssen wir auch nicht warten. Sie wissen, wie lange es bei diesen Behörden immer dauert. Mom?«

»Ich hole die Familienlimousine, Schatz.«

Buffy grinste. Ihre Mom hatte sich schon wieder gut gefangen, wenn man bedachte, dass sie vor gerade mal fünf Minuten das Ende eines Drachenkampfes miterlebt hatte. Buffy blieb bei Russ, um mit ihm auf die Rückkehr ihrer Mutter zu warten –

aber vor allem wollte sie auf diese Weise sichergehen, dass er nicht doch die Leute von Animal Control rief. Manchmal taten Erwachsene äußerst unüberlegte Dinge, wenn man nicht da war, um sie daran zu hindern.

Nach ein paar Minuten parkte Joyce Summers ihren Wagen neben Russ' Garage und kam zurück in den Hof. Alle drei ächzten unter dem beträchtlichen Gewicht, als sie die Tonne zum Auto hievten. »Sind Sie sicher, dass Sie es so machen wollen?«, fragte Russ noch einmal nach und beäugte misstrauisch die Tonne, die aus dem offenen Kofferraum ragte. »Wenn dieses Tier wieder ausbricht ...«

»Wird es aber nicht«, versprach Buffy feierlich. »Wir haben es total unter Kontrolle.«

»Und unser Freund ist Fachmann«, fügte Joyce hinzu.

Russ, der reichlich skeptisch wirkte, verschränkte die Arme vor der Brust. »Fachmann für was?«

Joyce schaute ihn verständnislos an.

»Recherchen«, erwiderte Buffy schnell. »Über seltsame Vorkommnisse und Tiere.«

Russ schaute von ihr zur Mutter. Schließlich zuckte er die Achseln. »Tja, ich ...«

»Wir müssen jetzt *wirklich* los.« Buffy nahm ihre Mutter beim Arm und zog sie zum Wagen. »Wir würden ja noch gerne bleiben, aber je schneller wir dieses Tier in sicherer Verwahrung haben, desto besser für alle. Und wir wollen Moms, äh, Freund noch erwischen, bevor er nach Hause fährt.«

»Außerdem«, erinnerte ihn Joyce sanft, »müssen Sie sich doch um Muh-mu ...«

»Mutzoid«, half Buffy aus. »Vielleicht wollen Sie ihn zum Tierarzt bringen.«

Russ runzelte die Stirn. »Sie haben Recht«, meinte er schließlich. Er hielt die Wagentür auf, während Joyce sich hinters Steuer setzte. »Passen Sie nur ja auf.«

»Tun wir«, versprach Buffys Mutter. »Viel Glück mit dem Hund.«

Russ nickte und eilte ins Haus. Buffy fühlte, wie ihre Schultern vor Erleichterung einen Finger breit nach unten sackten.

Joyce sah zu ihrer Tochter, während sie den Sicherheitsgurt anlegte. »Gut, Buffy. Wohin jetzt?«

Ihr Tochter konnte nicht glauben, dass Joyce noch fragen musste.

»Zu Giles natürlich.«

»Meine Güte«, bemerkte Joyce trocken. »Warum ist mir das nicht gleich eingefallen?«

»Guten Abend«, ertönte eine samtige Frauenstimme hinter ihm. »Ihr müsst Oz und Devon sein.«

Oz, der gerade auf dem Bühnenboden saß und ein defektes Kabel reparierte, lugte hinter einer Box hervor. Devon war dabei, ein paar Meter Verlängerungsschnur von der Kabeltrommel zu rollen. Beide standen fast gleichzeitig auf und gingen auf die Frau zu.

»Ich bin Alysa Bardrick«, stellte sie sich vor und streckte die Hand aus. »Ich hoffe, ich bin nicht zu früh dran. Ich wollte schon vor Beginn des Konzerts kommen, um das richtige Feeling für eure Musik zu bekommen.«

Der geselligere und einem kleinen Flirt nie abgeneigte Devon schüttelte ihr zuerst die Hand, dann Oz. Alysa war eine hoch gewachsene Frau – fast einsachtzig groß – und gertenschlank. Das kurze dunkelrote Haar hatte sie mit Gel frisiert und um die Augen jede Menge schwarzen Kajal aufgetragen – Augen, in denen eine gewisse Härte zu lesen war, die sie älter wirkten ließ, als ihre übrige Erscheinung. Sie trug ein schickes, eng anliegendes schwarzes Kleid, das eher auf eine Cocktailparty passte als ins *Bronze*. Aber genau darum ging es vielleicht, dachte Oz: Alysa wusste ganz genau, wie man Leute beeindruckte, während sie, die Mitglieder der *Dingoes*, davon keinen Schimmer hatten.

»Super, dass Sie gekommen sind.« Devon strahlte und schaute Oz auffordernd an.

»Genau«, bestätigte der. Er schaute auf seine Hand und merkte erst jetzt, dass sie ihm eine Visitenkarte gegeben hatte. *Ein Profi.*

Alysa Bardrick nickte und wies mit dem Kopf auf das Equipment. »Bitte, lasst euch bei euren Vorbereitungen nicht unterbrechen. Ich kann euch auch währenddessen eine Zusammenfassung meiner Dienste geben.« Sie warf einen Blick auf ihre Uhr. »Ich kann allerdings leider nicht die ganze Vorstellung lang bleiben. Heute Abend muss ich in der Stadt noch mit ein paar Geschäftspartnern reden, also werde ich zwischendurch mal hinausschlüpfen. Außerdem habe ich um elf einen Termin in Marlow, das heißt, dass ich um halb zehn fahren muss.«

»Elf ist 'n ganz schön später Termin«, bemerkte Oz. In Wirklichkeit dachte er, dass sie dann kaum mehr als drei oder vier Songs hören konnte, bevor sie abfuhr, wahrscheinlich, um die nächste Band zu hören. Dann mussten diese drei oder vier Songs aber verdammt gut sein.

Alysa lächelte nur und sah sich im *Bronze* um. Ihre klaren grauen Augen übersahen nichts. »Es ist eben ein Business, das sich spätabends abspielt.«

»Also, wie sieht's aus?«, kam Devon zur Sache. »Was können Sie für uns tun?«

»Vorausgesetzt, mir gefällt, was ich heute Abend zu hören bekomme«, sagte Alysa, als ihr Blick wieder auf den beiden ruhte, »kann ich eine Menge tun. Gebt mir drei Monate Zeit, dann habt ihr die Clubszene der Kleinstädte hinter euch gelassen und seid auf dem Weg nach L. A.«

Beide starrten sie an. »*Weg* von hier?«, sagte Oz schließlich. Nun ja, darum ging es doch letzten Endes, oder? Er schaute zu dem nicht weit entfernten Tisch, wo Willow und Xander saßen und das Gespräch beobachteten. Die beiden konnten ihre Aufregung kaum verbergen. Vergeblich hatte Oz sie zu überzeugen versucht, bis nach dem Treffen zu warten – sie wollten lieber dabei sein und am Tisch das große Zittern kriegen.

Alysa folgte seinem Blick und zog amüsiert eine Augenbraue hoch. »Ach so«, sagte sie. »Natürlich. Ihr habt hier schon Connections.«

»Na ja«, meinte Devon. »Alles ist noch in der Schwebe.« So clever Alysa auch sein mochte, sie kannte Devon nicht: Oz hörte seiner Stimme genau an, dass er leise Bedenken hatte, und das konnte er ihm nicht übelnehmen. Selbst für Devon klang »weg von hier« ein bisschen kühn und übereilt aus dem Mund einer Person, vor der sie bis vor einer Woche noch nichts gehört hatten.

»Gehören sie zu eurer Band?«

Oz blinzelte. »Wie bitte?«

»Gehören sie zu eurer Band?«, wiederholte Alysa. »Eure Freunde da am Tisch.«

Oz schüttelte den Kopf. »Sind eher so was wie Publikum.«

Alysa schaute ihn nachdenklich an. »Es gilt viele verschiedene Bereiche abzudecken, wenn eine Band auf Tour geht«, erklärte sie. Zog einen frischen Stoß Visitenkarten aus der Tasche und reichte sie ihm. »Tourpläne ausarbeiten, Bühnenaufbau und Abbau, Public Relations, Werbung, Besorgungen erledigen. Für enge Freunde könnte ich vielleicht einen Platz in der Crew finden.«

»Zahlen«, platzte Devon nun heraus, bevor Oz diese neue Wendung ganz verdaut hatte. »Was gibt es zu verdienen?«

»Fünfunddreißig Prozent plus Spesen«, sagte Alysa mit einer Stimme, die keinen Widerspruch zuließ. »Spesen beinhalten Verpflegung, Werbung, Anrufe und Reisekosten. Wenn ihr kein geeignetes Transportmittel habt, um zu den Gigs zu kommen, müssen die Kosten dafür ebenfalls aus dem Erlös bestritten werden. Natürlich bringt ihr euer eigenes Equipment mit.«

Devon runzelte die Stirn und versuchte, sich das auszurechnen. »Bleibt nicht viel übrig, wenn die Rechnungen bezahlt sind«, meinte Oz.

»Da bleibt noch genug«, sagte Alysa. »Wenn ihr bekannter werdet, machen die Clubs selber Werbung, weil sie wissen, dass ihr das Publikum anzieht, und außerdem werde ich dann die Gagen in die Höhe schrauben. Das zahlt sich schon aus.«

Oz war nicht so sicher. Und doch: die Vorstellung, eine Managerin zu haben – kein Ärger mit Tourneeplänen, dafür Promotion und Publicity –, war wirklich verlockend. »Wie ist es mit Plattenverträgen?«, fragte er.

»Wir werden sehen, wie es läuft«, erwiderte Alysa. »Ich habe einen heißen Draht zu vielen Ohren in der Branche. Wenn ich denen sage, hört euch mal die und die Gruppe an, dann tun sie's. Ihr müsst euch nur in Bestform zeigen, dann werde ich die Erde schon zum Beben bringen für die *Dingoes.*« Sie schenkte ihnen ein unechtes Lächeln, das nicht bis zu den Augen reichte, dann machte sie eine Kopfbewegung zu dem Tisch, an dem Willow und Xander warteten. »Und vergesst nicht: Da ist noch Platz genug in der großen Familie. Wollt ihr mich nicht euren Freunden vorstellen?«

Oz nickte völlig überrascht. »Äh … klar.« Er machte den beiden ein Zeichen und im nächsten Augenblick waren sie aufgesprungen. »Dies ist Willow«, sagte er, als sie zur Bühne kamen. »Und das ist Xander.« Von der Seite her hörte man leises Hüsteln und Oz wandte verblüfft den Kopf. »Oh, und das ist Angel.«

Bevor die anderen reagieren konnten, streckte Angel Alysa schon die Hand entgegen. Seine Miene war vollkommen ausdruckslos, aber Oz kannte Angel gut genug, um zu sehen, dass er die Augen ein wenig zusammenkniff. »Kennen wir uns nicht? Sie kommen mir so bekannt vor.«

»Oh, das glaube ich nicht«, entgegnete Alysa lächelnd. »Ich bin absolut sicher, dass ich mich an jemanden erinnern würde, der so auffallend ist wie *Sie*. Vielleicht haben Sie mich einmal in einem Club gesehen. Gehören Sie zur Band?«

Angel schüttelte den Kopf und schob seine Hände in die Hosentaschen. »Bin nur ein Bekannter.«

Alysa nickte. »Ja, ich verstehe schon. Noch ein Freund.« Sie schaute forschend in die Runde, dann lächelte sie Oz und Devon zu. »Meine Güte, ihr habt aber wirklich sehr unterschiedliche Freunde! Macht aber nichts – ich bin sicher, ich kann sie alle unterbringen.« Nachdenklich legte sie den Kopf schief. »Angel zum Beispiel könnte auf den Tourneen die Security übernehmen. Was meinen Sie dazu, Angel?«

»Ich reise nicht gern«, war die freimütige Antwort.

»Er ist so empfindlich wie leicht verderbliches Obst«, witzelte Xander. »Aber ... Sie kennen doch viele Leute, stimmt's?« Er beugte sich eifrig vor. »Leute in Hollywood zum Beispiel?«

»Aha«, machte Alysa wissend, »du möchtest zum Film?«

Xander riss die Augen weit auf. »Ich? Nein. Aber ich könnte, äh ... was tun.«

»Also als Roadie«, schloss Alysa. Falls ihm ihr herablassender Tonfall aufgefallen war, so zeigte er es nicht. »Wir können immer Leute gebrauchen, die bei den anfallenden Arbeiten helfen.«

»Ja, nennen Sie mich Meister Proper«, meinte Xander begeistert. »Immer zu Diensten.«

Bevor er noch weiterschwafeln konnte, sah Oz, dass Alysas Blick nun auf Willow gefallen war. »Was ist mit dir ... Willow heißt du, nicht wahr?« Nachdenklich sah sie die Rothaarige an. »Das ist ja ein wunderschöner Name. Was würdest du gern machen?«

Willow blinzelte nervös. »Ich? Ach, ich ... mir geht's gut ... hier. Echt. Dufte. So geht's mir.«

Alysa sah überrascht drein. »Du willst nicht mit den *Dingoes* gehen? Mit Oz?«

»Gehen?« Willow schaute Oz an. »Also, ich ...«

»Sie ist ein Computerfreak«, erklärte Xander. »Und zwar so 'n *richtiger.*«

»Verstehe«, sagte Alysa wieder. »Nun, du hast meine Karte, falls du es dir anders überlegen solltest. Oder ...« Sie hielt inne und man sah förmlich, wie die Zahnräder in ihrem Kopf sich drehten. »Denk doch mal an Folgendes: Du könntest für die *Dingoes* eine Webseite erstellen, vielleicht sogar noch für ein paar andere Bands, die ich betreue. Leider nutzen wir das Internet noch gar nicht für Werbung und Vermarktung. Und darin liegen ungeheure Möglichkeiten, wie du ja weißt.« Als sie sah, wie Willows Miene sich aufhellte, schnellte einer ihrer Mundwinkel hoch. Dann wandte sie sich wieder an Oz. »Wie ich schon sagte, muss ich noch ein paar Leute treffen – also spielt doch einfach, wie ihr es immer tut. In den nächsten Stunden werde ich immer mal wieder reinschneien und so einen Eindruck von eurer Musik bekommen. Und morgen Abend treffen wir uns wieder, ja?« Sie schüttelte allen geschäftsmäßig die Hand. »Ich kann eine Menge für euch tun. Ihr braucht nur jemanden, der euch zeigt, wo's langgeht.«

Oz und die anderen sahen ihr nach, als sie sich umdrehte und die Gruppe verließ. Dann fragte Angel: »Ich suche Buffy. Habt ihr sie gesehen?«

»Warum?«, wollte Xander wissen. »Was willst du ...«

Willow brachte ihn mit einem Rippenstoß zum Schweigen. »Sie ist auf Nachtpatrouille«, sagte sie hastig zu dem Vampir. »Später kommt sie vielleicht noch.«

Angel nickte zum Dank, dann verschwand er, wie es seine Art war, lautlos in der Dunkelheit. Oz schaute wieder der Bandmanagerin nach und bemerkte ihren königlichen Gang, ihr absolutes Selbstbewusstsein, mit dem sie sich den Weg zwischen den Tischen zum Ausgang bahnte. Und warum sollte sie auch anders sein? Wie sie bereits gesagt hatte – sie besaß die nötigen Connections, um die Band berühmt zu machen. Nachdenklich starrte Oz ihr hinterher, dann wandte er den Blick zu seinen Freunden. Devon und Xander waren völlig aus dem Häuschen und alberten herum, Willow hingegen saß still da und hörte den beiden zu. Sie selbst sagte kein Wort, ein Verhalten, das Oz durchaus nicht fremd war.

Er schaute wieder zur Tür, gerade rechtzeitig, um zu sehen, wie sie hinter Alysa Bardrick zufiel. Wollte sie wirklich später zurückkommen und die Gruppe spielen hören, oder war das nur ein Standardsatz, den sie immer anbrachte, wenn es ihr gelegen kam? Ach nein – sie würde ganz bestimmt wiederkommen. Wie konnte sie das Management für eine Band übernehmen, wenn sie diese Band nicht einmal gehört hatte?

Ja, sie würde zurückkommen. Und was Willow anging, so hoffte er, sie würde gründlich über den Vorschlag nachdenken und zu einer positiven Entscheidung kommen. Denn, wie Alysa schon gesagt hatte: alles, was sie wirklich brauchten, war jemand, der ihnen den Weg zeigen konnte.

»Was ist das denn nun – 'n Baby-Godzilla?«

»Hmmm«, machte Giles. Er schritt vor dem Käfig auf und ab, in dem Buffys Waffen aufbewahrt wurden. Es war auch der Käfig, in dem Oz regelmäßig seine drei wilden Nächte pro Monat verbrachte. Und der, in den sie jetzt das drachenähnliche Monster aus Russ' Hof gesperrt hatten.

»Nein, warten Sie mal«, korrigierte sich Buffy hinter ihm mit einem leicht sarkastischen Ton. »Das kann nicht stimmen. Offensichtlich ist es Peter Pan.«

»Hmmm-mmm«, war Giles' unbestimmte Antwort. Er nahm die Brille ab und betrachtete die gefangene Kreatur, dann setzte er die Brille wieder auf. Das seltsame Tier auf der anderen

Seite des Gitters betrachtete ihn ebenfalls. Es sah sehr wild, aber leider auch ziemlich intelligent aus. Das gefiel ihm nicht, ganz und gar nicht.

»*Giles*!«

Er fuhr herum. »Was!«

Da stand die wütende Jägerin, ziemlich angeschmutzt durch den Kampf mit dem Tier, und hatte die Hände trotzig in die Hüften gestemmt. »Könnten Sie mal das dauernde ›Hmmm‹ lassen und mir eine Antwort geben?«

»Ja, stimmt«, sagte er. »Natürlich. Und wie ... lautete die Frage?«

Buffy verdrehte die Augen. »Ich habe Sie gefragt, was es ist. Entschuldigen Sie bitte, dass ich so genervt bin, aber es kommt mir so vor, als hätten Sie das Viech *stundenlang* angestarrt. Sie müssen doch wenigstens eine Theorie haben, stimmt's?«

»Eine Theorie«, wiederholte er. »Ja, also, meine Theorie lautet, dass ... ich nicht genau weiß, was es ist.« Er drehte sich um und starrte das Tier von neuem an, froh darüber, dass Buffy und er zumindest Joyce hatten überzeugen können, nach Hause zu fahren, denn nun war dieses Untier ja sicher eingesperrt. Buffy hatte rasch eine Runde um den Block gedreht, um sicherzustellen, dass nicht noch andere seiner Art frei herumliefen. In der Zwischenzeit hatte Giles alle seine Hauptwerke über Dämonen durchgekämmt, die seiner Erinnerung nach in Tiergestalt auftraten, aber er hatte nichts Entsprechendes gefunden. »Es erinnert schwach an gewisse Reptilien, aber meine Kenntnisse in Reptilienkunde sind leider äußerst lückenhaft. Ein schnabelähnliches Maul und dann dieser lange Schwanz ... Es ...« Er brach ab und schüttelte den Kopf, grinste über sich selbst.

»Was?«, wollte Buffy wissen.

»Nichts«, erwiderte er. »Ist einfach zu lächerlich. Denk nicht weiter dran!«

»Giles!«, mahnte Buffy streng. »Ich Jägerin, Sie Wächter. Sagen Sie's mir!«

»Nun«, er blickte wieder auf den Käfig, zögerte noch. »Über Paläontologie weiß ich genauso viel wie über Herpetologie – nämlich so gut wie nichts –, aber ich ... ich finde, es ähnelt einem Dinosaurier, meinst du nicht auch?«

Buffy riss vor Staunen die Augen auf, aber bevor sie etwas sagen konnte, wurden die Türen der Bibliothek aufgestoßen und eine andere Stimme meldete sich zu Wort.

»Genau das ist er auch«, sagte Oz mit seiner ruhigen Stimme, während er auf den Käfig zuschlenderte. Xander und Willow folgten ihm auf den Fersen, aber nur Xander wagte es, ihn bis zu dem stählernen Riegel zu begleiten. »Das ist ein Timimus.«

»Tim wer?«, fragte Xander. Er näherte sein Gesicht der Käfigtür ... und das eingesperrte Wesen griff ihn sofort an! »Pfui!« Er sprang zurück. Der Boden unter ihren Füßen erzitterte, als das Wesen gegen die Käfigtür krachte und mit einem Aufprall auf dem Boden landete. Doch im nächsten Augenblick war es schon wieder auf den Beinen und machte mehr Lärm als die Affen im Zoo zur Fütterungszeit.

»Guter Gott!«, sagte Giles erschüttert. »Es ist wirklich sehr aggressiv.«

»Besonders für ein Tier, von dem man annahm, das es sich nur von Insekten und kleineren Säugetieren ernährte«, meinte Oz.

»Es sieht aber irgendwie unecht aus«, wandte Buffy stirnrunzelnd ein. »So, als ob es irgendwie missgestaltet wäre. Die Dinos in *Jurassic Park* hatten Zähne.«

»Das Viech ist wirklich was Besonderes«, bemerkte Xander. »Aber irgendwie kann ich mir nicht vorstellen, dass es aus Bob's Zoohandlung stammt. Wo hast du's her?«

»Es hat den Hund meines Nachbarn angefallen«, erzählte Buffy.

»Was weißt du über dieses Tier?«, wandte sich Giles an Oz. »Bist du sicher, dass es – ein Dinosaurier ist?«

»Aber hundert Pro«, bestätigte Oz. »Aus dem Land *down under.*«

Xander sah ihn erstaunt an. »Aus Südamerika?«

»Australien«, belehrte ihn Willow mit unerschöpflicher Geduld.

»Es sieht wie ein Vogel aus«, fand Buffy. »Wie ein Truthahn oder ein –«

»Strauß«, fiel Oz ein. »Es gehört zu der Unterart, die die Paläontologen ›Straußennachahmer‹ nennen.« Er ging näher auf die Käfigtür zu.

»Oz«, warnte Giles hastig. »Sei vorsichtig. Für ein Tier, das eigentlich kleine Beutetiere jagt, ist es ganz schön feindselig.«

Oz sah ihn aus dem Augenwinkel an. »Das liegt am Käfig.«

Giles blinzelte verwirrt. »Oh, ich, äh …«

»Was wirklich cool ist bei diesen Viechern: Man glaubt inzwischen, dass sie bei kalten Temperaturen überwintern konnten«, fuhr Oz fort. »So wie manche Säugetiere.«

»Ich dachte, sie würden den Kaltblütern zugerechnet, wie die Schlangen«, sagte Giles.

»Das ist längst überholt«, sagte Oz schlicht. Er ging hinüber zu Willow, die im Hintergrund geblieben war – was ihrer Meinung nach aber immer noch nicht weit genug entfernt war.

»Straußennachahmer, was?« Xander starrte das Tier an, offenbar immer noch stocksauer, dass es ihn vor ein paar Minuten so erschreckt hatte. »Schmecken die nicht wie Hühnchen?«

»Eher wie Rind«, berichtigte Oz. »Wie wirklich *fettes* Rind.«

»Du hast schon mal Straußenfleisch gegessen?«, fragte Willow ehrlich entsetzt. »Aber die sind doch so, so …«

»Groß«, schaltete sich Giles ein. »Für Vögel ziemlich groß, findet ihr nicht auch?« Stirnrunzelnd betrachtete er den Saurier im Stahlkäfig, dann wandte er sich wieder an Oz. Wie so viele andere Fragen, die ihm im Laufe der letzten Stunden in den Sinn gekommen waren, wollte er auch diese eigentlich *nicht* stellen – aber er musste es tun. »Oz ...«

»Der da ist noch ein Jungtier«, sagte Oz ruhig. Endlich wandte er seinen Blick wieder vom Käfig ab und sah Giles und Buffy, dann die übrigen Gefährten an. »Jetzt misst er vielleicht einszwanzig – in der Länge. Voll ausgewachsen aber wird er das Gleiche in der *Höhe* messen, vielleicht auch noch dreißig Zentimeter mehr. Und vom Kopf bis zur Schwanzspitze wird er dann so um die drei Meter fünfzig lang sein.«

Buffy klappte der Unterkiefer herunter. »Oh, mein Gott!«

»Der Zoo«, warf Willow plötzlich ein. »Wir müssen es in den Zoo bringen oder im Tierheim abgeben oder ...«

»Stopp, Kinder«, fiel ihr Xander ins Wort. Er zeigte auf den Timimus. »Können wir mal 'ne Pause einlegen und uns gleich hier 'ne Line von der DNA reinziehn? *Denn wo zum Teufel ist dieses Vieh hergekommen*?«

Giles öffnete den Mund, wusste aber natürlich keine Antwort. Einen Augenblick lang starrten alle einander sprachlos an, während Xanders Frage in ihren Köpfen einsickerte – dann drehten sich alle gleichzeitig wieder zu dem Saurier herum.

»Oh Gott«, sagte der Bibliothekar, als sie bemerkten, dass die Augen der Kreatur plötzlich nicht mehr diesen etwas verhangenen, dumpfen Ausdruck von Krokodilen oder anderen Reptilien hatten, sondern rot glühten und unnatürlich leuchteten. »Ich glaube, Oz hat mit seiner Behauptung, dass dies ein Dinosaurier ist, nur teilweise Recht«, meinte er.

Oz blickte ihn zweifelnd an. »Und warum das?«

Giles holte tief Luft. »Weil ich glaube, dass in diesem Saurier auch ein *Dämon* steckt!«

7

»Ich versuch schon seit gestern Nachmittag, dich zu erreichen«, sagte Kevin sauer. Er bemühte sich, nicht allzu wütend zu klingen, hatte jedoch das Gefühl, dass es ihm nicht besonders gut gelang. Und weißt du was? Soweit es mich betrifft, find ich das auch völlig okay. Ich hab verdammt nochmal jedes Recht, sauer zu sein!, dachte er. »An der Pforte meinten sie, du wärst da, aber als sie dich ausgerufen haben, hast du nicht geantwortet. Hast du denn keine meiner Nachrichten gekriegt?«

Daniel, der hinter seinem Schreibtisch hockte, auf dem sich noch mehr Papiere als bei ihrem letzten Treffen häuften, zuckte nur die Achseln. Sollte das jetzt Ja oder Nein heißen? Oder war es ihm einfach egal? »Hatte viel zu tun«, sagte er, ohne auf Kevins Frage einzugehen. »Mit ...«

»... dem Timimus«, setzte Kevin fort. »Geht's ihm gut? Lebt er noch?«

Daniel schwieg eine Weile. »Er ... ist ausgebrochen«, gab er schließlich zu.

Kevin starrte ihn ungläubig an. »*Was*?«

Daniel verschränkte die Arme vor der Brust und hielt Daniels Blick stand. »Der Käfig war nicht stabil genug«, sagte er mit neuerlichem Achselzucken. »Ich konnte ihn nicht aufhalten.«

»Wo ist er hin?«

»Tja, wenn ich das wüsste, wäre er ja wohl nicht weg, oder?«, entgegnete er sarkastisch.

»Meine Güte, Daniel«, entfuhr es Kevin. Gerade noch war er wütend gewesen – nun war er viel zu erschrocken, um sich daran zu erinnern. »Wie kannst du nur so klugscheißerisch daherreden? Dieses Biest ist ein Raubtier – es muss töten. Es wird Hunde angreifen, Katzen, ja vielleicht sogar Kinder!«

»Sie werden ihn schon kriegen«, meinte Daniel zuversichtlich. »Irgendein schwachsinniger Wachmann oder Cop wird ihn über den Haufen schießen, bevor irgendwas passiert, glaub mir. Und sie werden nicht mal wissen, was sie da erschießen.«

Kevin bemerkte erleichtert, dass sein neuer Mentor ein wenig von seiner schnoddrigen Überheblichkeit ablegte. Er lehnte sich gegen den Türrahmen. »Wie dieses Ding zum Leben erwacht ist – das war unglaublich, *unmöglich* eigentlich. Und jetzt, wo es ... verschwunden ist, kann ich's fast nicht mehr glauben.«

»Ich auch nicht«, gestand Daniel. Er schwieg einen Augenblick, dann entspannte er sich ein wenig und rieb sich die Schläfen, als habe er Kopfschmerzen. »Hör mal«, sagte er schließlich. »Tut mir Leid, dass ich dich nicht zurückgerufen habe und dass ich mich gerade wie ein Arsch benommen hab. Ich bin halt ... ausgeklinkt, nachdem dieses Viech abgehauen war, verstehst du? Ich wollte es dir eigentlich nicht mal erzählen. Immerhin hast du mir dieses kostbare Ei gegeben, wir haben damit etwas absolut Grandioses getan, und was passiert dann? Ich lass den Timimus entwischen.« Er stieß einen Seufzer aus. »Ich hab unsere ganzen Aussichten auf Anerkennung, auf Beförderung im Museum, unsere ganzen *Möglichkeiten* dahinschwinden sehen. Deshalb hab ich mich wie ein Idiot benommen, und dafür möchte ich mich entschuldigen.«

Einen Augenblick lang konnte Kevin nichts sagen. Auf der einen Seite war er noch sauer, wie arrogant Daniel gewesen war, auf der anderen Seite bewirkte Daniels Bitte aber, dass er sich anders besann. »Vergiss es einfach«, meinte er schließlich. »Aber was wird jetzt mit dem Timimus?«

Daniel schaute entmutigt drein. »Er ist weg. Wir werden ihn nie zurückbekommen.« Sekundenlang ballte er die Fäuste. »Ich hatte solche Hoffnungen in ihn gesetzt – was wir mit ihm hätten erreichen können.« Er schwieg eine Weile, dann beugte er sich vor und nahm seinen Kugelschreiber. »Aber lass uns nicht über Vergangenes jammern, ja? Ich bin gerade dabei, andere Quellen aufzutun, wo wir uns neue Eier besorgen können, um es noch einmal zu versuchen. Leider liegt hier im Museum alles hinter Schloss und Riegel oder ist fest in einer Ausstellung installiert, sodass ich nicht rankomme. Und weil ich keinen plausiblen Grund angeben kann, wofür ich es brauche, rücken diese alten Knacker auch keines ihrer kostbaren Fossilien heraus.« Seine Stimme klang erschöpft und enttäuscht.

»Du willst es noch einmal versuchen? Nachdem der Timimus entkommen ist? Bist du völlig übergeschnappt?« Kevin verschlug es fast die Sprache.

»Natürlich will ich es noch einmal versuchen«, schoss Daniel zurück. »Du etwa nicht? Hör mal, das würde doch *jeder* machen!« Mit düsterem Blick sah er sich in dem winzigen Büro um. »Nur werde ich mich dieses Mal besser vorbereiten. Ich werde sicher gehen, dass er gut aufgehoben ist. Keine Fehler und keine ... Ausbrüche. Muss bloß noch ein Ei finden, mehr nicht.«

Kevin sagte nichts, sondern beobachtete nur, wie der andere in seinen Papieren wühlte. In seinem Kopf drehte sich alles. Die ganze Sache war einfach zu verrückt: Daniel, der Beschwörungsspruch, die unwiderrufliche Tatsache, dass sie ein ausgestorbenes Wesen wieder zum Leben erweckt hatten. Und doch – hatte Daniel nicht Recht mit seiner Behauptung? Die Folgen ... der *Lohn* für ihre Mühen könnte gewaltig sein. Mehr, als Kevin selbst in seinen wildesten Träumen damals in Chicago zu hoffen gewagt hätte. Er stellte sich das Erstaunen seiner alten Freunde und der Leute im Naturkundemuseum dort vor, falls er und Daniel tatsächlich den Schleier eines Geheimnisses lüfteten, das –

»Ich hab noch Eier!«, platzte er heraus.

Daniels Kopf fuhr mit einem Ruck hoch. »Was??«

Kevin schluckte schwer. »Ich habe noch mehr. Aber ...«

»Aber was?« Daniel stand auf und kam auf ihn zu. »Wo liegt der Haken?«

»Es sind keine Timimus-Eier«, gestand Kevin leise.

Daniels kalte Finger legten sich um seinen Unterarm. »Was denn dann? Himmelherrgott, Kevin – nun sag schon! Was wir mit dem Timimus-Ei getan haben, muss keine einmalige Sache bleiben, von der wir nur noch träumen werden! Wenn ich dich recht verstehe, hast du doch alles, was wir brauchen, um es noch einmal geschehen zu lassen!«

»So einfach ist das nicht!«, protestierte Kevin schwach. »Es ist nicht das *Gleiche*.«

»Warum zum Teufel denn nicht?« Daniel ließ seinen Arm los. Die Aufregung war ihm ins Gesicht geschrieben. »Was ist denn so anders?«

»Es sind Eier vom Tyrannosaurus Rex.«

Was immer Daniel auch gerade erwidern wollte, es blieb ihm im Hals stecken. »Wow«, brachte er schließlich heraus. Eine Sekunde lang stand er schweigend da, dann verschränkte er die Hände und holte tief Luft. »T. Rex.«

»Jaa«, meinte Kevin. »Und deshalb können wir nicht ...«

»Das glaubst du doch wohl selber nicht«, fiel ihm Daniel ins Wort. Seine Hand schoss vor, packte Kevins Schulter und schüttelte sie. »Natürlich können wir das tun. Wir *müssen* es tun! Nur geht es darum, diesmal die richtigen Vorkehrungen treffen. Wir brauchen einen wirklich stabilen Käfig.«

»So einen wie den letzten?«, fragte Kevin trocken. »Das war wirklich ein klasse Käfig!«

»Das war eine Fehleinschätzung«, gab Daniel zu, ohne

Kevins Schulter loszulassen. »Aber sie wird kaum Schaden verursachen, das schwöre ich dir. Du weißt doch über den Timimus Bescheid: Als Jungtier frisst er nur Wasserwanzen und Ratten. Und falls er tatsächlich noch am Leben sein sollte, werden ihn die Leute von Animal Control erledigen, ohne überhaupt zu merken, was sie da vor sich haben.«

»Aber jetzt geht es um einen Tyrannosaurus«, widersprach Kevin. Er befand sich in einem Dilemma: Einerseits wollte er Daniel einen Gefallen tun, auch wenn der ihn während der letzten vierundzwanzig Stunden ziemlich mies ignoriert hatte. Andererseits beschlich ihn ein regelrechter Horror bei der Vorstellung, einen T. Rex zum Leben zu erwecken. Und obwohl es einfach idiotisch war zu glauben, dass solch eine Beschwörung ein zweites Mal möglich war, brannte er gleichzeitig darauf, es zu versuchen. Nur dass es dieses Mal nicht um einen kleinen Insekten- und Mäusefresser ging, nein, sie sprachen von dem *König* der Dinosaurier, der vielleicht meistgefürchteten Kreatur, die je auf diesem Planeten gelebt hatte.

Aber die Vorstellung, dass er solch ein Wesen im Kleinformat sehen, ja vielleicht sogar in der *Hand* halten könnte, war ... unbeschreiblich.

»Wir werden uns sorgfältig vorbereiten«, beharrte Daniel auf seinem Plan. »Das verspreche ich dir. Wir brauchen einen Käfig aus Stahl und eine Waffe, falls es nötig ist. Wir werden vorher alles gründlich durchdenken. Und diesmal werde ich dich in jeden einzelnen Schritt mit einbeziehen. Ich werde dich nicht ausschließen wie letztes Mal, das tut mir echt Leid, ich schwör's. Diesmal ziehen wir es zusammen durch, Kev, von Anfang bis Ende. Was meinst du dazu?«

Kevin fühlte, wie er schwach wurde. Er versuchte noch einmal, die Sache abzubiegen, indem er Daniel die Wahrheit sagte – zu spät merkte er, dass er genau das hätte vermeiden sollen. »Aber es ist nicht nur ein Ei«, meinte er mit rauer Stimme.

»Diese Eier hängen in einem Dreierklumpen zusammen und sind in Stein gebettet. Ich kann sie nicht auseinander reißen.«

»Das macht doch nichts«, erwiderte Daniel sanft. Kevin spürte, wie ihn ein Gefühl der Unwirklichkeit überkam angesichts dieser Ruhe. Und bei Daniels nächstem Satz drehte sich Kevin fast der Magen um.

»Wir werden alle drei wieder beleben.«

»Hast du irgendwas gefunden?«

Oz sah vom Bildschirm auf und merkte, dass Giles hinter ihm stand. Nun ja, vielleicht war »stehen« nicht ganz das richtige Wort. »Lauern« würde die mehr als vorsichtige Art, mit der sich der Bibliothekar einem Bildschirm und einem Gerät mit einem Zentralprozessor zu nähern pflegte, sicher besser beschreiben. Der Wächter schien immer noch fest davon überzeugt, dass so ein Ding eines Tages zuschnappen und beißen würde. Verwünscht sei der Tag, denn dann würde ihn nicht mal seine alte Tweedjacke retten.

»Ich finde hier nichts, woraus man schließen könnte, dass die Erschaffung eines Dinos à la *Jurassic Park* in der wirklichen Welt möglich sein könnte«, berichtete Oz. »Allerdings haben wir noch nicht auf den Webseiten gesucht, wo Wasserschwämme angeboten werden.«

Giles starrte ihn verständnislos an. »Wasserschwämme?«

»Dehydrierte Schwämme in Tierform«, erklärte Willow von ihrem Platz am anderen Ende des langen Tisches, wo sie einen Stapel älterer Ausgaben des *Scientific American* durchging. »Die sind echt cool! Man legt sie in Wasser und *Puff!* gehen sie auf. Ein Instant-Haustier.«

»Ist ja gut und schön«, meinte Giles. »Ich glaube aber nicht, dass das die Spezies ist, die uns im Moment interessiert.«

Xander, der sich als selbst ernannter Wachmann neben dem

Käfig postiert hatte, schaute nun über die Schulter zu ihnen herüber. »Ich glaube, die Spezies, die wir suchen, könnte von der ›Ich-will-dein-Fleisch-fressen‹-Art sein.« Wie aufs Stichwort warf sich der Timimus gegen das Gitter und schnappte wild nach Xander. Der wich sofort zurück. »Hey, du Drecksack! Ich glaub, er mag mich nicht.«

Niemand sagte etwas dazu. Dann sah Oz, wie Buffy den Timimus verblüfft anstarrte. »Was ist, Buffy?«

Zuerst erwiderte sie nichts, dann neigte sie den Kopf bald zur einen, bald zur anderen Seite und betrachtete den Saurier. »Werd ich irgendwie kleiner oder hat einer dem Dino heute Nacht Wachstumspillen gegeben?«

Giles eilte zur Käfigtür. »Wie kommst du dar ... Mein Gott, du hast Recht!«

Willow setzte sich gerade hin. »Ist er gewachsen?«, fragte sie mit leiser, ängstlicher Stimme. »So schnell?«

Oz verließ seinen Platz hinter der Büchertheke und ging zu Buffy, Giles und Xander vor die Käfigtür. Er musste nur einmal hinschauen. »Ja, und zwar ziemlich«, bestätigte er.

Xander verschränkte die Arme. »Also, ich hab ihn ganz bestimmt nicht gefüttert. Wie kann er denn so schnell wachsen, wenn er gar nichts zu fressen gekriegt hat?« Er stieß einen verächtlichen Schnalzlaut aus. »Würde mal sagen, er hat arge Gewichtsprobleme.«

»Ich glaube, wir sind diejenigen, die ein gewaltiges Problem am Hacken haben«, meinte Buffy. »Ich hab gesehen, was er als Baby anrichten konnte, aber jetzt, würd ich sagen, ist Timmy schon ein Teenager geworden.«

»Oz?«, fragte Giles und schaute ihn Hilfe suchend an.

Der schüttelte jedoch nur den Kopf. »Das kann ich nicht beurteilen, Giles. So weit ich mich auskenne, gibt's echte lebende Dinosaurier nur in Filmen.«

»Dann muss es an etwas anderem liegen«, entschied Giles.

»Oder an *jemand* anderem.« Er schaute Willow an. »Vielleicht könntest du …?«

»Bin schon dabei«, antwortete sie. Oz lächelte, als sie es sich vorm Computer bequem machte und nach ein paar schuldbewussten Blicken in die Runde begann, sich als Hacker in verbotene Zonen zu wagen. »Äh … was genau soll ich eigentlich suchen?«

»Nun, ich weiß es auch nicht genau«, gab Giles zu. »Ich denke da an jemand mit einem wissenschaftlichen Background, ein Mediziner vielleicht. Oder Chemiker.«

»Sie wollen also den Zusammenhang mit dem Höllenschlund außer Acht lassen?«, fragte Buffy. »Halten Sie das für eine gute Idee? Ich meine – bloß weil *wir* so ein Biest nicht erschaffen können, heißt das noch lange nicht, dass es nicht mit anderen Mitteln geht.«

»Aber wir haben doch schon alle Bücher durchgesehen!«, betonte Giles. »Und in unseren Geschichtsbüchern herrscht ein bedauerlicher Mangel an Dinosaurier-Dämonen.«

»Was ist mit Paläontologen?« Oz zog fragend eine Augenbraue hoch. »Im Museum von Sunnydale laufen jede Menge davon rum.«

Giles starrte ihn nur verblüfft an. »Nun, das sollte man annehmen, nicht?«

»Ätschi-bäh«, murmelte Xander.

»Kevin Sanderson«, ließ sich Willow plötzlich vernehmen.

Oz schaute sie an. »Den kenne ich. Was hat er damit zu tun?«

»Weiß ich nicht«, murmelte Willow zerstreut. Sie war völlig gefesselt von den Informationen, die auf dem Monitor blinkten. »Er geht erst seit knapp zwei Wochen auf die Sunnydale High. Ach ja, stimmt – er ist doch mit Oz und mir im Geowissenschaften-Kurs. Wow! Der Typ hat sich derart tief in die Paläontologie vergraben, dass es mich nicht wundern würde, wenn er die Taschen voller Erde hätte.«

Oz dachte nach. »Stimmt. Hab ich auch mitgekriegt, dass er's schwer mit Ur- und Frühgeschichte hat. Aber diese Viecher völlig aus dem Nichts zu erschaffen?« Zweifelnd schüttelte er den Kopf. »Kommt mir ein bisschen übertrieben vor.«

»Also, ich hab jetzt alles überprüft, was mir einfiel«, teilte Willow der Runde mit. »Und außer Sanderson hab ich in unserer Schule null rausgekriegt.«

»Also ist er das einzige Loch, in dem wir graben können«, schloss Xander. Er schien auf eine Erwiderung zu warten, als aber keine erfolgte, hörte Oz, wie er vor sich hin murrte: »Meine Fähigkeiten sind bei diesem Haufen total verschwendet!«

»Lasst uns mit dem Typen reden«, meinte Buffy. »Die Zeit rennt uns davon.«

»War das nicht mein Text?«, wollte Xander wissen.

»Hast aber kein Copyright drauf«, gab Oz zurück. Er wandte sich an Buffy. »Ich komme mit. Außerdem könnte es von Vorteil sein, wenn der Typ ein bekanntes Gesicht zu sehen bekommt.«

Buffy hob eine Augenbraue. »Du meinst im Gegensatz zu uns, die wir völlig Fremde für ihn sind – und die dann vor ihm aufmarschieren und wissen wollen, wofür er sich hält und warum er etwas zum Leben erweckt hat, das schon seit einer Billiarde Jahren tot sein sollte?«

»Buffy!«, fuhr Giles beschwichtigend dazwischen. »Wir wissen doch gar nicht, ob er es war. Ich könnte es kaum gutheißen, wenn wir ihn anklagen, bevor wir mehr wissen. Und wie Oz bereits gesagt hat, gibt es noch andere Paläontologen im Museum –«

Xander verdrehte die Augen. »Erde an Giles? Das Museum war doch schon immer da. Jetzt haben wir aber einen brandneuen Schüler, der Dinos liebt, und siehe da! – schon haben wir einen brandneuen Dinosaurier! Muss man Ihnen erst einen Oberschenkelknochen über den Kopf hauen?«

»Das war ein bisschen sehr deutlich, findest du nicht?«, sagte Giles pikiert.

»Wenn uns die Info direkt auf die Köpfe kracht, warum sollten wir dann nicht unseren Nutzen draus ziehen?«, sagte Buffy entschieden. »Will kann hier bleiben und in der virtuellen Welt nach Informationen jagen. Wer außer Oz begleitet mich in die echte Welt?«

»Ich bin dabei.« Xander und der Timimus warfen sich einen letzten hasserfüllten Blick zu. »Ich würde wirklich gern erfahren, wer hier den Schöpfer von Jura-Dinos spielt.«

»Nebenbei bemerkt«, konnte Oz sich nicht verkneifen, »stammt er aus der frühen Kreidezeit.«

Xander fiel der Kiefer herunter. »Dieser Kevin?«

»Dieser Timimus.«

»Oh.« Zumindest einmal wurde Xander richtig verlegen. »Ach so, ja.«

»Wartet mal!« Willow war von ihrem Stuhl aufgestanden und wirkte wie versteinert. »Ihr wollt mich hier allein lassen?« Mit weit aufgerissenen Augen betrachtete sie den Käfig und das hin und her laufende dinosaurierähnliche Wesen darin. »Mit ... mit *dem* da?«

»Giles bleibt doch hier«, beruhigte Buffy sie.

»Ist immer besser, zu mehreren zu sein«, fügte Xander hinzu. »Das weiß jedes Kind.«

Doch Willow betrachtete den Saurier mit zweifelnder Miene. »Ich glaub aber nicht, dass *der* das weiß.«

»Wird schon gut gehen«, schaltete sich Giles ein. »Er ist dort sicher eingeschlossen. Wir müssen ihn nur im Auge behalten, während wir unsere Nachforschungen anstellen.« Er nahm die Brille ab und polierte sie mit seinem Taschentuch.

»Dann hauen wir jetzt ab«, entschied Buffy. »Wir sagen euch Bescheid, wenn wir was rausfinden.« Mit Oz und Xander im Gefolge schob sie ab Richtung Tür. Oz schaute noch einmal über die Schulter zurück und sah, wie Willow furchtsam wieder vor dem Computer Platz nahm und Giles einen Stapel alter Bücher wegzuräumen begann. Der Timimus lief unterdessen in seinem Käfig hin und her und beobachtete sie mit drohend glühenden Augen.

Was hatte Giles eben noch gesagt? Ach ja.

»Wird schon gut gehen.«

Oz hatte ein unwohles Gefühl, ließ es aber niemanden merken.

Es war wie ein Wunder …

Daniel hatte keinen Scherz gemacht, als er das vorhin zu Kevin gesagt hatte. Aber jetzt dachte er, dass dieses Wunder weitaus mehr beinhaltete als die Wiederbelebung eines Timimus-Eies. Allein die Tatsache, dass Kevin nun neben ihm stand, dass er wahrhaftig nach Hause gegangen und mit dem Gesteinsbrocken, der die drei T. Rex-Eier enthielt, zurückgekehrt war … nun, das war ein weiterer Teil des Wunders, das sich langsam zu entfalten begann. Und da war noch mehr: dass Kevin ihm geglaubt hatte, der Timimus sei ausgebrochen, während Daniel in Wirklichkeit dessen Befehl gehorcht und ihn heimlich zum Liefereingang gebracht hatte, um ihn freizulassen; dass Kevin ihm die fadenscheinigen Gründe geglaubt hatte, warum er ihn nicht angerufen hatte. Und dann besaß er auch noch diese T. Rex-Eier! Denn von Anfang an hatte Daniel ihn nur deshalb mit einbezogen, weil er unbedingt das Timimus-Ei haben wollte. Für Kevin war der absolute Ansporn ganz klar Daniels Andeutung gewesen, wie viel Ruhm ihnen dieser Versuch einbringen würde, wie viel Anerkennung in Paläontologenkreisen. War das nicht etwas, worauf Kevin anbeißen *musste*? Die Wahrheit war natürlich die: Sobald aus den Eiern lebensfähige junge Saurier schlüpften, würde er schon einen Weg finden, diesen kleinen, lästigen Köter Sanderson loszuwerden.

»Die sind ja großartig, Kevin«, sagte er jetzt. Er fuhr mit den Fingern über die versteinerten Schalen und erkannte, dass die Teile des Geleges, die aus dem Felsen herausstanden, durchaus intakt waren. Hervorragend. »Bist du sicher, dass es T. Rex-Eier sind? Selbst wenn es keine sind, würde ich natürlich den Spruch darüber sprechen. Ich wäre nur ein wenig ... enttäuscht.«

»Völlig sicher«, erwiderte Kevin. Seine Stimme klang ein wenig seltsam und Daniel sah ihn argwöhnisch an. Doch schon allein die Angst in Kevins Augen überzeugte ihn von der Richtigkeit der Antwort. Der brauchte gar nichts mehr zu sagen. »Sie stammen von einer Ausgrabung, auf der man zahlreiche Tyrannosaurierknochen gefunden hat.« Er zögerte. »Hör mal, ich muss dir erklären, wie ich zu den ...«

»Erzähl es mir lieber nicht«, schnitt Daniel ihm das Wort ab. »Ich glaub, das ist besser für uns beide, meinst du nicht auch?« Wieder eine bewusste Irreführung: Daniel war es egal, woher die Eier stammten, wichtig war, dass sie existierten.

Kevin nickte erleichtert. Er schaute sich im Labor um und betrachtete misstrauisch die Käfige, die Daniel in der Zwischenzeit zurechtgezimmert hatte. »Bist du sicher, dass die stabil genug sind?«

»Superstarker Stahl, von zweifach verstärkten Stahlklammern zusammengehalten. Natürlich halten die nicht mehr, wenn die Dinos erst dem Babystadium entwachsen sind, aber darüber brauchen wir uns jetzt noch keine Sorgen zu machen. Wir sollten uns lieber darauf konzentrieren, diesen Fossilien wieder neues Leben einzuhauchen.«

»Und wenn es klappt?«, fragte Kevin leise. »Was machen wir dann?«

»Wenn wir sicher sind, dass es gesunde Nestlinge sind, holen wir die Experten her, überlassen es der Uni, der Regierung oder sonst wem, sie in Käfige zu sperren und zu bewachen. So sind alle in Sicherheit.« Er blickte Kevin unbeirrt in die Augen. »Und wir haben für alle Zeiten ausgesorgt und uns einen Spitzenplatz unter den Paläontologen erobert. Ich rutsche in der Hierarchie 'n ganzes Stück nach oben und wenn du nächstes Jahr nach Chicago zurückgehst, werden sie dich so anhimmeln, dass du praktisch mit 'ner Krone rumlaufen kannst.«

Kevin erwiderte nichts, aber in seiner Miene war immer noch ein leichter Zweifel zu erkennen. Oder Argwohn? Daniel konnte ihm keinen Vorwurf daraus machen – er wusste, dass er einen schweren Fehler gemacht hatte, als er nach der Erweckung des Timimus nicht mit dem Jungen in Kontakt geblieben war. Aber wie hätte er wissen können, dass er den Kleinen ein zweites Mal brauchen würde?

»Bereit?«, fragte er.

Kevin nickte ein letztes Mal, doch er blickte nicht gerade zuversichtlich drein und Daniel sah, wie seine Hände zitterten. Pech für ihn! Daniel hatte schlichtweg keine Zeit, die Nerven seines jungen Gehilfen noch länger zu beruhigen. Er hatte Größeres vor, er musste Dinosaurier wieder zum Leben erwecken und die Vereinbarung mit jemandem – mit etwas – erfüllen, das verdammt viel größer und wichtiger war, als Kevin Sanderson jemals in seinem Leben sein würde. Kevin mochte sich ja vor Angst in die Hosen machen, Daniel aber hatte es aus erster Hand, dass er selber vorwärts kommen würde. Er musste nur das Wort »Letzte« an der richtigen Stelle einfügen.

»Tu einfach, was ich dir sage, wenn ich's dir sage«, befahl er Kevin. »Dann geht's dir besser. Dann geht's uns beiden besser.« Der dunkelhaarige Paläontologe strich zärtlich über das Deckblatt von Professor Nuriels Tagebuch, dann schlug er es an der Stelle auf, an der er mit einem Lesezeichen die alte Beschwörung markiert hatte.

Hört diesen Ruf, Geister von Ladonithia,
Erwachet und kehrt wieder aus eurem Abgrund zu ihm,
Der euch rief.
Letzte der vier, vereinigt euch …

8

Das Haus, in dem Kevin Sanderson wohnte, glich in vielem Buffys Heim am Revello Drive. Hier wohnten zwar reichere Leute und die Häuser in der Straße waren alle ein wenig größer, aber der allgemeine Eindruck war derselbe: typisch amerikanischer Vorort, gepflegtes Ambiente, der Garten mit Blumenbeeten geschmückt. Das Zwischenstockwerk war aus gelben Ziegeln erbaut und hatte ein mit braunen Schindeln gedecktes Dach. Sauber gestutzte, niedrige Büsche umgaben den Vorgarten. An den Pfosten zu beiden Seiten der Veranda waren Hängekörbe angebracht, in denen zu dieser Jahreszeit natürlich noch nichts wuchs. Buffy konnte sich jedoch gut vorstellen, dass sie schon vor Juni mit leuchtend roten Geranien gefüllt sein würden.

»Also – wie lautet unser Vorwand?«, fragte Xander eifrig, während sie die wenigen Stufen zur Veranda hochstiegen.

Oz grinste leicht, sagte aber nichts, also übernahm Buffy die Erklärung: »Unser Vorwand ist, dass Oz mit Kevin in einem Kurs ist und die Mitschrift von Regis' Vortrag haben möchte, weil er seine verloren hat.«

»Hab ich das?« Oz erwog diese Möglichkeit. »Ja, ich schätze schon.«

»Das soll alles sein?« Xander klang enttäuscht. »Wollen wir keine List anwenden oder ...«

»Du bist nicht Pierce Brosnan«, erinnerte ihn Buffy.

»Aber der hat wirklich super Werkzeuge!«

»Eben – und wir nicht.« Oz drückte auf die Klingel. Buffy bemerkte, wie er den Kranz aus Trockenblumen betrachtete, der an der Haustür hing. Ihr gefiel so etwas auch nicht – erinnerte sie zu sehr an Grabkränze.

»Du hast ja so Recht«, stimmte Xander nun zu. »Wir leiden wirklich unter Werkzeugmangel.« Forschend blickte er sich auf der Veranda um. »Achtet gar nicht auf mich – ich halte nur Ausschau nach Kevins neuestem Haustier.«

Buffy schüttelte sich etwas. »Das ist doch hinter Schloss und Riegel, schon vergessen? Zum Glück.«

Sie hörten Schritte hinter der Tür, dann öffnete ihnen eine freundliche, ältere Dame mit gepflegtem weißem Haar. Sie sah besorgt aus. »Hi«, grüßte Buffy und bemühte sich um ihr strahlendstes Lächeln. »Mrs. Sanderson? Wir sind, äh, Schulfreunde von Kevin. Ist er da?«

Plötzlich hellte sich die Miene der Frau auf. »Oh, du meine Güte – ihr seid Freunde von Kevin? Nun, das ist ja wunderbar! Kommt rein, bitte.«

Die drei sahen einander nervös an, dann folgten sie Kevins Mutter, die sie ins Haus winkte. Buffy schluckte schwer. »Wir ...«

»Kann ich euch etwas zu trinken bringen?«, fragte Mrs. Sanderson. »Und wie wär's mit Plätzchen?«

»Plätzchen?« Xanders Aufmerksamkeit war geweckt.

Buffy versetzte ihm einen Rippenstoß. »Vielen Dank, aber wir können wirklich nicht lange bleiben«, erklärte sie freundlich. »Ich bin Buffy und das sind Oz und Xander.«

»Nennen Sie mich einfach Krümelmonster«, murmelte Xander leise und handelte sich damit einen weiteren Rippenstoß ein.

»Ich dachte, er hätte vielleicht gestern in Geowissenschaften ein paar Sachen aufgeschrieben, die ich nicht mitbekommen habe«, begann Oz. »Die über ... Dinosaurier.«

»Oh, im Moment ist er leider nicht da«, sagte Mrs. Sanderson. »Aber er könnte dir bestimmt etwas über Dinosaurier erzählen. Das ist doch das Einzige, was ihn interessiert.«

»Genau das haben wir uns auch gedacht«, meinte Buffy. »Wissen Sie vielleicht, wann er zurückkommt? Oder wohin er gegangen ist?«

Mrs. Sanderson schüttelte den Kopf. »Nicht genau. Er hat gesagt, er wolle den Tag mit einem Freund namens Daniel verbringen, aber wo sie hinwollten, weiß ich nicht.« Sie sagte dies in einem entschuldigenden Ton und sah nun leicht verlegen aus. »Wissen Sie – wir sind ja gerade erst hergezogen und um ehrlich zu sein: als ich sah, dass Kevin jemanden gefunden hatte, der seine Interessen teilt, war ich so dankbar, dass ich leider nicht weiter nachgefragt habe. Er meinte nur, dass er vermutlich mit diesem Daniel zu Abend essen würde. Aber ich bin sicher, dass er um neun wieder da ist. Ich kann ihm ja dann sagen, dass er sich bei euch meldet.« Wieder lächelte sie übers ganze Gesicht, als bemerke sie nicht die Enttäuschung ihrer Zuhörer. »Sein Vater und ich hatten schon befürchtet, dass er es schwer haben würde, im letzten Schuljahr in eine andere Stadt zu ziehen. Aber nun kommen die neuen Freunde ja schon zu ihm nach Hause und vielleicht wird alles doch noch gut.«

Buffy nickte nur und versuchte, so überzeugt auszusehen, wie Mrs. Sanderson es sich selber wünschte. Aus der Stimme von Kevins Mutter klang leise Verzweiflung, die Buffy frösteln ließ und mit einer schlimmen Vorahnung erfüllte. Als Neuankömmling in Sunnydale war Kevin allzu leichte Beute für eine ganze Reihe übel wollender Mächte. Sie selbst und ihre Freunde die Bescheid wussten, sahen schon die Anzeichen am Horizont aufziehen: Kevin hatte sich ganz und gar der Paläontologie verschrieben und nun war plötzlich ein lebender Dino aufgetaucht. Dass seine Mutter nicht wusste, wo er sich aufhielt, machte die Sache noch schlimmer. Ganz schön schlechte Karten.

»Daniel«, schaltete sich Oz plötzlich ein. »Das muss doch dieser Daniel Addison sein, der aus dem Naturkundemuseum?«

Mrs. Sanderson runzelte die Stirn, verlor jedoch nicht ihre freundliche Miene. »Nun, das weiß ich nicht genau. Ich nahm an, es sei jemand aus der Schule, aber wenn er vom Museum ist ... das wäre doch noch viel besser, oder nicht?«

»Oh ja«, warf Xander ein. »Da kann er direkt was verdienen.«

Als wolle sie sich unbewusst selbst umarmen, schlang Kevins Mutter die Arme um ihre Schultern. »Kevin hatte in Chicago zu Hause seinen sicheren Halt«, erklärte sie. »Und dann haben wir ihn dort herausgerissen, wisst ihr, und sind wegen der Krankheit meines Mannes hierher gezogen. Mein Sohn hatte sich so viel aufgebaut, hier aber hat er niemanden, der ihm hilft, der ihn leitet. Wenn dieser Daniel ihm helfen könnte, wäre das ein Segen.«

Eine Sekunde lang sagte niemand etwas. Buffy musste sich beherrschen, damit man ihr den Zweifel nicht ansah. Jemand, der Kevin anleiten konnte – einen Meister? Für einen Neuling in Sunnydale konnte das alles Mögliche bedeuten, nur entsprachen die meisten dieser Meister leider nicht dem, was diese freundliche Dame sich für ihr einziges Kind wahrscheinlich wünschte. »Vielen Dank, dass Sie sich so viel Zeit für uns genommen haben«, sagte sie schließlich und bedeutete Oz und Xander, ihr zu folgen. »Wir werden ihn bestimmt später noch erwischen.«

»Sehr gut«, sagte Kevins Mutter, dann schaute sie Oz an. »Bitte, entschuldige, wie heißt du noch gleich?«

»Oz«, erwiderte Oz, der neben Buffy stand. »Bin auch in dem Geowissenschaften-Kurs.«

»Oz«, wiederholte Mrs. Sanderson. »Das kann ich mir, glaube ich, merken.«

Oz grinste beim Hinausgehen. »Das können sich die meisten merken.«

»Erinnerst du dich an Daniel Addison?«, fragte Oz Willow, als sie wieder in der Bibliothek waren. »Er hat doch im Kurs diesen Vortrag gehalten. Und aus dem, was Kevins Mutter gesagt hat, schließe ich, dass er der Mann ist, den wir suchen.«

»Daniel Addison«, tippte Willow bereits ein. »Er studiert zurzeit nicht«, sagte sie, ohne den Blick vom Bildschirm zu wenden.

»Nein.« Oz ließ sich neben ihr am Tisch nieder, während Buffy und Xander sich hinter die beiden stellten. »Aber Regis hat ihn doch vor ein paar Tagen eingeladen ...«

»Ja, stimmt!« Willow richtete sich plötzlich auf. »Jetzt fällt's mir wieder ein. Das war doch der mit den unheimlichen Dias ... diesen *Dino*-Dias! Aber was hat er mit Kevin Sanderson zu tun?«

Buffy beugte sich vor. »Kevins Mom hat uns erzählt, dass er heute mit ihm unterwegs ist – und zwar den *ganzen* Tag.«

Willow runzelte die Stirn. »Also, Addison ist vom Naturkundemuseum, ja?«

»Genau«, schaltete sich Xander ein. »Noch so ein Paläo-Typ. Ich versteh nicht, was die Leute an versteinerten Reptilien so interessant finden. Aber wenn ich's mir recht überlege – diese Stadt zieht verdammt viele tote Dinge an, warum dann nicht auch solche.«

Buffy zog eine Grimasse. »Normalerweise finden wir ja raus, wer hinter dem Gewürm steht, das hier aus der Erde krabbelt. Aber in diesem Fall haben wir bis jetzt *niente*.«

»Hier!«, rief Willow mit einem Mal. »Ich hab Regis' Anfrage ans Museum zurückverfolgt, und hier ist die Info: Daniel Addison hat sein erstes Examen abgelegt und arbeitet im Augenblick für das Paläontologische Institut. Ist sein zweites Jahr.«

»Große Überraschung – Fehlanzeige«, sagte Buffy. In diesem Augenblick tauchte Giles aus seinem Büro auf und bewegte sich Richtung Verleihtheke. »Sag uns doch mal was, was wir *nicht* bereits wissen.«

»Ist gut, ich mach ja schon.« Willow hackte ungefähr zwanzig Sekunden lang wild auf der Tastatur herum, dann las sie vom Bildschirm ab: »›Daniel Addison zeigt zielloses Verhalten und wenig Neigung, für den Erfolg zu arbeiten. Er fiel des Öfteren dadurch auf, dass er nicht gewillt ist, selbstständig zu arbeiten. Aus diesem Grunde wurde ihm die Teilnahme am dritten Praktikumsjahr nicht zugestanden. Der Vorschlag lautet, dass er an die Universität zurückkehren und sein Studium wieder aufnehmen sollte. Nach angemessener Frist wird man seine Bewerbung erneut erwägen.‹«

»Willow!«, rief Giles von seinem Platz aus, wo er ein Buch durchblätterte. »Das klingt ja wie das Zeugnis von einem Arbeitgeber – hast du dich etwa in die vertraulichen Dateien des Museums eingeloggt?«

»Natürlich nicht«, sprang Xander geschickt in die Bresche. »Sie hat sich in die Vierteljahreszeitschrift vom Kindergarten gehackt.«

Giles starrte ihn ärgerlich an. »Immer eine Antwort parat, was?«

»Eines Tages werde ich meine eigene Talkshow haben.«

»Ich bin sicher, das wird eine tolle Sache«, meinte Giles trocken und schaute Willow fragend an.

Die zuckte nur die Achseln. »Ich klopfe halt an eine Tür – und sie geht auf. Anders als gewisse Einwohner von Sunnydale brauche ich keine Aufforderung, über die Schwelle zu treten.«

Giles' Stirn bekam noch tiefere Falten. »Wenn wir schon so weit sind, dann ist es wohl überflüssig, wenn ich meine Bekannten im Museum um Informationen bemühe?«

»Das ist nicht nötig«, sagte Willow freundlich.

»Was steht denn da noch?«, wollte Oz wissen. *Zielloses Verhalten*? Das klang gar nicht gut, besonders wenn man bedachte, wie gut Daniel die Situation genutzt hatte, indem er Kevin an der sprichwörtlichen Nase herumführte.

Mit zusammengekniffenen Augen starrte Willow auf den Bildschirm. »Mal sehen. Noch mehr von dem gleichen Sermon, außer dass ...«

»Was?«, fragte Buffy. »Komm schon, sag's uns!«

Willow scrollte ein paar Mal hinauf und hinunter, dann lehnte sie sich zurück. »'ne Menge Beurteilungen verschiedener Leute vom Museum, aber der Kern der Sache ist wohl, dass er gerne andere die Arbeit für sich machen lässt. Er fängt mit Begeisterung an und macht einen super Eindruck, aber dann versucht er, jemanden zu finden, der die Last trägt.«

»Zum Beispiel jemand wie Kevin?«, vermutete Buffy.

Willow verzog den Mund. »Ganz genau.«

Auch Oz lehnte sich nun zurück und dachte über das Gesagte nach. So viel also zu dem Guten, das sich Kevins Mutter erhofft hatte. Jetzt sah es eher so aus, als sei ihr Sohn in eine Parasitenfalle geraten. Und wenn Oz auch zugeben musste, dass das exakt zum Höllenschlund passte, schien Kevin doch eine brandneue Version, sozusagen einen Expresslift, erwischt zu haben. Um Kevins willen hoffte Oz, dass es einen Nothalteknopf gab.

»Wie sieht nun dein Plan aus, der alle Möglichkeiten berücksichtigen soll?«, wollte Xander wissen. »Lasst uns einfach diesen Daniel suchen und ihn ausnehmen!«

»Ich kann euch seine Adresse geben«, sagte Willow. »Außerdem gibt's ja noch das Museum. Vielleicht ist er dort.«

»Gut«, sagte Oz. Er sah Buffy an, sie nickte. »Ich glaube nicht, dass Alysa ein Mensch ist, der Kevin überall vorführen würde.« Als alle ihn erstaunt anstarrten, wurde Oz bewusst, was er gesagt hatte. »Freud'sche Fehlleistung«, meinte er schnell. Und merkte, wie sehr Alysa ihm noch im Kopf herumspukte – so sehr, dass er sie jetzt mit dieser Kevin-Daniel-Geschichte verwoben hatte. »Ich wollte sagen ›Daniel‹.« Willow aber schaute ihn mitfühlend an – unglaublich, wie sie sich in ihn hineindenken konnte –, dann drehte sie sich wieder dem Bildschirm zu und las Daniels Privatadresse vor.

»Lasst es uns zuerst da versuchen«, sagte Buffy, die schon aufgestanden war und ihre Tasche nahm. »Ist näher als zum Museum. Denn vor allen Dingen müssen wir effizient arbeiten.«

»Ich komm mit euch«, sagte Xander.

»Was ist denn los mit dir, Xander?«, fragte Willow und bemühte sich, keine Regung zu zeigen. »Machen dir die Bücher Angst?«

»Ehrlich gesagt liegt es an den Büchern *und* an Baby Timmy da drüben«, erwiderte Xander. »Wie er immer so hin und her läuft – das macht mich einfach nervös. Ich fühl mich in der Schusslinie, egal wohin ich mich auch drehe und wende.«

»Komm, *andiamo*«, meinte Oz. Er beugte sich hinab und gab Willow einen Kuss. »Wir kommen nachher wieder.« Sie eilten hinaus. Oz jedoch, dessen Gehör sogar in einer mondlosen Nacht ungewöhnlich scharf war, hörte Giles mit sich selber murmeln …

»Freud, in der Tat.«

»Na, is' ja toll«, sagte Buffy, »dass wir heute überhaupt nichts auf die Reihe kriegen – ist das bloß so 'n einsamer Trip von mir oder geht es euch auch so?« Wütend stemmte sie die Hände in die Hüften und trat ein paar Schritte zurück. So hatte sie jetzt zwar das ganze Haus im Blick, aber das half ihnen auch nicht weiter. Es war ein ziemlich kleiner Wohnblock, nur sechs winzige Apartments, und reichlich schäbig dazu. Die einstmals hübschen Stucksimse waren mit einer Farbschicht in Wüstensandgelb bedeckt, die langsam abblätterte, und außerdem bröckelte der Gips an allen Ecken und Enden. Der traurige Überrest des kleinen Vorgartens war mit Steinen und Müll übersät, die angrenzenden Gebäude befanden sich in ähnlich traurigem Zustand. Eine einsame, kränkelnde Palme kämpfte noch um ihre Existenz, bog sich aber vom Haus weg, als wollte sie sich von ihren Wurzeln losreißen und fliehen.

Willow hatte herausgefunden, dass Daniel Addison im zweiten Stock nach vorne hinaus wohnte. Das sollte die leichteste Übung sein. Buffy konnte die drei schmutzigen Fenster seines Apartments auf der linken Seite des Hauses gut erkennen. Und in keinem der Fenster brannte Licht. »Klingel noch mal.« Wahrscheinlich vollkommen nutzlos, aber sie mussten es versuchen.

Xander drückte erneut auf den Knopf. Von irgendwoher über ihnen klang der ferne, aber unverwechselbare Ton einer Türglocke.

»Ich glaube nicht, dass er das überhören kann«, sagte Oz.

»Jaa …« Buffy vergaß, was sie eigentlich sagen wollte, als über ihnen ein Fenster aufgerissen wurde und eine näselnde Frauenstimme aus der Wohnung unter Daniel ertönte,

»Jetzt hört schon mit Klingeln auf, ja? Seid ihr behämmert? Er's nich zu Hause!« Die Besitzerin der Stimme war hinter den schlaff herabhängenden Vorhängen nur schemenhaft zu erkennen.

»Xander!«, sagte Buffy streng. Der blickte vom Hauseingang trotzig zu der mürrischen Frau hoch, nahm aber endlich den Finger vom Klingelknopf.

»Entschuldigen Sie, Ma'am?«, rief Buffy, bevor Daniels Nachbarin das Fenster wieder zuschlagen konnte. »Wissen Sie vielleicht zufällig, wo er ist? Oder wann er wieder nach Hause kommt? Es ist nämlich wichtig, weil …«

»Bin doch nich seine Mutter!«, herrschte die Frau sie an. Mit einem Krach schlug sie das Fenster zu. Buffy schaute finster zu ihr hoch und hoffte, es würde kaputtgehen, damit der alte Drache einen ordentlichen Schreck bekam. Aber so viel Glück war ihr nicht beschieden.

»Ins Museum?«, fragte Xander jetzt.

»So spät am Samstagabend?« Oz zuckte die Achseln. »Die werden jetzt wahrscheinlich zuhaben.«

»Wir könnten's trotzdem versuchen«, schlug Buffy vor. »Vielleicht kommen wir irgendwie rein oder so.«

Xander verschränkte seine Arme. »Und wenn wir hübsch einbrechen und uns unerlaubt reinschleichen – und ich bin sehr dafür –, dann wissen wir natürlich auch sofort, wo wir unseren Paläo-Fritzen finden, was? Dieses fabelhafte Museum ist ja nur so groß wie ein ganzer Wohnblock.«

»Am besten wär's, wenn wir in der Dino-Abteilung anfangen, aber dann müssen wir zuerst durch eine doppelte Sicherheitssperre. Wegen dieser Inka-Mumie«, erklärte Oz. »Unser größtes Problem ist aber die Zeit, glaub ich. Ich wette, unsere beiden Freunde sind schon gar nicht mehr dort.«

»Da hast du vermutlich Recht«, meinte Buffy verdrossen. »Kann eigentlich noch *mehr* schief gehen?«

»Jetzt kommt schon!«, drängte Xander. »Wir trinken erstmal was und überlegen uns den nächsten Schritt. Ab ins *Espresso Pump*?«

Buffy nickte, weil ihr auch nichts Besseres einfiel. Sie war immer noch wütend, weil sie nicht vorankamen. Was war, wenn Daniel Addison und Kevin Sanderson unter einer Decke steckten und genau in diesem Augenblick damit beschäftigt waren, ihr Dino-Projekt weiterzuführen? Sie konnte das Bild nicht los werden, wie Mutzoid vor Schmerzen geheult und überall dort geblutet hatte, wo der Timimus ihm Stücke aus dem Fleisch gerissen hatte. Und jetzt war der Saurier bereits beträchtlich gewachsen ... Was wäre, wenn es da noch ein Brüderlein oder Schwesterlein gab, das Sunnydale unsicher machte und zu seinem Wachstum ganz, ganz viel Fresschen brauchte? Gar nicht gut.

Wie erwartet war das *Espresso Pump* überfüllt. Als sie endlich ihren Kaffee bekamen, war acht Uhr schon vorbei. Xander holte sich was zu essen – hörte er denn *nie* auf, Junk Food zu fressen? – und sie suchten sich einen Platz an der Wand, wo sie in Ruhe stehen konnten. Da es inzwischen dunkel geworden war, wurde es auch empfindlich kühl – Buffy merkte, wie sehr sie den Sommer herbeiwünschte. Einstweilen wärmte sie sich die Hände an der dampfenden Tasse.

»Sollen wir nicht zu Kevins Haus zurück?«, schlug Oz vor. »Addison kann ja die ganze Nacht draußen spielen, wenn er will, aber Kevins Eltern werden ihren Sohn doch irgendwann zurückerwarten.«

»Ja, sie sehen so aus, als ob sie wissen, dass er noch am Leben ist«, frotzelte Xander. Trübsinnig starrte er in seinen Kaffee und Buffy spürte Mitleid mit ihm. Plötzlich jedoch hellte sich seine Miene auf. »Hey, Buffster, hast du schon gehört, dass Oz' neue Managerin gesagt hat, sie hätte vielleicht Arbeit für uns alle?«

Buffy zog eine Augenbraue hoch. »Was meinst du damit, ›alle‹?«

»Unsere *mögliche* neue Managerin. Wir haben den Vertrag noch nicht unterschrieben«, bremste Oz Xanders Begeisterung.

Xander jedoch zog es vor, den Einwurf zu ignorieren. »Sogar mich. Sie sagte, ich könnte so Sachen machen wie Bühnenaufbau und Equipment transportieren, Besorgungen erledigen. So Zeugs halt.«

Buffy setzte ihren Kaffeebecher ab und verschränkte die Arme. »Und inwiefern bekommen wir *alle* was zu tun?«

Diesmal übernahm es Oz zu antworten. »Wie sie sagt, hat sie Connections, die jeder von uns nutzen kann, ob auf die eine oder andere Art. Sie möchte sogar Willow dazu kriegen, dass sie

Webseiten erstellt und unsere Promotion im Internet vorantreibt.«

»Ja«, schaltete sich nun Xander wieder ein. »Sie hat sogar was für deinen Vamp-Boy, aber der will nicht.«

»Angel?«, fragte Buffy überrascht. »Was soll er denn tun?«

»Security«, erklärte Oz. »Hat's aber abgelehnt.«

»Wow«, staunte Buffy. »Sieht ja so aus, als hätte sie für jeden was.«

Xander wollte gerade zustimmen, doch dann schien er zu merken, dass das wohl nicht ganz stimmen konnte. Oz, Willow, wenn die wollte, Xander, Devon und die anderen Mitglieder der Band ... sogar Angel konnte etwas bekommen, aber in dem ganzen Szenario gab es keinen Platz für Buffy. Xander wurde rot. »Buffy ...«

Sie winkte ab. »Nicht so tragisch.« Sie wollte noch etwas sagen, aber eine laute Stimme an einem der Tische übertönte plötzlich alle Gespräche im Lokal. Buffy und ihre Freunde schauten neugierig hinüber.

»Alter, du kannst mich für total bekloppt erklären, aber ich *sags* dir«, rief ein dünner Teenager mit langen Haaren und traktierte dabei den Tisch mit rhythmischen Hieben seines Zeigefingers, als müsse er das Gesagte noch musikalisch untermalen. »Ich hab *gesehen*, wie es durch die Gasse neben dem *Bronze* rannte.«

»Bist du ihm denn hinterher?«, fragte sein Kumpel mit einem schiefen, reichlich ungläubigen Grinsen. »Ich hätt das gemacht. Genau wie in den Filmen oder bei ...«

»Bei mei'm Arsch, das hätt'st du bestimmt getan«, sagte der Erste ruppig. »Du hättest mal sehen sollen, wie groß das Biest war. Wie 'ne Eidechse, der man Wachstumshormone gegeben hat.«

Buffy, Xander und Oz waren schon aus der Tür, bevor ihr Kaffee abkühlen konnte.

9

»Ja«, sagte Giles. »Buffy hat Oz' neue Bandmanagerin ja einmal kurz erwähnt. Allison ... Beadrack?«

Verblüfft sah Willow vom Computer auf. Giles wusste nicht, ob es daran lag, dass er sie aus den Gedanken gerissen hatte, oder weil sie nicht wusste, wie sie seine Frage beantworten sollte. Dann auf einmal lächelte sie ihn freundlich an. »Bardrick«, berichtigte sie. »Alysa Bardrick. Und ... ich bin nicht sicher, wie viel er über sie weiß. Oz ist ja immer so überaus gesprächig, Sie kennen ihn doch.«

Giles zog einen Stuhl heran und setzte sich ihr gegenüber. Manchmal war es so schwierig, diesen Teenagern die einfachsten Fragen zu stellen. Ist es das, was Eltern durchmachen?, fragte er sich. Tag für Tag dem Nachwuchs alles aus der Nase ziehen müssen und gleichzeitig auf der Hut sein, damit man den Kids nicht zu nahe tritt? »Nun, ich bin deshalb neugierig, weil Oz sich diesen seltsamen Versprecher geleistet hat.«

Statt ihm zu antworten, wandte Willow sich wieder ihrem Bildschirm zu. »Ladonithia«, sagte sie unerwartet, bevor Giles sein Thema weiter verfolgen konnte.

»Was ist das?« Giles blinzelte auf den Monitor, mehr als froh, in die vertrauten Territorien von Dämonen und Geschichte zurückkehren zu können. »Ladon? Ich glaube, so nannte man den Drachen in der klassischen griechischen Mythologie. Wenn mein Gedächtnis mich nicht täuscht, dann hatte dieses Geschöpf an die hundert Köpfe und bewachte die goldenen

Äpfel an dem Baum, den Gäa, die Urmutter, Zeus und Hera zur Hochzeit geschenkt hat.«

»Nicht ›Ladon‹«, korrigierte Willow, während Giles aufstand und neben sie trat. »*Ladonithia.*«

Nun schaute Giles doch verblüfft drein. »Vielleicht eine Ableitung von ›Ladon‹?«

»Sieht fast so aus.« Willows Hände verharrten noch einen Augenblick unschlüssig über der Tastatur, dann faltete sie sie im Schoß. »Aber ich finde nur den Verweis auf diese eine Webseite und die endet als Sackgasse, weil die Adresse nicht gefunden werden kann. Und die ganzen anderen Suchmaschinen haben sowieso nichts gefunden.«

»Na schön«, sagte Giles entschlossen. »Dann müssen wir eben den altbewährten Weg einschlagen und die Bücher zur Hand nehmen.«

Sie hatte die Gasse neben dem *Bronze* wohl schon Hunderte von Malen patrouilliert und dort Dutzende von Blutsaugern erledigt. Sich jedoch nun hineinzubegeben, wenn dort ein Wesen lauerte, das sie buchstäblich auffressen wollte, war allerdings etwas ganz anderes: Buffy hatte Schiss wie nie zuvor. Die Schatten kamen ihr länger als sonst vor. Sie dehnten sich, als habe eine unsichtbare Hand sie auseinander gezerrt, um einer sehr viel größeren Kreatur Schutz zu bieten, einer Kreatur, von deren wirksamer Bekämpfung Buffy keinen Schimmer hatte. Wenn es ein Viech war wie der Timimus in der Bibliothek, dann würde es wohl bluten und Schmerz empfinden können wie jedes Lebewesen – aber wie sollte sie mit seiner Größe umgehen? Mit seinem Gewicht? Wie sollte sie ein Wesen zu Fall bringen, das hundert oder mehr Kilo Kampfgewicht zu seinem Vorteil in den Ring werfen konnte?

Und was war mit seinen *Zähnen*?

»Da«, sagte Xander und versetzte damit Buffy und Oz einen Riesenschrecken. »Da ganz hinten am Zaun.«

»Wenigstens sitzt er in der Falle«, meinte Oz. »Wir – oh, oh je – irgendwie gar nicht gut!«

»Was?«, fragte Buffy. Sie hörte Oz schlucken. Dann drehte sie den Kopf Richtung Gasse und sah, was er sah.

Xander zog rasselnd die Luft ein. »Können wir sagen: abhauen?«

»Nein«, gab Buffy automatisch zurück. »Können wir nicht.« Trotzdem – weiter vor wagte sie sich auch nicht. Zum Glück hatte das Untier sie noch nicht erspäht. »Oz«, fragte Buffy leise, »was zum Teufel *ist* das?«

Er antwortete nicht sofort und Buffy überlegte fieberhaft, ob er es nicht wusste oder ob er das Tier gleich im ersten Augenblick erkannt hatte. Endlich sprach er, mit vor Angst zusammengeschnürter Kehle.

»Ein Tyrannosaurus Rex.«

Xander gab einen erstickten Laut von sich, dazu fiel selbst ihm nichts Witziges mehr ein. Buffy sah die unheimliche Gasse entlang. Sie war wie erstarrt und brachte es doch nicht fertig, die Augen von dem Dinosaurier abzuwenden. »Schätze, unsere Jungs haben Fortschritte gemacht«, brachte sie endlich heraus.

»Buffy, gegen dieses Teil können wir nicht kämpfen«, sagte Xander ein wenig verzweifelt. »Ich meine, guck es dir doch nur mal an – so groß wie 'n Oldsmobile. Oder ein Lincoln.«

»Wir können und wir werden mit ihm kämpfen«, entschied Buffy. Sie trat leise zur Seite und hob etwas auf, das sie schon vorher erspäht hatte: ein hübsches Metallrohr, über einen halben Meter lang. »Wir müssen eben improvisieren.«

»Bist du sicher, dass du das tun willst?«, fragte Oz zweifelnd.

Buffy wog das Rohr prüfend in der Hand. »Nein.«

»Immerhin hat er viel zu kurze Vorderbeine, um uns damit zu packen«, sagte Oz als Versuch, etwas Positives beizusteuern.

»Warum kann mich das nur nicht beruhigen?«, hielt Xander dagegen. »Schau dir mal diese Zähne an – können wir nicht auf die Schnelle 'ne Panzerfaust besorgen?«

»Keine Zeit«, erwiderte Buffy. »Keine Zeit für irgendwas.« Sie holte tief Luft, um ihre Angst zu besiegen, dann marschierte sie in die Gasse hinein.

Der T. Rex drehte sich um und sah sie.

Er war grün und golden und ohne diese grauenvollen Zähne und die mordlüstern funkelnden Augen hätte Buffy ihn für ein wunderschönes Tier gehalten, wie es nur die besten Special Effects der Filmindustrie erschaffen konnten. Die Haut erinnerte an Schlangenhaut, doch sie glänzte und glitzerte unter dem Licht der Laternen. Buffy konnte sich gut vorstellen, wie er im Sonnenlicht aussehen musste, wenn er durch seinen vor Jahrmillionen dahingewelkten Urwald strich.

Aber ein solches Geschöpf war überhaupt nicht mehr schön, wenn es nicht hinter festen Zäunen und Elektrogattern eingesperrt war. Dieser Baby-Dino war locker so groß wie sie selber, seine Länge wollte sie sich lieber gar nicht erst vorstellen. Und seine Bewegungen waren flüssig und sicher – keinerlei Ähnlichkeit mit den unbeholfenen Jungtieren von anderen Spezies.

Die Augen unter den vorspringenden Jochbogen waren ebenfalls golden und leuchteten auf irgendwie unnatürliche Weise. Buffy fand, sie glitzerten arglistig und hungrig. Der Saurier schwang den Kopf drohend hin und her. Speichelfäden rannen von den glänzend weißen Zähnen – sie bemerkte, dass es noch *Babyzähne* waren – und als Buffy versuchsweise einen Schritt in Richtung Untier machte, schnappte es blindlings zu. Das konnte nur eine Warnung sein. Buffy war jedoch überzeugt, dass es das Vorspiel zum Angriff dieses unheimlich stillen Monsters war. Wer auch immer der Dämon sein mochte, der laut Giles in dem Saurier hauste – er war klug genug, seine Lautstärke zu regeln.

Neben ihr sprangen Oz und Xander zur Seite und suchten verzweifelt nach einer Waffe, fanden aber nichts Besseres als dünne, kurze Latten. Das würde ganz gewiss kein Spaß werden.

Ein kurzer Ruck mit dem Kopf, als sei nun in seinem winzigen, prähistorischen Hirn eine gewaltige Entscheidung getroffen worden …

… und der Saurier griff an!

Buffy fühlte förmlich, wie der Boden unter ihren Füßen erzitterte. Auch wenn es sich noch um ein Jungtier handelte, war der Dino doch schwer, stark und vor allem *schnell*, viel schneller als sie erwartet hatte. Auch ihr eigener Fluchttrieb war stärker als erwartet, viel stärker als bei jeder früheren Konfrontation, ob mit Dämon oder Vampir.

»Wir dürfen ihn nicht aus der Gasse lassen!«, schrie sie – sowohl um sich selbst Mut zu machen, als auch um Oz und Xander daran zu erinnern, dass Flucht hier *keine* Lösung war, auch wenn es sie in den Beinen juckte. »Ich übernehm den Kopf! Ihr die Beine!«

»Ich würd gern übernehmen, dass er uns nicht *frisst*!«, quietschte Xander, während der Saurier die Entfernung zu ihnen in erschreckend kurzer Zeit zurücklegte.

Und dann richtete er sich vor ihnen auf und schwenkte seinen massigen Kopf hin und her, während er drohend Knurrlaute von sich gab. Xander und Oz sprangen auseinander und nahmen sich jeder eines der fleischigen Beine vor, während Buffy unter den zuschnappenden Reißzähnen wegtauchte. Sie roch den stinkenden Atem des Tieres und fühlte einen Sprühregen aus Speichel auf sich niedergehen.

»Da könnte man genauso gut ’nen Kuhhintern mit ’nem Zweig kitzeln!«, stieß Xander hervor.

»Pass auf!«, gellte Oz. »Er kommt von der anderen Seite. Pass auf – der Schwanz!«

»Wa …« *Klatsch!* Buffy verlor den Boden unter den Füßen, dann knallte sie äußerst unsanft auf die linke Schulter. Im selben Moment begann ihr rechter Oberarm heftig zu pochen und dort, wo die Schwanzspitze des T. Rex sie gestreift hatte, begann sich bereits ein langer, roter Striemen zu bilden.

»Buffy, *steh auf!*«, schrie Xander verzweifelt. Sie wollte schon zum Sprung ansetzen, aber plötzlich nahm jemand sie am Arm und riss sie so ruckartig beiseite, dass ihre Zähne vor Schmerzen aufeinander schlugen – *Angel!* Es war Rettung in letzter Sekunde: Buffy spürte, dass die Schnauze des Tieres sie schon streifte. Eine Dreifachdosis Adrenalin verhalf ihr dazu, sich zur Seite zu werfen und so den Zähnen zu entgehen, die genau an der Stelle zuschnappten, wo sie eben noch gelegen hatte. Und immer noch war von der Kreatur kein anderer Laut zu hören, als dieses leise, unheimliche Knurren – es war, als wüsste das Tier, dass es zumindest im Augenblick leise sein musste, um kein Aufsehen zu erregen. Aber das war doch schier unmöglich!

Buffy hatte keine Zeit, den Gedanken weiter zu verfolgen. Der Saurier raste auf die andere Seite der breiten Gasse und krachte dort mit voller Wucht in die Mauer. Ein Hagel von Backsteinen und Mörtel prasselte auf ihn nieder, während er versuchte, wieder ins Gleichgewicht zu kommen. Buffy riss sich von Angel los und griff augenblicklich wieder an, war aber immer noch nicht schnell genug. Voller Entsetzen bemerkte sie, dass der T. Rex den fast wehrlosen Oz angreifen würde, ohne dass sie oder Angel ihm rechtzeitig beispringen konnten. Der Saurier kauerte sprungbereit nieder und Buffy sah Oz trotzig die nutzlose Holzlatte schwingen …

So fest sie konnte, schlug sie mit dem Metallrohr gegen einen Müllcontainer.

Der Lärm war ohrenbetäubend, es klang, als sei eine Kanonenkugel auf einem Metalldach gelandet. Instinktiv duckte sich der Jungsaurier wie ein erschreckter Hund. Dann fuhr er jedoch sofort herum, zeigte abwehrend die Zähne, machte einen taumelnden Schritt auf sie zu und setzte zum nächsten Angriff an. Buffy wappnete sich, zwang sich, die Augen auf das Tier zu richten. In diesem Augenblick flog plötzlich links von ihr eine Tür auf und ein fluoreszierendes blaues Lichtviereck fiel zwischen sie und den T. Rex.

»Was zum – *hey!*«, rief eine Männerstimme. Buffy schaute kurz über die Schulter und sah, dass der Mann aus dem Hintereingang irgendeines Ladens gekommen war. Seine Frage endete in einer Art Kreischen, nachdem seine Augen in der Dunkelheit erkannt hatten, was er da vor sich hatte. »*Schafft es mir vom Hals!*«, schrie er und versuchte, rückwärts auszuweichen.

Zu spät. Der hilflose Mann fing wieder an zu schreien, doch da schoss der Kopf des T. Rex vor und seine Kiefer schnappten zu. Der Kopf des Mannes und ein Teil seiner Schultern verschwanden in dem Maul und man hörte, wie die messerscharfen Zähne des Sauriers Knochen und Knorpel zermalmten.

Oz nutzte die momentane Ablenkung des T. Rex und stahl sich in die andere Richtung davon. Er war noch keine vier Schritte weit gekommen, als die zuckenden Torsoteile des unglücklichen Opfers zu Staub zerfielen. Im gleichen Augenblick entwich den Sauriernüstern der braune Aschenpuder, den Buffy und ihre Freunde nur allzu gut kannten. Das Tier schüttelte sich überrascht, warf den Kopf nach vorn und nieste wie ein harmloses Kätzchen.

»Sieh mal an«, hörte Buffy Oz sagen, der sich nun noch weiter von dem T. Rex entfernte.

»Nicht die Methode, die ich normalerweise bei Vampiren verwende«, bemerkte Buffy und beschloss, den Laden zu einem späteren Zeitpunkt auf Aktivitäten des soeben verblichenen Vampirs zu untersuchen. »Aber klappt auch.« Bevor der Saurier sich von seiner Verblüffung erholen konnte, sprintete sie nach vorn und sprang ans untere Ende einer Feuerleiter, die ungefähr einen Meter über seinem Kopf hing.

»Buffy, bist du *völlig* verrückt geworden?«, kreischte Xander. Zu spät, der T. Rex hatte sie schon gesehen. Buffy klammerte sich mit einer Hand an dem rauen Eisen fest und hing eine endlose Sekunde lang pendelnd in der Luft. Sie sah, wie Oz und Xander ihr zu Hilfe eilten und die Hinterbeine des Monsters bearbeiteten, um seine Aufmerksamkeit von ihr abzulenken. Angel blieb, wo er war, hingekauert, bereit zum Sprung, um sich vielleicht zu einem geeigneten Zeitpunkt zwischen Buffy und das Untier zu werfen. Die Attacke ihrer Freunde bewirkte überhaupt nichts. Oz und Xander hätten ebenso gut Mücken sein können, die sich voller Wucht auf einen Elefanten stürzen – der Saurier merkte kaum, was hinter ihm los war. Alle Kraft, die er besaß, jene dunkle, von außen gesteuerte Intelligenz, erspürte und erkannte die Jägerin – und er *wollte sie so sehr*, dass er die beiden Jungen kaum wahrnahm und Angel nicht einmal sah.

Aber dann schaute er doch einmal, nur *einmal*, nach unten, und Buffy nutzte die winzige Sekunde. Als der Saurier seinen übergroßen Schädel wieder hob und zubeißen wollte, schwang sie bereits wie ein Äffchen nach vorn ...

... und rammte ihm das Metallrohr in seiner ganzen Länge ins Auge und weiter ins Gehirn.

Diesmal brüllte das Tier vor Schmerz und Wut. Ein Lärm um vieles lauter als der, den Buffy mit dem Schlag gegen den Container verursacht hatte. Von Fäden unnatürlichen Lichtes durchzogen, brach ein Blutstrom aus dem Loch, wo zuvor sein Auge gewesen war. Nur noch ein kleiner Rest des Rohrs ragte daraus hervor. Vor Wut rasend beugte sich der T. Rex zu Buffy hinab, konnte aber nicht mehr gut genug sehen, um sein Ziel zu treffen. Jetzt, wo Buffy beide Hände frei hatte, hielt sie sich an den Stahlstreben der Feuerleiter fest und zog die Beine hoch.

Doch sie war nicht schnell genug hoch – der schwankende Dinosaurierkopf erwischte sie seitlich. Buffy verlor den Halt und stürzte. Instinktiv rollte sie zur Seite und spürte, wie der Betonboden schmerzhaft an ihren Knien, Ellenbogen und Handflächen entlangschrammte. Obschon ohne Waffe, war sie schnell wieder auf den Beinen und suchte fieberhaft die Gasse nach etwas Brauchbarem ab. Da lag etwas ein paar Meter rechts, das sich als nützlich erweisen konnte, aber …

Der junge T. Rex wankte wieder auf sie zu und brüllte … da hörte sie plötzlich Angel knurren. Unvermittelt endete das Gebrüll. Das verbliebene Auge des Sauriers leuchtete noch einmal heiß und weißgolden auf – der Strom des Lebens, der noch bis zur letzten Sekunde um seine Existenz kämpfte. Die besessene Kreatur machte einen letzten, zitternden Schritt nach vorn, dann brach sie mitten auf der Gasse zusammen. Das Licht in ihrem Auge erlosch.

Stille.

Vorsichtig schoben sich die vier näher ran. Angel stupste mit der Stiefelspitze vorsichtig an eines der Hinterbeine. Nichts rührte sich, nichts zuckte. »Tot«, sagte er nur.

»Ich mag ’nen guten Joke genau so wie jedermann«, sagte Xander entnervt. »Aber irgendwie will mir keiner einfallen.«

»Ich find’s auch nicht witzig«, stimmte Oz zu.

Beide hielten immer noch ihre Holzlatten umklammert. Das Rohr hingegen, das Buffy dem T. Rex in den Schädel gerammt hatte, war nun verschwunden, im Fallen war es vollends in den Kopf hineingetrieben worden. »Okay«, meinte Buffy und bemerkte überrascht, dass sie keuchte. Es war die Furcht, die sie sich selbst nicht eingestanden hatte. »Angel hat Recht. Er ist tot. Glaub ich wenigstens.«

»Kann ein T. Rex, der von einem Dämon befallen ist, sich tot stellen?«, fragte Xander, immer noch auf das Tier starrend.

»Ich würd mal so sagen: Nein«, gab Oz zur Antwort.

»Ist das nun ein Dämon oder ein Dinosaurier?«, fragte Angel verblüfft. »Dinosaurier gibt es doch gar nicht mehr.«

Einen Augenblick lang wirkte Buffy regelrecht belustigt. »Natürlich gibt es sie nicht mehr. So wie es auch keine Vampire, Dämonen, Gestaltveränderer oder was sonst noch für Fieslinge hier auf dem Höllenschlund gibt.«

Xander lief ein Schauder über den Rücken, während sie das Untier weiter betrachteten. »Sieht nicht so aus, als würde er einfach ›Puff‹ machen und sich in Luft auflösen, was?«

»Seh ich auch so«, stimmte Oz bei.

»Wir ziehen ihn dort rüber«, entschied Buffy und zeigte auf einen geschützten Fleck zwischen einem hohen Stapel Paletten und einem halben Dutzend Mülltonnen. »Vielleicht fällt Giles ja etwas ein, dann können wir später zurückkommen und uns darum kümmern.« Angel und die beiden anderen schauten sie zweifelnd an, aber Buffy holte tief Luft und packte mit ihren zerschlagenen, blutigen Händen versuchsweise schon mal einen der mächtigen Schenkel. Die Haut des Sauriers fühlte sich feucht und warm an, total ekelhaft. »Gebt mir 'nen Mundschutz«, brummte sie.

Xander und Oz nahmen nervös den anderen Knöchel und Angel den Schwanz. Mit angeekelten Gesichtern schleiften sie das Tier zu dem Platz, den Buffy ausgesucht hatte. Es mochten gut und gerne dreihundert Pfund sein, die sie da über den Asphalt zerrten. »Zu schade, dass dieses Vieh nicht essbar ist«, meinte Xander. »Könnte man viele Mäuler mit satt kriegen!«

»Wer sagt, dass man's nicht essen kann?«, fragte Oz mit unschuldiger Miene.

»Igitt!«, rief Buffy.

»War nur 'n Scherz«, wiegelte er ab.

»Lasst uns dieses Monster so gut wie möglich verstecken und dann nichts wie ab zur Bibliothek«, meinte Buffy. »Wir müssen

Giles auf Touren bringen. Vielleicht steht ja doch was in seinen Büchern, das uns einen Hinweis liefern könnte.«

»Ich treffe mich aber gleich mit Devon im *Bronze* – wir haben ein Treffen mit Alysa Bardrick«, wandte Oz ein. »Soll ich danach wiederkommen?«

Buffy nickte kurz. »Cool. Und außerdem sollten wir sicher stellen, dass die anderen Wesen der Nacht nicht außer Rand und Band sind.« Nach ein paar weiteren schweißtreibenden und gestankserfüllten Minuten hatten sie den toten Jungdino, so gut es ging, außer Sicht geschafft.

»Wisst ihr was?«, meinte Oz, als sie fertig waren. »Ich hätte schwören können, dass dieses Biest irgend*wohin* wollte.«

Buffy zog fragend eine Augenbraue hoch. »Wie kommst du darauf?«

Er zuckte die Achseln. »Es war die Art, wie es sich bewegte ... war wohl nur so 'n Gefühl. Eine Art animalischer Instinkt.«

»Wie wär's, wenn wir uns mal darüber Gedanken machen, was passiert, wenn irgendjemand das Viech findet, bevor wir wissen, wie wir es loswerden sollen?«, brachte Xander einen neuen Gedanken ein, während er sich den Schweiß von der Stirn wischte. »Wie zum Teufel sollen wir es *erklären*?«

»Gar nicht«, sagte Buffy einfach. Sie winkte den anderen, ihr zu folgen. »Wir werden ja nicht hier sein, dann brauchen wir auch nichts zu erklären. Wozu sich also Sorgen machen?«

Angel schaute sie an, dann den Platz, wo sie den Minisaurier versteckt hatten. »Ich nehme an, du erklärst mir aber noch, was das alles zu bedeuten hat.«

»Natürlich.«

»Bis später«, hörte Buffy Oz sagen. Sie wandte den Kopf und sah, dass er sich schon eilig auf den Weg raus aus der Gasse machte. Einen Augenblick später taten es ihm die anderen gleich – sie gingen auf Nachtstreife, während Oz den Eingang des *Bronze* ansteuerte. Ausnahmsweise einmal hielt Xander den Mund und Buffy grinste innerlich: Sie fragte sich, ob er im Geiste noch einmal den Dino-Kampf durchspielte und sehnsüchtig an die Panzerfäuste im Arsenal dachte.

»Also, was ...«, begann Angel.

»Eine Minute noch«, erwiderte sie leise und ließ Xander ein paar Meter vorgehen. »Zuerst einmal ... wie ich hörte, hast du die neue Bandmanagerin schon kennen gelernt?«

Angel hob die Schultern, sagte aber nichts. Typisch!

»Willow hat's mir erzählt«, fuhr Buffy fort. »Ist irgendwie ... seltsam, dass sie für alle Freunde auch noch 'ne Arbeit hat, findest du nicht?«

Wiederum ein Schulterzucken.

»Ich meine, was hat sie davon? Es sei denn, es geht da noch um was anderes.«

Wieder keine Antwort. Buffy versuchte es noch einmal.

»Weißt du, ich hab da so Geschichten über Leute gehört, die verkauft wurden und über die Grenze abgesch ...«

»Hab's kapiert, Buffy«, meinte Angel. »Werd mich mal umhören.«

Buffy grinste.

»Giles, was ist nur mit ihm los?«, rief Willow, während sie schnell auf die andere Seite des großen Tisches flüchtete. »Hält der Käfig überhaupt?«

»Zurück!« Erneut stach Giles mit seinem Fechtdegen durch den Maschendraht der Stahltür und versuchte, den Timimus in Schach zu halten. Absichtlich bohrte er die Degenspitze in die linke Schulter des Sauriers. Der kreischte vor Schmerz und Wut und beruhigte sich kein bisschen. Immerhin wich er aber von der Tür zurück und ließ für einen Augenblick vom Angriff ab.

»Vielleicht hat er Hunger«, meinte Willow nervös. »Vielleicht sollten wir ihn füttern.« Die Augen des Tieres – der Spiegel der

Seele? – leuchteten so intensiv, dass sie wie Kreise rotgoldenen Feuers wirkten.

»Irgendwie glaube ich nicht, dass die Lösung unseres Problems darin bestehen kann, ihm etwas zu geben, wodurch er *noch* kräftiger und *noch* größer wird«, sagte Giles mit wütendem Blick auf den Saurier. »Trotz Nahrungsmangel scheint die dämonische Kraft, die in ihm ist, ihn ziemlich rasch wachsen zu lassen.«

»Aber vielleicht ist er nur so böse, weil er nichts gefressen hat«, wandte Willow ein. »Wir können doch ein paar Möhren und Salat aus der Cafeteria holen –«

»Ich habe wirklich nicht den Eindruck, dass er Vegetarier ist, du etwa?«

Willow schluckte. »Also, aber dann bitte keine Kaninchen und keine Mäuse oder ... so. Mehr will ich ja nicht.«

»Er bekommt absolut *gar* nichts! Er braucht keine Hilfe von uns.« Giles hielt horchend inne. »Jetzt scheint er sich etwas beruhigt zu haben, findest du nicht?«

»Nur wenn man rhythmisches Fauchen als Zeichen von Beruhigung interpretieren kann.« Willow betrachtete den Timimus nachdenklich. »Wissen Sie, er scheint wirklich völlig verrückt zu sein. Und schauen Sie nur mal die Augen an – leuchten die nicht viel stärker als vorhin?«

»Ja«, stimmte Giles mit einem argwöhnischen Blick auf das Tier zu. Er legte die Stirn in Falten. »Es könnte ...«

»Was?«, fragte Willow, als Giles jetzt die Arme vor der Brust verschränkte. »Warum machen Sie so ein nachdenkliches Gesicht? Nachdenkliche Gesichter sind gar nicht gut. Besonders bei Ihnen nicht.«

»Ich mache mir nur Sorgen, mehr nicht.« Der Bibliothekar kniff konzentriert die Augen zusammen. »Gesteigerte Angriffslust, dazu diese leuchtenden Augen und das unerklärliche Wachstum«, fasste er zusammen. »Wir haben ja bereits vermutet, dass eine dämonische Präsenz mit im Spiel ist. Ich kann nur hoffen, dass dieses Tier nicht mit etwas anderem verbunden ist, über das wir keine Gewalt haben.«

»So etwas wie einen anderen Saurier?« Willow zuckte zusammen.

»Wir müssen noch tiefer graben«, sagte Giles, statt auf ihre Frage einzugehen. In Gedanken versunken rieb er sich das Kinn. »Es gibt noch ein paar sehr viel ältere Bücher, in die ich bisher nicht hineingeschaut habe. Ich dachte, sie wären inzwischen veraltet, aber –«

»Ich glaube nicht, dass das Böse veralten kann«, unterbrach ihn Willow. »Es wird nur immer erfahrener.«

»Leider ist das nur allzu wahr«, stimmte Giles zu. Den Käfig im Auge behaltend, ging er hinter die Büchertheke und begann, in den Bücherstapeln dort auf dem Boden herumzuwühlen. Nach ein paar Minuten stand er wieder auf, hielt ein Buch hoch und wischte sich einen Staubfleck von der Wange. Der Timimus hatte endlich aufgehört zu kreischen – zumindest für den Augenblick. Anstatt ruhelos hin und her zu laufen, hatte er sich nun einen Meter hinter der Käfigtür hingekauert und beobachtete Giles und Willow mit seinen unheimlichen, leuchtenden Augen. »Ich hab vielleicht was!«, verkündete Giles triumphierend. »Zuerst wollte ich eine Verbindung zwischen Dinosauriern und Dämonen finden, aber das hat zu nichts geführt. Vielleicht liegt die Lösung dazwischen: Es ist etwas, das beiden gerecht wird – also so etwas wie ein Drache.«

»Lassen Sie mal sehen«, meinte Willow und streckte über den Monitor hinweg die Hand nach dem Buch aus. Als Giles es ihr reichte, blätterte sie es rasch durch und wandte sich wieder dem Computer zu. »Nein – warten Sie mal. Das ist doch bloß ein weiterer Verweis auf Ladon, dieses griechische Teil, das Sie erwähnt haben.«

»Dann muss es noch mehr geben«, sagte Giles. Willow sah,

wie er ein weiteres Mal hinter der Theke untertauchte, hörte Scharren und plumpsende Geräusche, während er die Gegenstände herumschob, sowie ein zwiefaches Niesen, weil er dabei jede Menge Staub aufwirbelte. »Vielleicht steht hier etwas drin«, meinte er, als er wieder hochkam. »Ich hab seit Monaten nicht mehr an dieses Buch gedacht.« Das Exemplar, das er in der Hand hielt, war sogar noch älter als das andere, sein indigofarbener Ledereinband wurde nur noch von ausgefransten alten Riemchen zusammengehalten. Doch als Giles die ersten Seiten überflog, schaute er ziemlich verwirrt drein. »Hier heißt es, dass Ladon etwas ganz anderes sei«, erklärte er. »Nämlich ein Drachendämon, ›der seit Tausenden von Jahren versucht, seinen Geist, der in vier Teile aufgeteilt ist, in vier passende Wirte auf Erden hineinzugießen‹. Er sucht *Wirtstiere*!«

»Besser als vierhundert«, bemerkte Willow.

»Vier sind mehr als genug«, hielt Giles dagegen, während er das Buch mit finsterem Blick betrachtete. »Wir müssen uns jetzt ernstlich anstrengen und genau nachforschen, womit wir es zu tun haben, und wie verhängnisvoll sich die Dinge entwickeln können – und wenn wir die ganze Nacht brauchen. Ich glaube allmählich, dass es schlimmer ist, als wir bisher angenommen haben, und mir wäre es wirklich lieber, wenn wir die Lösung schon schwarz auf weiß parat hätten, bevor Buffy, Oz und Xander dem Problem in Fleisch und Blut gegenüberstehen.«

10

»Mensch, du siehst ja aus, als hätte dich ein Rudel wilder Hunde die Straße entlanggeschleift!«, meinte Devon.

»War auch fast so«, murmelte Oz, doch zum Glück hörte Devon es nicht. Die Band, die im *Bronze* spielte, war unglaublich laut und man musste fast schreien, um sich unterhalten zu können. Nervös fuhr sich Oz mit der Hand durchs Haar. Da entdeckte er in seiner Handfläche kleine Schottersteinchen und Splitter der Holzlatte, die er als Waffe in der Gasse benutzt hatte. Gut, dass es im *Bronze* so dunkel war. Eigentlich müsste er sich noch etwas säubern, bevor sie Alysa Bardrick trafen, aber er fragte sich langsam, ob er überhaupt noch sehr viel Wert auf dieses Meeting legte.

Müde, von dem fürchterlichen Kampf eben in der Gasse erschöpft, ließ Oz sich auf den nächsten Stuhl sinken. Entscheidungen, Entscheidungen. Gestern noch war alles ganz einfach, entweder schwarz oder weiß gewesen. Nun war sein Leben in einen Film voller Grautöne verwandelt worden und Oz versuchte, die richtige Antwort zwischen all diesen Grauabstufungen zu finden.

»Also, was meinst du?«, fragte Devon, schnappte sich einen Stuhl und drehte ihn so, dass er Oz gegenübersitzen konnte. »Meinst du, wir sollten den Vertrag mit dieser Frau unterschreiben?«

»Hab mich noch nicht entschieden«, antwortete Oz ehrlich. »Dadurch könnte sich unser ganzes Leben ändern. Wir müssten vermutlich mit der Schule aufhören, unsere Sachen packen und nach L. A. gehen. Das ist 'ne Superveränderung, Mann.«

Devon zuckte zusammen. »Du meinst wir müssten uns aus der Szene hier ausklinken? Mensch, da würden meine Alten aber total ausrasten. Können wir ihr nicht vorschlagen, dass wir's so weitermachen wie bisher – nur an den Wochenenden spielen und so –, mit dem einzigen Unterschied, dass sie unsere Gigs organisiert?«

Nachdenklich massierte Oz seine Fingerknöchel, die an ungefähr einem Dutzend Stellen aufgeschrammt waren. »Ich habe den Eindruck, Alysa will entweder alles oder nichts.«

Devon runzelte die Stirn, dann schaute er über Oz' Schulter. »Nun ja, da kommt sie. Zeit, dass wir's rausfinden.«

Oz drehte den Kopf und sah Alysa, die sich ihren Weg durch das Wirrwarr von Leuten, Tischen und Stühlen bahnte. Wieder trug sie ein schickes schwarzes Outfit, diesmal einen schimmernden Hosenanzug mit langer Jacke, wahrscheinlich von einem In-Designer, dessen Namen Cordelia ihnen auf Anhieb hätte nennen können. Als Alysa die beiden erblickte, lächelte sie zur Begrüßung. Aber Oz registrierte, wie schon bei ihrer ersten Begegnung, dass dieses Lächeln nicht bis zu den Augen reichte. Diese Dame war eine knallharte Geschäftsfrau, die keinerlei gefühlsmäßige Bindung zu ihren Klienten aufbaute. Sie war ungefähr so warm und herzlich wie die knallharte Musik der Band, die zurzeit auf der Bühne spielte.

»Guten Abend«, grüßte sie, als sie zu dem Tisch der beiden kam. Es gab noch einen dritten Stuhl, doch sie setzte sich nicht, sondern schien es vorzuziehen, mit den beiden von oben herab zu sprechen. Offenbar liebte sie es, die absolute Kontrolle zu haben. »Hat mir gefallen, euer Auftritt gestern Abend, und deshalb habe ich die Verträge gleich mitgebracht.« Sie schob ihnen einen ledergebundenen Ordner über den Tisch. »Der Vertrag für die *Dingoes* verpflichtet alle Mitglieder der Band für vier

Jahre. Ich habe hier noch Sonderverträge für Xander und Willow und einen für Angel, falls ihr ihn noch überzeugen könnt, seine Meinung zu ändern. Ich habe die Felder für die Namen frei gelassen, eure Freunde können ihre Namen ja selbst reinsetzen.«

Devon blinzelte verwirrt, während Alysa einen sauberen Stapel Papiere aus der Tasche zog. Vier Jahre? Und Willow, Xander und Angel ... Kontrakte für Roadies? Von so etwas hatte er noch nie gehört. »Die anderen sind aber im Moment nicht hier«, meinte Oz langsam. »Ich schätze, wir hatten nicht begriffen, dass Sie alles schon mitbringen würden. Und deshalb wussten sie nicht, dass sie auch kommen sollten.«

Alysa nickte verständnisvoll. »Nun, ich dachte, ich nehme die Papiere gleich mit, nur für den Fall, dass sie auch da sein würden. Aber diese Verträge können warten. Hier ist der für die Band.« Sie schob ihnen einen Stoß Papiere zu und kramte in ihrer Tasche nach einem Stift. »Ihr könnt unterschreiben – auf Seite acht – und dann haben wir das Gröbste schon mal geschafft.«

Oz lehnte sich zurück. »Ehrlich gesagt können wir nicht.«

Alysa wurde nun leicht ungeduldig, schaffte es aber, ihre freundliche Miene beizubehalten. »Gibt es ein Problem?«

Oz blickte mahnend zu Devon, damit er den Mund hielt. »Wir hatten noch keine Gelegenheit, mit Mitch zu reden, und weil er gleichberechtigtes Mitglied der Gruppe ist, können wir nicht über seinen Kopf hinweg entscheiden.«

Alysa zog beide Brauen hoch. »Mitch? Wer ist das?«

»Er schreibt unsere Texte«, sagte Oz. »Aber er spielt kein Instrument, deshalb haben Sie ihn auch nicht mit uns zusammen auf der Bühne gesehen.«

Alysa legte die Stirn in Falten. »Darf ich fragen, warum ihr das nicht früher erwähnt habt?«

Oz zuckte nur die Achseln. Devon sagte klugerweise nichts

dazu. »Wie ich schon sagte: Wir wussten nicht, dass Sie die Verträge jetzt schon mitbringen würden. Mitch ist mit seinen Eltern im Urlaub. In Cancun oder so.«

Alysa blinzelte nun schläfrig, wie eine Katze, die sich überlegt, wie sie am besten mit einer aufmüpfigen Maus fertig wird. »Cancun. Mitten im Schuljahr.«

Nun beugte sich Devon vor und hob lässig die Schultern. »Reiche Leute«, erklärte er, »die machen Urlaub, wann und wo sie wollen.«

Ihre Möchtegern-Managerin presste die Lippen zusammen, als müsse sie eine sarkastische Bemerkung unterdrücken. Sie beugte sich vor, raffte die Verträge vom Tisch und verstaute sie wieder in ihrem Aktenkoffer. »Na schön. Aber ich sag euch jetzt schon: Wir müssen das bis morgen Nachmittag über die Bühne gebracht haben. Ich habe keine Zeit mehr, irgendwas in diese Geschichte zu investieren, wenn ich nicht auch etwas zurückbekomme.«

»Er kommt aber erst morgen am späten Abend zurück«, entgegnete Oz, ohne auf die Alarmglocken in seinem Kopf zu hören.

Dieses Mal ertappte er Alysa bei einem sehr finsteren Blick, bevor sie wieder die Maske der Freundlichkeit überstülpte. »Na schön«, meinte sie. »Dann also Montag. Muss aber tagsüber sein.«

Oz dachte über den Vorschlag nach. »Können Sie in die Sunnydale High School kommen? Wir könnten uns nach dem Unterricht treffen. In der Bibliothek – das wäre cool.«

Alysa dachte kurz nach, dann nickte sie. »Gut. *Aber*«, fügte sie hinzu, während sie den Koffer unter den Arm klemmte und sich auf dem Absatz herumdrehte, »das ist wirklich das absolute Limit.« Sie schaute die beiden noch einen Augenblick an, dann wanderte ihr Blick zur Bühne, wo inzwischen eine Gruppe mit Namen *Broken Mirror* stampfenden Rock ’n Roll aufspielte und anscheinend allzu viel Gewicht auf den Bass legte. Oz fand nicht, dass sie besonders gut waren. »Ihr wisst ja – Samstagabend ist der beste Abend für einen Auftritt«, bemerkte Alysa beiläufig. »Da gibt's die richtig dicke Kohle. Wusstet ihr, dass ich *Broken Mirror* auch betreue? In einem Monat könntet *ihr* da oben stehen.« Sie schenkte ihnen ein letztes Haifischlächeln.

Oz und Devon blieben noch ein paar Minuten sitzen und sahen Alysa nach, wie sie aus dem *Bronze* stolzierte. In ihrem Schritt lag Kühnheit, aber auch eine gewisse *Wut*, die nicht dagewesen war, als sie hereingekommen war. Sie hatten sie offenbar verdammt verärgert, weil sie ihr die Zügel aus der Hand genommen und die Entscheidung jemandem anheim gestellt hatten, den sie noch nicht kennen gelernt hatte.

Übrigens auch niemals kennen lernen würde.

»Mitch?«, erkundigte sich Devon nun. »Was zum Teufel sollte denn das?«

Oz stand auf und schob den Stuhl zurück. Irgendwie gefiel ihm das quietschende Geräusch, das er auf dem Boden machte – dadurch fühlte er die feste Erde unter seinen Füßen. »Nur 'n Vorwand«, erklärte er Devon. »Ein Phantomtexter, der uns ein bisschen Zeit verschafft, damit wir nachdenken, in was wir da hineingeraten und wie sehr wir uns darauf einlassen sollen.«

Willow hörte bestürzt zu, als Oz Giles und ihr von dem T. Rex erzählte, den Buffy, Xander und er in der Gasse neben dem *Bronze* erledigt hatten. »Buffy sagte, sie würde herkommen und Ihnen alles berichten«, sagte er zu Giles, »aber wir hatten bisher noch keine Gelegenheit, mit Kevin oder Daniel zu sprechen. Wahrscheinlich ist Buffy noch mit Angel auf Patrouille. Ich ... ich konnte früher kommen, als ich dachte. Habt ihr inzwischen irgendwas herausgefunden?«

Müde schüttelte Willow den Kopf. »Nicht viel. Ein paar Hinweise auf die antike Mythologie und auf Drachen, aber nichts, womit wir wirklich etwas anfangen können.«

»Wir suchen immer noch«, ergänzte Giles und wies mit dem Kinn auf einen weiteren Stapel Bücher. »Alles eine Frage der Zeit.«

Willow nickte zustimmend, dann schaute sie Oz aufmerksam an. »Gibt's sonst was?«

»Nichts, was Dinos angeht«, meinte er. Er blickte zu Giles rüber, aber der Bibliothekar hatte sich schon wieder seinen Büchern über Dämonenkunde zugewandt. Oz senkte die Stimme, sodass nur Willow ihn hören konnte. »Wir haben uns mit Alysa Bardrick getroffen.« Er gab ihr einen kurzen Bericht über das Treffen.

»Wow!«, staunte Willow, als sie alles gehört hatte. »Sie will, dass *wir alle* Verträge unterschreiben? Sie macht aber wirklich, naja, *voran*. Und das soll alles korrekt sein? Was habt ihr gesagt?«

»Wir haben Zeit geschunden«, sagte Oz. »Ich hab ihr gesagt, wir müssten erst noch mit jemand anders sprechen, und ich könnte ihr vor Montagnachmittag gar nichts sagen. Dann wird sie hierher kommen.«

»Hierher – in die Bibliothek?« Willow dachte darüber nach. »Hältst du das für eine gute Idee? Ich meine, was ist mit dem Timimus?«

»Wenigstens haben wir dann ein paar Tage Zeit gewonnen, um alles in Ruhe zu überdenken«, entgegnete Oz. »In der Zwischenzeit können wir auch diese Dino-Sache aus dem Weg räumen und uns um den Timimus kümmern.«

Willow kaute eine Sekunde lang auf ihrer Unterlippe herum und starrte auf den Computer. »Weißt du was?«, fragte sie leise. »Warum versuch ich nicht, was rauszukriegen?«

Oz schaute sie zweifelnd an. »Über Alysa?«

Willow nickte. »Eigentlich soll ich ja etwas über Dämonen suchen, aber wenn ich ein paar Teilbildschirme öffne, kann ich gleichzeitig nach Alysa jagen.«

»Ja, das ist vielleicht gar keine schlechte Idee.« Als er fortfuhr, hörte Willow ihm die Erschöpfung an der Stimme an: »Ich fahr jetzt nach Hause und nehme eine Mütze voll Schlaf. Wenn du Buffy noch sehen solltest, sag ihr doch, dass ich sie morgen früh treffe. Dann können wir zusammen zu Kevin gehen und nachsehen, ob wir das finden, was er und Daniel hervorgezaubert haben.«

Zaubern, dachte Willow. Sehr interessant, dass er es so ausdrückte. Außerdem war es gefährlich, wenn ein Amateur ans Werk ging, der keine Ahnung von der Sache hatte. Oz linste nun wieder zu Giles hinüber, aber der war völlig in seine Bücher vertieft. Ihr Freund grinste sie kurz an, dann beugte er sich vor und gab ihr einen schnellen Kuss auf den Mund.

Willow blickte ihm noch eine Weile nach, dann brachte sie die Suchmaschinen auf Touren, während sie über diese rätselhafte Beschwörung und über Daniel und Kevin grübelte. Wie bei so vielem, das in Sunnydale vorging, war auch hier unzweifelhaft Magie mit im Spiel, doch es war eine finstere, böse Magie, der man schon vor langer Zeit den Hahn hätte zudrehen müssen.

Als Buffy und Angel endlich in der Bibliothek auftauchten, war Willow schon lange nach Hause gegangen. Nur Giles saß noch da und hatte die sprichwörtliche Kerze angezündet, um in seinen staubigen Büchern noch lesen zu können. Er wandte kaum den Kopf, als die beiden durch die Schwingtüren stürmten.

»Nett zu sehen, wie sich alle um mein Wohlergehen kümmern!«, sagte Buffy zur Begrüßung. »Heute war's ja auch nur ein Feind, der mehr Appetit hatte als so 'n durchschnittlicher Blutsauger.«

Giles sah immer noch nicht auf. »Oz war hier«, sagte er. »Er hat uns schon alles erzählt.«

Buffy blickte sich um. »Xander ist bald aus den Latschen gekippt. Wir haben ihn nach Hause geschickt. Willow –«

»Ist heimgegangen«, teilte Giles ihr mit und hob endlich die Nase aus seinem Buch. »Und Oz sagte, er trifft dich morgen früh, damit ihr zusammen zu Kevin Sanderson gehen könnt. Wie war's auf Streife?«

»Erstaunlich vampirfrei«, gab Buffy zur Antwort und schaute Angel an. »Wir glauben, es hat sich schon rumgesprochen, dass etwas ziemlich Großes umgeht, das auch Vampire als Häppchen nicht verschmäht.«

»Ah.« Endlich zeigte Giles so etwas wie Interesse. »Dann muss also das, was hinter alldem steckt, etwas besonders Schreckliches sein.«

»Sie wissen immer noch nicht, was es ist?«, rief Buffy.

»Nein. Aber wir kommen der Sache allmählich näher.«

Angel zog fragend eine Braue hoch. »Und wieso so langsam?«

Giles schaute die beiden grimmig an. »Weil wir, konkret gesagt, bald keine Bücher mehr haben, in denen wir noch was finden könnten.«

»Hey, Mann. Ich bin's, Devon.«

In der einen Hand das Telefon, suchte Oz mit der anderen schlaftrunken nach dem Wecker auf seinem Nachttisch. Wie kam es, dass dieser Typ, der sonst nie aus den Federn kam, schon um sechs Uhr morgens anrief? Fast hätte er gefragt: »Wer bist du und was hast du mit Devon gemacht?«, aber dann rieb er sich den Schlaf aus den Augen. »Was gibt's?«

Entweder war Devon so durcheinander, weil er nicht geschlafen hatte, oder er ärgerte sich maßlos über irgendwas. Ein paar Sekunden später kam die Antwort. »Erinnerst du dich an den

Gig für Freitag und Samstag, den wir in Newport ausgemacht haben? Der gut bezahlte, auf den wir mindestens drei Monate lang gewartet haben?« Devon knirschte mit den Zähnen. »Na ja, den können wir vergessen.«

Oz runzelte die Stirn. »Warum?«

»Gestern Abend habe ich den Clubmanager angerufen, um nochmal die Sache mit den Boxen zu klären, ob wir unsere nun mitbringen müssen oder nicht. Da sagt er, er wollte mich sowieso anrufen und uns absagen, weil er eine andere Band engagiert hat – ›eine heiße Biene namens *Shy*‹.«

»Warte mal«, meinte Oz. »Er hat doch den Vertrag mit uns unterzeichnet?«

»Ja, und genau darauf hab ich ihn ja angesprochen!« Oz konnte sich regelrecht vorstellen, wie Devon vor Empörung mit den Händen herumgestikulierte. »Im Grunde hat er nur gesagt, das wär aber Pech für uns. Er hat kurz zuvor das Angebot von *Shy's* Manager bekommen und angenommen. Der Schwachkopf meinte doch glatt, wenn wir Einspruch erheben wollten, sollten wir uns an 'nen Anwalt wenden. Teufel auch, er weiß doch, dass wir's nicht gerade dicke haben!«

Oz blinzelte ins Zwielicht. Ein Angebot am späten Samstagabend? Das konnte doch nur …

»Hat er auch gesagt, wer *Shy* managt?«

»Oh, ja«, sagte Devon. »Kannst du dir das nicht denken? Alysa Bardrick natürlich.« Er schwieg einen Moment. »Aber was ich nicht weiß – hat sie das gemacht, um etwas für ihren Klienten zu tun, oder hat sie's getan, weil sie rausgekriegt hat, dass wir den Termin gebucht hatten?«

Oz antwortete nicht, aber er war ziemlich sicher, dass Devon die Antwort ebenso gut wusste wie er selbst.

An diesem Sonntagmorgen war es schon wieder nichts mit dem sprichwörtlichen kalifornischen Sonnenschein: Es war bewölkt und kühl. Buffy fröstelte unter ihrem Pullover, dann warf sie einen Blick auf Oz. Er sah genauso müde aus wie sie: dunkle Ringe unter den Augen, hie und da ein blauer Fleck. Dennoch grinste er sie erwartungsvoll an. »Glaubst du, wir sind zu früh dran?«, fragte sie.

Oz schüttelte den Kopf. »Nö. Diese fleißigen Studenten – die sind immer schon im Morgengrauen auf. Und wenn Kevin nicht wach ist, dann vermutlich seine Eltern. Wir müssen nur einen möglichst mitleiderregenden und verzweifelten Eindruck machen, damit sie ihn aufwecken.«

Buffy kicherte in sich hinein. Wie sollte man denn wegen Schulnoten einen verzweifelten Eindruck machen? Trotzdem, das mit der Verzweiflung würden sie schon hinkriegen. Schließlich wurde die tatsächlich immer schlimmer. »Schon verstanden.«

Das Haus der Sandersons wirkte heute düsterer als bei ihrem ersten Besuch, der gelbe Backstein erschien dunkel und trübe, die Reihe niedriger Büsche erinnerte mehr an eine Wand als an eine Zierde. Selbst die leeren Hängekörbe wirkten fehl am Platz, es war, als hätte doch etwas darin sein müssen – und wenn es Plastikblumen gewesen wären –, um wenigstens die Illusion von Fröhlichkeit zu schaffen. Der Anblick ließ Buffy erneut frösteln.

Als Oz klopfte und Buffy die schweren Schritte im Haus hörte, wusste sie, dass sie bereits einen schlechten Start erwischt hatten.

Mrs. Sanderson riss die Haustür geradezu auf. Ihre Miene war voller Hoffnung, doch als sie die beiden sah, sackte sie regelrecht in sich zusammen. »Oh!«, sagte sie. »Ich ... es tut mir Leid. Ich dachte, es wäre Kevin.«

Buffy trat einen Schritt vor. »Er ist nicht da? Wissen Sie, wo er ist?«

Mrs. Sanderson schüttelte nur den Kopf. Da tauchte ihr

Mann hinter ihr auf. Er sah noch mitgenommener aus als seine Frau und Buffy fiel ein, was Kevins Mutter gestern über seine angeschlagene Gesundheit gesagt hatte. In seiner Verfassung konnte er wahrscheinlich noch schlechter mit einer solchen Situation der Unsicherheit umgehen. »Er ist gestern nicht nach Hause gekommen«, erzählte Mr. Sanderson mit ermatteter, heiserer Stimme. »Na ja, es war Samstagabend, und er ist nun mal jung ... wir hatten gar nicht erwartet, dass er früh kommt. Aber er ist noch nie die ganze Nacht weggeblieben, ohne uns wenigstens anzurufen.«

»So ein Junge ist er nämlich nicht«, fügte Mrs. Sanderson hinzu und Buffy fragte sich, ob sie das ihnen erzählte oder sich selbst und ihren Mann davon überzeugen wollte. »Wir haben Daniel Addisons Nummer über die Auskunft erfahren, aber dort geht niemand ans Telefon.« Sie schaute ihren Mann mit ängstlich aufgerissenen Augen an. »Die ganze Nacht lang nicht.«

Kevins Vater blickte einen Augenblick zu Boden, dann hob er den Kopf. Seine geröteten Augen wirkten eingesunken. »Vielleicht haben sie sich an ein Paläontologieprojekt gemacht und einfach die Zeit vergessen«, versuchte er sich zu beruhigen. »Und wollten uns nicht durch einen späten Anruf wecken. Und nachdem sie dann die halbe Nacht auf waren, sind sie wahrscheinlich eingeschlafen.« Er schaute auf die Uhr. »Aber wenn er heute Mittag noch nicht da ist, rufe ich die Polizei«, meinte er dann entschieden.

»Oh, dazu wird es doch gewiss nicht kommen!«, protestierte Mrs. Sanderson. »Du weißt doch, wie begeistert Kev immer ist, wenn es um Dinosaurier geht. Ich glaube bestimmt, dass es ein neues Projekt ist.« Sie schaute Buffy und Oz an, und Buffy war klar, dass die Frau sie um Unterstützung anflehte.

»Ja, begeistert«, meinte sie. »Das wird's sein.«

Oz schaute sie streng an, dann nickte er den Sandersons

freundlich zu. »Tja, dann kommen wir später nochmal vorbei.«

»Okay«, erwiderte Kevins Mutter ein wenig zu rasch. »Tut das. Und wenn er heimkommt, sage ich ihm, dass ihr dagewesen seid. Oz, nicht wahr?«

Oz nickte. »Genau – der bin ich.«

Mrs. Sanderson nickte mit dem Kopf. »Ihr beide scheint meinen Kevin jedes Mal zu verpassen.«

»Oh, wir werden's schon noch schaffen«, versicherte Buffy im Gehen. »Früher oder später werden wir ihn noch erwischen.«

»Also«, meinte Oz, als sie außer Hörweite waren und gesehen hatten, wie die Haustür ins Schloss fiel. »Was meinst du? Waren da Vampire am Werk?«

»Ich weiß es nicht«, gab Buffy zu. Langsam gingen sie zu Oz' Van zurück. Sie wussten einfach nicht, wo sie jetzt noch suchen sollten. »Viele Leute hier in Sunnydale ... *fühlen* irgendwie, was unter der Oberfläche vorgeht. Ich meine, die meisten gehen nachts nicht allein auf die Straße, weil sie instinktiv wissen, dass es nicht besonders gut für sie wäre. Aber Kevin ist neu hier ... vielleicht hat er noch nicht diesen Sicherheitsradar, den man hier braucht. Also, vielleicht ist ihm tatsächlich etwas passiert.« Aber nach allem, was vorgefallen war, war sie nicht wirklich von ihren Worten überzeugt, und Oz auch nicht.

»Er könnte auch im Museum sein«, meinte Oz. »Seine Eltern sagen, bei Daniel meldet sich keiner, und im Museum haben wir's gestern Abend gar nicht versucht. Warum dann nicht heute Morgen? Es macht um zehn auf.«

Buffy nickte, dann blinzelte sie unruhig zum Himmel. »Jesus, bei diesen ganzen Wolken weiß man nicht, ob es zehn ist oder schon vier. Kotz! Mir ist Sonne viel lieber.«

Wieder nickte Oz. »In Sunnydale ist es wirklich besser, wenn die Sonne scheint.«

»Ja«, stimmte Buffy zu und warf noch einen letzten trübseligen Blick gen Himmel. »Lass uns hoffen, dass sie aufs Museum scheint, wenn wir dort ankommen.«

»Hab ich Recht in meinem Gefühl, dass hier die Kacke so richtig groß am Dampfen ist?«, fragte Buffy halblaut, während Oz am Bordstein hielt und den Motor abstellte.

Die normalerweise leere Rasenfläche vor dem Naturkundemuseum war voller Menschen. Diejenigen, die nicht Fernseh- oder Videokameras in der Hand hielten, fuchtelten aufgeregt mit Pistolen, Dienstmarken und Gummiknüppeln herum. Außerdem standen dort jede Menge Streifenwagen mit Blaulicht, ein Krankenwagen, der nicht einmal den Warnblinker eingeschaltet hatte, und der meistgefürchtete Mini-Van der Stadt: der, auf dessen Türen die Worte SUNNYDALE COUNTY LEICHENBESCHAUER standen.

»Oh, ja«, flüsterte Oz. »Diese Kacke ist so richtig am Dampfen. Und was nun?«

»Wir pirschen uns näher heran«, entschied Buffy. »Sind hübsch leise und horchen an den Türen wie die neugierigen Kinder.«

Oz schaute finster drein. »So was hab ich nie leiden können.«

»Ich auch nicht. Jetzt komm schon.« Die beiden kletterten aus dem Wagen und Buffy zog Oz an der Menschenmenge vorbei mit sich. Geschickt wichen sie den Kameras aus und wirkten tatsächlich wie unbeteiligte, neugierige Teenager. Buffy hielt ab und zu inne und ließ ihren Blick in die Menge schweifen, darauf vertrauend, dass ihr Outfit und ihre blonden Haare Tarnung genug waren, um keine besondere Aufmerksamkeit zu erregen. Sie brauchten nicht lange, um bis zur Vorderfront des Gebäudes zu gelangen, wo mehrere Polizisten und einige weiß gekleidete Techniker um den Leichenwagen herumstanden. Die hinteren Türen des Wagens standen offen und Buffy erspähte einen kleinen Hügel im Innern, bedeckt von einem weißen Tuch, das lauter dunkle, runde Flecken aufwies.

Statt wie die übrigen Aasgeier stehen zu bleiben, gingen die beiden jedoch weiter und drückten sich in der Nähe einiger offiziell aussehender Leute herum. Sie versuchten, etwas von den Gesprächsfetzen zu verstehen. Da sah Buffy, wie einer der Weißbekleideten in den Van stieg und eine Plastiktüte holte, die er den Cops brachte.

»Da ist sein Perso drin«, sagte der Mann. Als der Polizist nur den blutigen Inhalt betrachtete und keine Anstalten machte, die Tüte in die Hand zu nehmen, zuckte der andere die Achseln, wühlte ein paar Sekunden darin herum und förderte schließlich eine Stoffbrieftasche mit viel Blut daran zu Tage. Buffy zuckte zusammen, als er mit einem Knirschen den Klettverschluss aufriss und hineinschaute. »Wir konnten's aus den Überresten schlecht erkennen«, sagte er zu dem Polizisten, »aber nach diesen Papieren zu schließen ist er noch ziemlich jung – erst zweiundzwanzig. Hier steht, dass er Daniel Addison hieß.«

Oz wurde ganz weiß, während Buffy scharf die Luft einzog. »Oh Gott.«

Der Cop schaute zu ihnen herüber und setzte eine strenge Miene auf. Buffy tat so, als hätte sie nichts gehört, und beschäftigte sich intensiv mit einer losen Haarsträhne. Da wandte sich der Polizist wieder an den Mann vom Spurendienst. »Haben Sie irgendeine Ahnung, was sich dort drinnen abgespielt haben könnte?«

Der Typ mit der weißen Jacke hob die Schultern. »Überhaupt keine. Zuerst hatte ich an eine Art Tier gedacht, aber schließlich ist das hier ein Museum, kein Zoo. Alle Viecher da drinnen sind ja schon tot und außerdem ausgestopft. Das muss irgend so ein Wahnsinniger getan haben – wär ja nicht das erste Mal in dieser Stadt.«

Ein zweiter Cop zog ein Notizbuch aus der Tasche und begann eifrig darin herumzukritzeln. »Das ist nur zu wahr«, sagte er. Buffy meinte, leichten Ekel aus seiner Stimme zu hören. Der Cop schaute sich nach den Reportern um, die eben ihre Sachen zusammenpackten und das Gelände verließen. »Und es wird auch schon gleich um zwölf in den Nachrichten gesendet werden.« Er atmete heftig. »Sagen Sie mir doch mal die Adresse aus dem Personalausweis, ja? Ich weiß ja nicht, was mit ihm los war oder was er im Museum machte ... aber ich schätze, dass wir wieder mal die Glücklichen sind, die schnellstens seine Angehörigen suchen müssen, bevor die aus der Glotze erfahren, dass dieser Daniel Addison so berühmt geworden ist.«

11

»Okay«, sagte Oz. »Jetzt hängen wir hier schon fast zwei Stunden rum und warten, dass die alle abhauen, und dreimal haben wir vergeblich versucht, Giles anzurufen. Sieht ziemlich ungünstig aus.« Er spähte um die Ecke des Gebäudes. »Da vorne steht ein Schild, dass das Museum für heute geschlossen ist«, teilte er Buffy mit. »Trotzdem gehen immer noch Leute ein und aus. Wenn wir reinwollen, ohne den Alarm auszulösen, sollten wir's jetzt tun, bevor die Letzten raus sind und die Alarmanlage aktivieren.«

»Nutze die Zeit«, murmelte Buffy.

Oz sah, wie Buffy die Längsseite des Gebäudes entlangschaute, und dann entdeckte er es auch: Eine von vorn kaum einsehbare Tür, genau hinter einem Müllcontainer. »Wollen wir's dort versuchen?«, schlug er vor.

»Die Ausfahrt für die Müllcontainer«, stimmte Buffy mit gespielter Begeisterung zu. »Mein Lieblingseingang.« Die beiden gingen auf die Tür zu und Buffy drehte versuchsweise am Knauf: Natürlich war abgeschlossen. Buffy sah sich noch einmal prüfend um, dann setzte sie ihre gesammelte Kraft der Jägerin ein … nur ein leises Knirschen, als sich das Metall im Schloss verbog, dann schwang die Tür gehorsam auf.

»Wenigstens ist es eine leise Tür«, bemerkte Oz. »In den Horrorfilmen quietschen sie immer.« Buffy warf ihm einen vernichtenden Blick zu und er zuckte die Achseln. »Triviales Zeug, ich weiß.«

»Ich komm ganz gut ohne aus, danke sehr«, entgegnete Buffy nur. Sie machte ihm ein Zeichen, stehen zu bleiben, und schlüpfte allein durch die finstere Öffnung. Einen Augenblick später streckte sie den Kopf heraus und winkte ihm, ihr zu folgen. »Die Luft ist rein.«

Oz verkniff sich die Bemerkung, dass dieser Satz ebenfalls oft in Horrorfilmen auftauchte, und zwar meist kurz bevor das sabbernde Monster herauskam und die dumme Blondine zerfleischte. Stattdessen trat er über die Schwelle und machte die Tür sorgsam hinter sich zu, sie sollte keinesfalls von selber wieder aufgehen. Wenn das Wachpersonal nachher die Alarmanlage einschaltete, würde dann eigentlich das aufgebrochene Schloss auf ihrem Computerplan erscheinen? Leider konnte man das jetzt noch nicht wissen.

Buffy hatte Recht gehabt – dies war eine Art Abstellraum auf der Rückseite des Museums. Überall standen Mülltonnen und Kisten, gestapelte Kartons und gebündeltes Papier, das offenbar zum Recycling gegeben werden sollte. An einer Wand stand ein Komposter, aus dem es nach verfaultem Obst und leicht verrottetem Gemüse stank. Oz folgte Buffy durch den Raum, bis sie die Tür, die ins Museum führte, gefunden hatte. Sie war nicht abgeschlossen – aber wer sollte auch in einen Müllraum einbrechen wollen?

Draußen im Korridor wurde ihre Lage schwieriger: Sie mussten sich eng an der Wand halten, denn der Flur führte zum großen Foyer und dem dahinter liegenden Haupteingang – dem Eingang, der genau in diesem Augenblick von einem der Wachmänner verriegelt wurde.

»Wie viele Wachleute haben die wohl?«, flüsterte Oz.

Buffy schüttelte den Kopf. »Keine Ahnung. Ist ja ein großes Haus. Sie könnten geizig sein und nur einen einzigen Mann bezahlen ... oder sie haben gleich zwei Leute pro Stockwerk.«

»Wie sollen wir denn finden, was wir suchen? Wir können ja wohl schlecht fragen.«

Buffy dachte darüber nach, während ihre Blicke dem Wachmann folgten, der den Tisch links im großen Foyer ansteuerte. Es war der Tisch, an dem Besuchergruppen und Schulklassen die Genehmigung zum Betreten einholen mussten. »Da«, zeigte sie mit dem Finger.

Oz nickte. Sie beobachteten den Wachmann, der ein Klemmbrett nahm und etwas darauf schrieb, dann auf die Uhr sah, das Klemmbrett wieder weglegte und den Korridor hinunterging. Als er außer Sicht war, schlüpfte Oz hinter den Tisch, während Buffy den Korridor im Auge behielt. Eine halbe Minute später war Oz wieder bei ihr, in der Hand ein in blaues Plastik gebundenes Notizbuch.

»Die Pläne von den Korridoren«, verkündete er triumphierend.

Buffy zeigte auf eine der Toiletten und beide huschten hinein. »Wir müssen schauen, ob wir vielleicht Daniel Addisons Büro finden.«

»Ich hab einen der Cops von einem Labor im zweiten Stock sprechen hören«, sagte Oz. »Warum sollten sie das erwähnen, wenn es nicht der Ort ist, an dem Daniel gefunden wurde?«

Buffy nickte und blätterte rasch, bis sie gefunden hatte, was sie suchte. »Okay«, meinte sie dann. »Wir schleichen uns raus und nehmen die Treppe hinter dem Tisch des Wachmanns. Wir müssen aber aufpassen, er könnte schon auf dem Rückweg sein. Hoch in den zweiten Stock, ungefähr die Hälfte des Korridors entlang, dann links. Dort müssen die Labors sein.« Das Licht in der Toilette brannte nur schwach, offensichtlich lief es nur auf Notstrom. Buffy versuchte, mehr zu entziffern. »Ich weiß nicht, ob wir dort vor verschlossenen Türen landen, aber ich könnt's mir gut vorstellen. Wie auch immer, wie werden's schon schaffen. Los!«

Oz kauerte hinter Buffy, die die Toilettentür einen kleinen Spalt breit öffnete, um sich zu vergewissern, dass der Wachmann immer noch nicht zurückkam. Dann schlüpften sie hinaus und hielten sich wieder dicht an der Korridorwand. Während sie durch die Halle rannten und die breite Treppe hochhasteten, immer auf der Hut davor, entdeckt zu werden, wusste Oz nicht, ob er sich fühlen sollte wie ein verurteilter Sträfling auf der Flucht, wie eine von der Katze gejagte Maus oder wie einer der Spione in den James-Bond-Filmen, die Xander anscheinend neuerdings im Kopf herumspukten. Er wünschte nur, er hätte auch so eine lebhafte Fantasie – denn er wollte jetzt lieber an völlig absurde Spionagekrimis denken als die Worte hören, die ihm ständig im Kopf herumgingen …

… ich schätze, wir sind mal wieder die Glücklichen, die schnellstens seine Angehörigen suchen müssen, bevor sie aus der Glotze erfahren, dass er so berühmt geworden ist.

Die Worte des Cops vor dem Museum, der in diesem Augenblick wahrscheinlich schon Daniels Familie die furchtbare Nachricht überbrachte. Wer waren diese Verwandten – die Eltern? Eine Freundin? Diese Gedanken führten natürlich direkt zur nächsten Frage: Wo war Kevin Sanderson? War er auch tot? Wenn ja, dann wahrscheinlich deshalb, weil er einem Menschen geglaubt hatte, der ihm die Erfüllung von etwas versprochen hatte, was er sich am meisten auf der Welt wünschte. Oz wusste zwar nichts über die Ziele und Wünsche angehender Paläontologen, trotzdem konnte er sich gut in Kevin hineinversetzen, wenn er an seine eigenen Ziele mit den *Dingoes* dachte – und bei diesem Gedanken musste er sofort wieder an das Papier mit dem schwarzweißen Kästchen für seine Unterschrift denken, das ihm die hartnäckige Alysa Bardrick unter die Nase gehalten hatte!

So bemühte Oz sich nach Kräften, seine Gedanken von der bedrohlichen Situation abzulenken. Vielleicht gab es wirklich nur einen, höchstens aber zwei Wachmänner für das gesamte Muesum. Zwei wären wahrscheinlicher: Auf diese Weise hätte jeder von ihnen Zeit für eine Pause und sie könnten sich die nicht unbeträchtliche Arbeit teilen, alle drei Stockwerke des riesigen Gebäudes zu überwachen. Außerdem gab es sicherlich noch mindestens eine Kellerebene. Vorsicht war geboten: Wenn sie einen Wachmann sahen, mussten sie nicht nur darauf achten, in welche Richtung er sich entfernte, sondern auch in Betracht ziehen, dass inzwischen der zweite in ihrem Rücken aufgetaucht sein konnte.

»Da«, sagte Buffy plötzlich. Sie hatten soeben die letzte Stufe erklommen und schlichen den Korridor im zweiten Stock entlang. Obwohl Buffy nur flüsterte, klang es in der Stille des langen, hohen Flurs furchtbar laut. »Siehst du das Absperrband der Polizei? Da muss es sein.«

Oz nickte und sie tauchten unter dem gelbschwarzen Plastikband durch, das eine offen stehende Tür verhängte. Was sie dort vor sich sahen, war zwar eindeutig ein Tatort, aber er sah überhaupt nicht wie im Fernsehen aus: Die Polizei hatte offenbar schon jemanden geschickt, um die schlimmsten Blutlachen zu beseitigen. Doch die Arbeit war in höchster Eile ausgeführt worden – überall dort, wo der Bodenbelag nicht genügend gescheuert worden war, sah man Streifen und Flecken, verschmierte Kreise – und dicke, unschön aussehende Tropfen, die an einigen Kanten der Metalltische herunterliefen. Oz und Buffy bewegten sich vorsichtig durch den Raum und vermieden es, auf die noch feuchten Flecken zu treten. Buffy sah sich aufmerksam um.

»Was suchen wir eigentlich?«, fragte Oz mit gedämpfter Stimme.

Buffy zuckte die Achseln. »Weiß ich auch nicht genau. Aber wenn ich's sehe, weiß ich's.«

Oz warf einen raschen Blick über seine Schulter und versuchte abzuschätzen, wann der Wachmann die nächste Runde drehte. »Tja, dann müssen wir ... hey, schau mal«, sagte er plötzlich. »Das allerbeste Beweisstück – und die haben es nicht gesehen, weil sie nicht wussten, was es ist.«

Buffy beugte sich vor. »Was ist das?«

»Das sind Eierschalen«, erwiderte Oz leise. »Eier, aus denen *Junge geschlüpft* sind.« Wieder hielt er inne. Und als er weitersprach, zitterte seine Stimme. »Ich fürchte, wir haben noch verdammte Schwierigkeiten vor uns.«

Buffy konnte immer noch nicht sehen, worauf Oz zeigte; das Licht war einfach zu schwach. »Warum?«

Er drehte sich zu ihr um und trat zur Seite. Jetzt konnte Buffy auch den kleinen zerschmetterten Käfig hinter ihm erkennen. Die Metallstreben, die ziemlich stabil aussahen, waren verbogen und verdreht, als handele es sich lediglich um Fliegendraht. »Weil«, flüsterte er, »es *drei* von der Sorte gibt!«

Ein paar lange, sehr, sehr lange Sekunden sah er, dass Buffy ihm nicht ganz folgen konnte. Drei Eier ... aber einen der Jungsaurier hatten sie ja schon in der Gasse hinter dem *Bronze* getötet und der andere war sicher verwahrt in der Bibliothek bei Giles! Dann konnte nur noch jene nicht identifizierte Kreatur übrig sein, die Daniel Addison getötet hatte. Sie hatte ja gar nicht erwartet, dass es leicht sein würde, aber nun wartete Oz mit noch schlechteren Neuigkeiten auf.

»Sieh sie dir genauer an«, drängte er. »Die Schalen sind alle gleich – diese Eier haben zusammen in einem fossilen Nest gelegen. Das bedeutet, es war die gleiche Dinosaurierart.« Seine Augen waren weit aufgerissen. »Noch *zwei*, Buff. Wahrscheinlich solche wie der, den wir beim *Bronze* bekämpft haben. Zwei wie der T. Rex.«

Sie wollte zuerst dagegen protestieren, aber dann sah Oz, dass sie begriffen hatte. Der Timimus in der Bibliothek war anders, um ein paar Tage älter als diese Exemplare. Er musste

Kevins und Daniels erster Versuch gewesen sein, der Prototyp sozusagen. Als ihre Bemühungen von Erfolg gekrönt wurden, der Saurier jedoch abgehauen war, hatten sie es erneut versucht, um größere und bessere Ergebnisse zu erzielen. Hätten sie es doch gelassen!

Oz räusperte sich so leise er konnte. »So, und jetzt?«

Doch Buffy blickte genauso bestürzt drein, wie er sich fühlte. »Ich ... weiß nicht genau«, gestand sie. »Hier kann er doch nicht mehr sein, oder? Ich meine, vorhin waren doch die ganzen Beamten hier. Wahrscheinlich haben sie das Gebäude vom Keller bis zum Speicher durchsucht. Ich mache mir Sorgen um Kevin. Aber vielleicht hatte Daniel diesmal ja auch beschlossen, das Experiment ohne ihn durchzuführen. Er könnte ebenso gut längst zu Hause sein.« Nachdenklich biss sie sich auf die Unterlippe. »Wir müssen ein Telefon finden«, sagte sie schließlich. »Vielleicht gibt's eins in einem der Vorräume. Wir müssen versuchen, Giles zu erreichen. Vielleicht hat er oder einer der anderen seit gestern doch etwas Neues herausgefunden.«

Sie machten sich auf den Weg. Ein paar Schritte vor der Tür zu den Labors fiel Oz' Blick auf ein Notizbuch, das ganz oben auf einem Stapel anderer Bücher lag. Hier gab es so viele Ordner, Zeitschriften und Notizhefte, dass es nicht verwunderlich war, wenn die Cops dieses eine übersehen hatten. »Warte«, sagte er, schnappte sich das Büchlein und blätterte es rasch durch. »Das gehört Kevin«, sagte er zu Buffy. »Ich weiß noch, wie er im Unterricht darin geschrieben hat.«

»Irgendwas Brauchbares drin?«, fragte sie. »Zum Beispiel, wer ihn auf diese glänzende Idee gebracht hat, einen ausgestorbenen Dinosaurier wieder zum Leben zu erwecken?«

»Oh, ich würde sagen, es ist ziemlich klar, von wem diese hübsche Idee stammte«, murmelte Oz.

»Von Daniel Addison.«

»Genau.« Trotzdem blätterte er weiter und suchte den letzten Eintrag. »Die Frage ist aber: Woher hatte der die Idee?«

Buffy öffnete den Mund, um etwas darauf zu erwidern, aber dann erstarrte sie plötzlich in ihrer Bewegung. »Der Wachmann!«, flüsterte sie warnend.

Oz schob das Notizbuch in seine Hemdtasche, duckte sich so weit wie möglich zwischen zwei Labortischen und hoffte, nicht entdeckt zu werden. Buffy versteckte sich in einer Nische zwischen den Regalen, auf denen Präparate in Gläsern und mit Schildchen versehene Knochenteile lagerten. Sie durften keinesfalls erwischt werden. Man würde ihnen zu viele Fragen stellen, die sie nicht beantworten konnten, und sie stundenlang wegen irgendwelcher bürokratischer Formalitäten festhalten, während in der Zwischenzeit draußen nicht einer, sondern zwei Dinosaurier frei herumliefen. Und wenn Oz' Schlussfolgerungen stimmten, handelte es sich nicht um irgendwelche Saurier, sondern um zwei weitere T. Rex-Babys.

Schritte wurden laut, Gummisohlen quietschten auf dem gekachelten Boden. Es war der feste Schritt eines Mannes, der nichts zu verbergen hatte und sich nicht zu ängstigen brauchte – außer vielleicht, wenn er sich dem Labor näherte. Immerhin war hier etwas Furchtbares passiert. Wahrscheinlich würde er sich deshalb hier etwas genauer umsehen wollen. Aber würde er es auch wagen, die polizeiliche Absperrung zu übertreten, um seine Neugier zu befriedigen?

Die Schritte hielten an. Oz hörte die Atemzüge des Mannes auf der anderen Seite der Tür: Sie klangen etwas keuchend und gepresst, als wäre er ein bißchen zu dick und nicht gerade in Topform. Der Strahl einer Taschenlampe wanderte durch den Raum bis in die hintersten Winkel – konnte es sein, dass er etwas entdeckte? Etwas, das ihn unwiderstehlich anzog? Würde er sich unter dem Absperrband hindurchzwängen?

Zwanzig Sekunden, dreißig, und jetzt ... nein, doch nicht. Wieder hallten die Schritte, entfernten sich auf dem Korridor und verklangen schließlich in der Ferne. Falls Oz den Stockwerksplan richtig im Kopf hatte, musste der Wachmann sich nun nach rechts wenden und durch die *Director's-Ausstellung* gehen: Dort würde er entweder den riesigen Raum inspizieren, der den amerikanischen Säugern gewidmet war, oder die kleinere Abteilung für Meerestiere, oder er würde sich ein zweites Mal nach rechts begeben und die Treppe hinuntergehen. Falls er nicht doch lieber zuerst den *Chaparral*, die Wüstenausstellung, überprüfen wollte – und in diesem Fall musste er dieselbe Treppe wie Buffy und Oz nehmen. Es würde ganz schön schwierig sein, hier wieder herauszukommen.

Oz warf einen Blick in das Notizbuch mit den Plänen von dem Gebäude, um sich noch einmal zu vergewissern. Genau. Wenn sie aus dem Labor kamen und sich links hielten wie der Wachmann, würden sie auf eine Toilette mit einem Vorraum stoßen. Vielleicht hatte Buffy ja Recht und es gab dort ein Telefon, ein öffentliches Münztelefon, das nicht sofort irgendwo eine Alarmglocke in Aufregung versetzte. Er selbst konnte Wache halten, während sie telefonierte, und gleichzeitig Kevins Notizbuch studieren. Vielleicht stieß er dann auf den entscheidenden Kern der Dinge – den, der diesen ganzen Kreidezeit-Scheiß ausgelöst hatte.

Als sie absolut sicher waren, dass der Wachmann weg war, winkte Buffy Oz, ihr zu folgen. Sie huschten aus dem Labor und verschwanden in der Toilette.

Als das Telefon klingelte, wusste Giles schon, dass es sich nur um Buffy oder Oz handeln konnte. Wer sollte sonst an einem Sonntag hier anrufen? Trotzdem musste er die Regeln des Anstands wahren. Denn falls es zufällig Rektor Snyder war, käme das nicht so gut an, wenn er sich zu salopp meldete.

»Bibliothek«, sagte er daher so verbindlich wie möglich. »Mr. Giles am Apparat. Wer ...«

»Giles, ich bin's. Wir versuchen schon seit *Stunden*, Sie zu erreichen!«

Es war in der Tat Buffy, doch ihre Stimme klang ganz leise und sie sprach sehr schnell, als ob sie aus einem Versteck telefonierte. Kein besonders angenehmer Gedanke – aber Giles war nicht überrascht.

»Tut mir Leid, ich war hinten bei den Büchern. Aber ich bin froh, dass du anrufst. Ich habe mir Sorgen gemacht. Wo bist du?«

»Oz und ich sind im Museum«, sagte sie, immer noch flüsternd. »Es ist für heute geschlossen. Daniel Addison ist tot.«

Giles runzelte die Stirn. »Von einem Saurier getötet?«

»Nun, die offizielle Erklärung lautet ›Angriff durch ein Tier‹, aber das ist ein bisschen weit hergeholt, wenn man bedenkt, dass der Mord ja in einem Gebäude stattfand, in dem es nur tote Tiere gibt – zumindest *sollten* sie tot sein. Ich schätze mal, Sie haben in der Zwischenzeit nicht gerade die Geheimnisse des Universums entdeckt, oder?«

»Wir haben keine umwerfenden Entdeckungen gemacht, aber doch etwas ausgegraben, das durchaus von Interesse sein könnte«, berichtete Giles und zog dabei so lange an dem Telefonkabel, bis er an den Bücherstapel reichen konnte, den er auf den Tisch gehäuft hatte. Obenauf lag das Buch mit dem indigoblauen Einband, das er unter der Verleihtheke gefunden hatte. Nun nahm er es mit der freien Hand und suchte den gewünschten Abschnitt. »Da gibt es den Verweis auf einen Drachendämon namens Ladon, dessen Ziel darin besteht, vier Wirte oder Wirtstiere für die vier Teile seines Geistes zu finden.«

Buffy schwieg eine Weile. »Ladon, wie?«, fragte sie schließlich. »Das könnte passen. Nur ... warum? Und wie konnte diese Geschichte überhaupt ins Rollen kommen? Warten Sie mal – Oz möchte Ihnen etwas sagen.«

»Okay.« Giles hörte, wie Buffy und Oz in gedämpfter Lautstärke miteinander sprachen, dann war Oz am Apparat. Giles sah ihn förmlich vor sich, wie er sehr ernsthaft und konzentriert in den Hörer sprach – genauso, wie er auch immer *in persona* auftrat.

»Ich glaube, ich habe das ›Warum‹ in der Gleichung gefunden«, sagte Oz. »Und zwar in Kevin Sandersons Notizen, in einem der letzten Einträge. Daniel Addison hat wohl beim Auspacken einer Lagerkiste des Museums ein Tagebuch gefunden. Genau Einzelheiten weiß ich nicht – aber sagt Ihnen der Name Gibor Nuriel etwas?«

»Überhaupt nicht«, lautete Giles' Antwort. Doch er kritzelte den Namen hastig auf ein Stück Papier. »Sollte er?« Ein oder zwei Sekunden lang hörte er, wie Seiten umgeblättert wurden, dann fuhr Oz fort.

»Kevin hat kein Datum dazugeschrieben, aber ich habe den Eindruck, Nuriel war Paläontologe und hat vor einigen Jahrzehnten für das Museum gearbeitet. Daniel hat sein Ausgrabungstagebuch gefunden und laut Kevin stand eine Art Ritual darin, das irgendjemanden namens ›Ladonithia‹ beschwört.«

Giles zuckte zusammen. »Ladonithia? Willow hat einen Hinweis darauf gefunden, aber der hat uns nicht weitergebracht. Vielleicht handelt es sich bei dem Pfad ohnehin um eine Sackgasse. Was hast du sonst noch?«

»Nicht viel«, gab Oz zu. »Der wirkliche Treffer würde Professor Nuriels Notizbuch sein, das sich in Daniel Addisons Besitz befunden haben muss. Allerdings haben wir noch nicht einmal Kevin finden können.«

»Und Daniel Addison ist tot«, meinte Giles nachdenklich. »Das ist gar nicht gut.«

»Nein, überhaupt nicht«, sagte Oz. »Ich geb Ihnen jetzt wieder Buffy.«

Als Buffy wieder sprach, hörte Giles leichte Verzweiflung in ihrer Stimme. »Wir haben drei Eier im Labor des Museums gefunden, Giles. Eier aus einem fossilen Gelege in einem Felsgestein, Eier, aus denen *Junge geschlüpft sind.* Das heißt, es gibt außer dem, das wir gestern Nacht kaltgemacht haben, noch zwei weitere dieser Dino-Babys. Und die sind inzwischen noch einen Tag älter und wer weiß wie viel größer.« Sie holte tief Luft. »Haben Sie verstanden?«

»Ich fürchte, ja. Willow muss natürlich noch weiter nachforschen, aber –«

»Ich muss Sie doch wirklich nicht daran erinnern, dass wir alle jeden Augenblick zu Dino-Futter werden können?«

»Das, fürchte ich, ist mir ebenfalls nur allzu klar.« Giles warf einen Blick auf die Uhr, sah, dass es schon nach ein Uhr mittags war, und versuchte, nicht daran zu denken, wie schnell der Timimus im Käfig dort hinten gewachsen war. »Ich erwarte Willow jeden Augenblick zurück«, sagte er. »Vielleicht solltest du so lange zur Bibliothek kommen, bis wir etwas herausgefunden haben?«

»Als Erstes sollten wir vielleicht durchs ganze Museum gehen und checken, ob hier nichts mehr rumlungert«, erwiderte Buffy. »Offenbar hat kein Mensch irgendwas auf der Straße gesehen, aber *im* Gebäude haben die Cops auch nichts gefunden. Und diese Kreaturen sind riesig.« Sie hielt inne. »Ganz schön clever, diese Dinos, finden Sie nicht auch?«

»Vielleicht«, wandte Giles leise ein, »ist es ein cleverer *Dämon.*«

»Das auch. Wär ja nicht das erste Mal.« Wieder schwieg sie, weil Oz im Hintergrund etwas sagte. »Okay, hier ist Plan A. Wir durchsuchen sämtliche Stockwerke und auch den Keller – falls wir 'nen Weg dort runter finden, ohne dass uns die Wachleute erwischen. Dann rufen wir Sie nochmal an, kurz bevor wir das Museum verlassen – wahrscheinlich in 'ner Stunde oder so. Bis dann haben Sie doch die Antworten parat, nicht?«

»Selbstredend«, sagte Giles trocken. »Ähm, Buffy?«

»Ja?«

»Wie sieht Plan B aus?«

Einen Moment lang schwieg sie. Dann: »Nun, der ist natürlich noch nicht ganz ausgearbeitet, hat aber ziemlich viel mit Superschnell-Wegrennen und Nicht-Gefressen-Werden zu tun.«

»Sehr guter Plan!«

Giles wollte gerade das Warten aufgeben und Willow zu Hause anrufen, da kamen sie und Xander eilig in die Bibliothek gerannt. »Wo warst du?«, fragte er leicht ungeduldig. »Buffy und Oz sind im Museum eingeschlossen, und Daniel Addison ist tot – wurde heute Morgen ermordet aufgefunden.«

Xander verzog das Gesicht. »Vom Dino gebissen?«

Giles wollte schon zu einer scharfen Erwiderung ansetzen, ließ es dann aber bleiben. »Ja, es scheint so.«

Willow fiel der Unterkiefer herunter. »Soll das heißen, sie sind im Museum und da ist noch so ein Saurier? Jetzt – in diesem Augenblick?« Sie blickte Giles entsetzt an.

»Hast du noch etwas herausgefunden?«, überhörte der Bibliothekar geflissentlich ihre Frage. »Ich habe sämtliche Bücher gewälzt, aber ohne Erfolg.«

Die Rothaarige guckte kurz verwirrt, riss sich dann aber mit einem Ruck zusammen und nickte. »Ich bin wirklich fündig geworden, obwohl ich lange dazu gebraucht habe. Sehen Sie selbst!« Sie warf ihre Büchertasche auf den Tisch und wühlte darin, dann zog sie ein Bündel Computerausdrucke hervor. »Das ist das, was dabei rausgekommen ist – und zwar sowohl aus dem Internet als auch aus ein paar vagen Hinweisen in meinen Wicca-Büchern.«

Giles sah sie verblüfft an. »Deine Wicca-Bücher? Sprichst du von Beschwörungsformeln?«

Willow schüttelte den Kopf. »Nein. Ich musste eine Spur zurückverfolgen und in eincr ganz anderen Richtung suchen. Aber ob Sie es glauben oder nicht, ich habe mit einigen Schutzzaubern angefangen, auf die ich gestoßen bin – Zauber, mit denen man sich gegen den Dämonengeist Ladonithia schützt. Ganz altes Zeug und ich musste wirklich lange danach graben.« Sie schaute Xander an, dann wieder den Bibliothekar. »Aber das alles ist noch gar nichts – der Zauber richtet sich auf etwas wirklich Furchtbares.«

Giles nahm die Brille ab und kaute an einem der Bügel. »Wieder dieser Hinweis auf Ladonithia«, bemerkte er.

Willow begann, in den Ausdrucken zu blättern. »Ja«, bestätigte sie. »Als ich erst einmal den richtigen Pfad ausgemacht hatte, war die Info da. Ich hab sie zuerst deshalb nicht gefunden, weil sie auf der Webseite als Grafik statt als Text erscheint. Nun ist klar, dass ›Ladon‹ und ›Ladonithia‹ so ungefähr dasselbe meint. ›Ithia‹ wurde wahrscheinlich später nur angehängt, damit es besser klingt.«

»Lass mal sehen«, meinte Giles und las laut vor: »›Der vierköpfige Ladonithia ist ein Dämon der Unterwelt, der dem mythischen Ladon der Griechen entspricht. Zwar kann der Körper seines Wirtes zerstört werden, niemals jedoch das wahre Wesen des Dämons selbst. Er ruht tief in der Unterwelt und erwacht nur dann, wenn er mit der richtigen Beschwörung zu einem passenden Wirt gerufen wird. Der Wirt selbst muss eine ähnliche Gestalt, wenn auch nicht die passende Größe besitzen. Ladonithia ist so mächtig, dass er nur einen seiner vier Geister auf einmal loslassen kann, jeder einzelne Geist wird sich einen *anderen* Wirt suchen. Dann muss Ladonithia alle vier

Wesenheiten zu einer verschmelzen, damit er aus seinem Gefängnis in der Unterwelt befreit wird. Wenn dies geschieht, wird der Dämon seine ursprünglichen riesenhaften Ausmaße erlangen. Nichts wird ihn aufhalten und er wird Seelen und Körper der Sterblichen auf dem ganzen Erdball verschlingen‹.«

Willow war blass geworden. »Haben Sie den Holzschnitt von ihm gesehen? Ziemlich garstig.«

Stirnrunzelnd betrachtete Giles das Bild. Es war die altertümliche und nicht sehr genaue Wiedergabe eines fliegenden, drachenähnlichen Wesens mit vier gehörnten Köpfen auf langen, kräftigen Hälsen.

»Flügel«, bemerkte Willow unglücklich. »Es hat *Flügel.*«

Doch Xander hob zuversichtlich das Kinn. »Macht nichts«, meinte er. »Das mit den Kumpels kann er allmählich vergessen, wir haben ja gestern Abend schon zugeschlagen.«

»Okay ... dann haben wir eben einen der Wirte erledigt«, gab Willow zu. »Und jetzt?«

»Was heißt *wir*?«, frotzelte Xander. »Wüsste nicht, dass du dabei gewesen wärst.«

»Wartet mal«, murmelte Giles. »Lasst mich noch ein wenig weiter lesen ...« Er überflog die Seite, dann tippte er auf das, was er gesucht hatte. »Da steht es ja: ›Der Geist eines toten Wirtes fährt zurück in den ersten, den ursprünglichen Wirt ...‹«

»Genau!«, rief Willow begeistert aus. »Und jetzt wissen wir auch, warum *der da* letzte Nacht so wütend war!« Sie drehte sich zu dem Timimus im Käfig um, der sie wütend anfunkelte. »Er war nämlich wie ... besessen oder so, als ihr den anderen beim *Bronze* erledigt habt!«

»... bis ein neuer Wirt gefunden werden kann.« Giles runzelte die Stirn, während ihm die Bedeutung von Willows Worten klar wurde. »Dann wird es ziemlich brenzlig, wenn Buffy und Oz den nächsten finden.«

»Falls sie nicht gleich gemampft werden«, sagte Xander gedankenlos.

»Xander!«

»Was?« Er blinzelte verblüfft und schien gar nicht zu merken, dass alle Farbe aus Willows Wangen gewichen war. »Sie kämpfen doch gegen ein Teil mit zehn Zentimeter langen, rasiermesserscharfen Zähnen, oder etwa nicht?«

»Xander, halt den Mund!«, befahl Giles mit ungewöhnlich scharfem Ton.

Xander lag auch auf diese Zurechtweisung schon wieder eine dumme Replik auf der Zunge, schluckte sie jedoch schnell runter, als er Willows Miene bemerkte. »Ups. Tut mir Leid.« Ungefähr eine Sekunde lang war er still. »Sie werden's schon hinkriegen. Bestimmt!«

Giles sah ihn ärgerlich an, dann wandte er sich erneut den Computerausdrucken zu. »›Um den Dämon wieder für sechs Dekaden in die Unterwelt zu bannen‹«, las er, »›müssen alle Wirte besiegt sein. Der ursprüngliche Wirt darf *erst* zerstört werden, wenn sein Geist mit den anderen dreien vereinigt ist.‹«

»Das ist aber gar nicht gut«, sagte Willow mit heiserer Stimme. »Ich meine, schaut ihn euch doch nur an. Wie wird er erst sein, wenn er doppelt so viel kriegt wie gestern Nacht?«

»Warum können wir ihn nicht gleich kaltmachen?«, schlug Xander vor.

»Das steht hier nicht«, meinte Giles, nachdem er stumm weitergelesen hatte. »Aber ich nehme an, wenn man das täte, würde man die Bande zwischen ihm und seinen verwandten Seelen zerstören. Und vielleicht geht sein Geist dann in die anderen ein. Man müsste alle vier in einem haben ... so kann man den Dämon noch am leichtesten in die Unterwelt zurückschicken. Am besten nimmt man an, dass der erste Wirt der sicherste Faktor ist, an den man sich halten kann.«

»Also«, grübelte Willow, »wären wir alle besser dran, wenn Buffy das Viech an dem Abend getötet hätte, als sie es fand. *Bevor* noch weitere Eier ausgebrütet worden sind.«

»Was soll das mit den Dekaden?«, fragte Xander plötzlich. »Hat das was mit dekadent zu tun, oder was?«

»Das ist ein Zeitabschnitt, Xander«, erklärte Giles entnervt. »Eine Dekade sind –«

»Hast du das wirklich noch nie gehört?« Willow starrte Xander mit großen Augen an.

»Na ja – kommt mir doch irgendwie bekannt vor.« Er schaute Giles an. »Hab ich … hab ich irgendwas nicht mitgekriegt?«

»Egal, egal«, murrte Giles und beschloss, sich nicht weiter über Xander zu wundern. »Das ist eine Zeiteinheit. Dekade heißt zehn Jahre. Wenn ich das hier recht verstehe, dann kann der Dämon nur alle sechzig Jahre versuchen, sich zu befreien.« Fragend schaute er Willow an.

Die nickte und zog noch mehr ausgedruckte Seiten hervor. Manche stammten von direkten Links auf jener Site über Ladonithia, andere von völlig anderen Webseiten. »Ich habe Angaben zu seltsamen Vorkommnissen im Laufe der letzten Jahrhunderte gefunden. Die jüngsten sind an Ausgrabungsstätten von Dinosauriern passiert – davor, zu früheren Zeiten, sind die Angaben natürlich sehr vage. Lauter Geschichten und Legenden, in denen es um Kreaturen geht, bei denen es sich um Drachen handeln könnte. Wahrscheinlich wussten die Menschen damals einfach nicht, womit sie es zu tun hatten.«

Giles blätterte die Seiten durch. »Und das letzte Vorkommnis war …?«

»Sie haben's erfasst«, sagte Willow. »Vor ungefähr sechzig Jahren.«

»Und das«, betonte Giles, »würde genau zu dem passen, was Oz in Kevins Notizbuch gelesen hat, wie er mir eben am Telefon sagte. Hier, ich hab's aufgeschrieben.« Er zeigte Willow und

Xander die Notiz über Professor Gibor Nuriel. Willow zog hörbar die Luft ein. Da wurde Giles klar, dass sie eine Spur hatten.

»Den Namen hab ich schon mal gelesen!«, rief sie und wühlte wie wild die Blätter durch, bis sie einen längeren alten Zeitungsartikel gefunden hatte. »Hier steht, dass er 1939 auf einer Ausgrabung in Texas gestorben ist. Aus ungeklärten Gründen ist sein Zelt in Flammen aufgegangen. Seine gesamte persönliche Habe wurde dem Museum übergeben.«

»Ja!«, sagte Giles, nun seinerseits aufgeregt. »Das würde vieles erklären. Oz sagte, in Kevins Notizen steht, dass Daniel in einer Lagerkiste das Tagebuch eines Paläontologen gefunden hat.«

»Und wenn man noch weiter in die Vergangenheit zurückgeht, dann findet man eine völlig verrückte Sache.« Willow zeigte ihnen einen anderen Artikel, der aus der Zeit Ende des 19. Jahrhunderts stammte, und erzählte in ihren eigenen Worten: »Das ist ein Bericht über ein ausgegrabenes Pterodactylus-Skelett, übrigens auch in Big Bend in Texas«, begann sie. »Hier steht, ein Tramp behauptet, er habe eine Bande herumziehender Zigeuner gesehen, wie sie spät nachts ein ›verdächtiges Ritual‹ mit einem Knochenhaufen vollführten und wie dann ein seltsames Wesen – wahrscheinlich der Pterodactylus – sich erhoben und zu fliegen versucht habe. Da er aber nur einen Flügel hatte, konnte er sich nur davonschleppen.« Willow schaute sie an. »Und weiter steht hier, der Sheriff habe am nächsten Morgen ein Aufgebot zusammengestellt. Die haben das Tier dann gejagt und abgeschossen, die Überreste wurden verbrannt.«

»Erstaunlich.« Giles tippte auf ein anderes Blatt. »Selbst damals ist es so vor sich gegangen. Vermutlich ist der Prozess jedes Mal, wenn der ursprüngliche Wirt getötet wurde, zum Stillstand gekommen. Aber was unseren betrifft ...« Er warf einen Blick auf den Käfig, dann riss er sich wieder zusammen.

»Wenn man weiterliest, dann heißt es, Ladonithia bietet demjenigen, der ihm hilft, die Erfüllung eines Wunsches an. Aber wie bei der Schlange im Garten Eden sind seine Motive unehrlich und das Versprechen eine Lüge. Wenn wir es versuchen würden, könnten wir wahrscheinlich sämtliche Versuche des Dämons, wieder auf die Erde zu gelangen, durch alle Jahrhunderte zurückverfolgen, und zwar einfach, indem wir die entsprechenden Mythen und Legenden richtig interpretieren.«

»Oh, ja sicher«, meinte Willow. »Wir –»

»Ich unterbreche ja nur ungern«, fiel Xander ihr ins Wort, »aber wie soll auch nur irgendeine dieser uralten Geschichten Buffy und Oz im Augenblick helfen?«

»Wie wir sehr wohl wissen, ist die Vergangenheit auf dem Höllenschlund nicht unbedingt vergangen«, widersprach Giles. »Und Buffy und Oz müssen über den neuesten Stand der Fakten Bescheid wissen. Wenn diese Wesen eine Art Heimfindevermögen in Bezug auf den Haupt-Wirt haben, dann wird diese Information Buffy und Oz gewiss helfen, sie zu finden und zu beseitigen, bevor sie aus dem Museum herauskommen.«

»Wow«, machte Xander. »Also, einfach ... wow. Sie? Wesen? In der Mehrzahl? Sie meinen, dieser ... Dämon hat schon so viele Dino-Babys, wie er braucht? Wann ist denn das passiert?«

Giles guckte etwas irritiert. Dann wurde ihm klar, dass er in der Aufregung über Willows Entdeckungen völlig vergessen hatte, den beiden von dem Gelege mit den ausgebrüteten Eiern zu erzählen. »So weit Buffy es erkennen konnte, scheinen Kevin und Daniel drei Eier auf einmal –«

»Oh Gott! Sagen Sie doch so was nicht!«, stöhnte Xander. »Noch zwei von der Sorte wie der von letzter Nacht?«

»Ich fürchte, ja.«

»Irgendwie finde ich, eine Laufbahn als Alligator-Trainer wäre echt mal 'ne nette Abwechslung«, sagte Xander ohne jede Begeisterung. »Jetzt sagt bitte nicht, dass ich Buffy und Oz im

Museum aufsuchen und ihnen diese netten, kleinen Neuigkeiten mitteilen soll.«

Entschlossen schob Giles die Brille hoch. »Exakt. Genau das ist jetzt dringend nötig. Sie sind in furchtbarer Gefahr – und wir können nicht darauf warten, dass sie sich wieder melden.«

»Ich komme mit«, sagte Willow. »Ist doch sicherer, wenn man zu mehreren ist, das sagst du selber immer. Dann können wir uns gegenseitig den Rücken freihalten.«

»Oh, natürlich«, gab Xander bissig zurück, während er den Pullover nahm, den er vor ein paar Minuten lässig auf einen Stuhl geschmissen hatte. »Nehmen wir es als eine Art Abenteuer, etwas, das man seinen Enkeln noch in fünfzig Jahren erzählen kann.« Sein Mund zuckte und er warf Giles einen letzten, finsteren Blick zu. »Denn wir wissen ja, dass dieser ganze Vampir- und Monsterscheiß uns nicht ein Leben lang verfolgen wird ... stimmt's, Giles?«

Gott möge mir vergeben, dachte Giles. Während der Bibliothekar den beiden Teenagern nachsah, konnte er sich nicht zu einer ehrlichen Antwort auf diese Frage durchringen.

12

»Okay«, sagte Buffy. Sie standen nun im Hauptkorridor, genau vor dem kleinen Souvenir-Shop des Museums. »Wir haben die oberen Stockwerke abgesucht und die Tür zum Keller ist verriegelt. Wenn wir jetzt noch einmal hier die Räume durchkämmen, dann haben wir, glaube ich, alles durchsucht. Bist du sicher, dass wir nicht in den Keller einbrechen sollen?«

Oz schüttelte den Kopf. »Das wär nicht besonders schlau. Oben an der Tür gibt es einen Alarm, der direkt mit dem Überwachungssystem verbunden ist. Und ich schätze, damit haben wir dann nicht nur die Wachmänner am Hals, sondern wahrscheinlich auch noch die Polizei. Denn die Anlage ist sicher auch dorthin verkabelt.«

Buffy sah sich nachdenklich um. »Na ja, ich vermute mal, wenn nichts hineinkann, kann auch nichts herauskommen. Vermutlich werden wir den Alarm auslösen, wenn wir das Haus verlassen, aber dann sind wir sowieso schon weg.«

Oz nickte. »Wohin also jetzt?«

»Da lang.« Buffy zeigte nach oben und nach rechts. »Wir drehen eine große Runde und kommen hier wieder aus. Dann verziehen wir uns in den Wirtschaftsraum und schleichen auf die gleiche Weise raus, wie wir reingekommen sind.«

»Hört sich nach ’nem guten Plan an«, meinte Oz. »Also los!«

Buffy brauchte keinen Ansporn mehr: Sie wollte es ebenso schnell hinter sich bringen wie Oz. Aber als sie in den kurzen

Korridor einbogen, blieben sie überrascht stehen. Vor ihnen taten sich zwei verschiedene Abteilungen des Museums auf, beide sehr lang und nur schwach erleuchtet.

»Sollen wir uns aufteilen?«, fragte Oz. »Hinter Tür eins gibt's Edelsteine und Mineralien. Hinter Tür zwei Amerikanische Naturkunde.«

»Wir werden uns auf keinen Fall trennen«, widersprach Buffy streng. »Das wäre viel zu gefährlich.« Sie drückten sich eng an die Wand. Buffy überlegte, welche der beiden Abteilungen einen jungen Saurier wohl eher anziehen könnte. Oz war keine große Hilfe, denn er zeigte nun auf ein Schild, das ein Stück weiter vorn unter der Decke hing: AFRIKANISCHE SÄUGETIERE. Verdammt, noch eine Möglichkeit. Ob Dino-Babys die Jagd liebten? Na sicher, aber sie würden doch sicher frisches Fleisch vorziehen und keine staubigen, mumifizierten Tierteile verspeisen wollen, oder? Buffy wollte diese Überlegung gerade zum Besten geben, als sie etwas anderes erblickte, das Entscheidung noch schwieriger machte. Zur Linken, jenseits des großen Foyers, war noch ein kleineres, fast unscheinbares Schild. Weiße Blockbuchstaben auf schwarzem Grund und ein paar Richtungspfeile: NORDAMERIKANISCHE SÄUGETIERE und FOSSILIEN UND DINOSAURIER. Na, großartig!

»Was ist denn das da?«, fragte Oz leise.

Buffys Blick folgte Oz' Finger. Zuerst konnte sie gar nichts erkennen, dann gewöhnten sich ihre Augen langsam an die Dunkelheit in Bodennähe. Dort, wo die breite Fußleiste an den Boden grenzte, lag etwas.

»Ein Kuli?«

Oz sah sich argwöhnisch in dem großen Foyer um, ob auch gerade kein Wachmann kam, dann spurtete er zu der Stelle und hob das Ding auf. »Ganz genau.«

Buffy folgte ihm. Sie zog eine Braue hoch. »Und was hältst du davon?«

»'n ganz normaler Kugelschreiber.« Er hielt ihn mit den Fingerspitzen hoch und ließ ihn baumeln. »Mit Blut dran.«

Buffy sah den Stift genauer an – ja, Oz hatte Recht. Der ganze Kuli war mit Blut beschmiert, das in der düsteren Beleuchtung fast schwarz wirkte. »Schätze, so werden die im Souvenir-Shop nicht gerade verkauft. Was glaubst du? Gehörte der Daniel? Oder Kevin?«

Oz zuckte die Achseln. Dann schaute er sich suchend um und warf den Kuli in einen Abfalleimer an der Wand. »Wohin also – Fossilien und Dinos?«

Buffy knirschte mit den Zähnen. »Wohin denn sonst?« Sie drückte sich an ihm vorbei und ging voraus. Ein schneller Blick in die Fossilienabteilung zeigte nichts als einen lang gestreckten, riesigen Raum: Regale mit Glasfronten an den Wänden und Glasvitrinen in der Mitte, alle schwach erleuchtet. Man konnte gut bis ans andere Ende des Raumes sehen und einer Kreatur von so erheblichen Ausmaßen wie einem Dinosaurier wäre es einigermaßen schwer gefallen, sich hier zu verstecken. Am anderen Ende gab es ebenfalls eine Tür, aber um die würden sie sich später kümmern, wenn sie im angrenzenden Raum nichts fanden.

Die Dinosaurier-Ausstellung war ganz anders aufgezogen. Der Eingang führte durch einen hohen Türbogen, über dem ein Plakat in leuchtenden Farben die Besucher begrüßte: WILLKOMMEN IN DER URZEIT! Als sie reingingen, blieb Buffy abrupt stehen. Auf ihrem Gesicht machte sich Verdruss breit. »Super. Konnte es nicht noch 'n bisschen schwieriger werden?«

Der Raum vor ihnen war noch länger und mehr als zweimal so breit wie die Fossilienabteilung nebenan. Wie im ganzen Erdgeschoss war auch hier die Decke an die sechs Meter hoch, doch anders als in den sonstigen Räumen war die Ausstellung hier keineswegs übersichtlich und luftig gestaltet. Im Gegenteil, ein prähistorisch anmutender Dschungel – hatte sie etwas anderes erwartet? – vermittelte eine fast klaustrophobische Atmosphäre. An den Wänden war jede Menge Grünzeug, manches aus Stoff und Seide, manches sogar echt, angebracht. Versteckte Ventilatoren bliesen Luft in den Raum, sodass der Eindruck erweckt wurde, als bewege eine leichte Brise das Laub. Sogar die Granitblöcke auf dem Boden waren mit Grün überzogen, um eine moosige Atmosphäre zu schaffen. Buffy und Oz brauchten gar nicht leise zu sein – aus versteckten Lautsprechern erklangen überall leises Knurren, Brüllen und Gott weiß was für Geräusche, die alles andere übertönten. Dummerweise verschaffte diese Geräuschkulisse und die tropisch aussehende Szenerie demjenigen, den sie jagten, den gleichen Vorteil.

Kein Wunder, dass nichts aus dem Museum herausgelaufen war. Dies war genau der richtige Ort, an dem sich ein junger Dinosaurier verstecken konnte.

»Warum ist die Luft denn so feucht?«, fragte Buffy leise.

»Damit es wirklich wie im Dschungel ist«, erwiderte Oz. Er sah sich um. »Wahrscheinlich stellen sie nachts die Luftbefeuchter ab, damit hier drin nicht alles verfault. Sind übrigens toll gemacht, die Saurier.«

Buffy blickte ihn irritiert an. »Manche von denen sehen wirklich unheimlich echt aus«, bemerkte sie schließlich nervös. »Hätte nie gedacht, dass mich eine Ausstellung so beeindrucken kann.«

»Das überrascht mich – wenn ich bedenke, was ich über Xander und die Mumie der Inkaprinzessin gehört habe«, entgegnete Oz.

Buffy sah sich nervös in dem riesigen Raum um. Sie suchte nach verräterischen Bewegungen zwischen den übergroßen, raschelnden Farnen und den Dino-Atrappen. »Das stimmt. Aber irgendwie fühle ich mich diesmal ein bisschen überfordert.«

»Vielleicht, was die Größe betrifft«, meinte Oz. »Aber nicht in punkto Intelligenz.«

Doch so leicht ließ sich Buffy nicht beruhigen. »Wer weiß? Vergiss nicht, dass Giles gesagt hat, wir könnten es mit einem Wesen zu tun haben, das so clever ist wie ein Dämon.«

Oz schien nach wie vor unbeeindruckt. »Könnte sein. Aber wenn es so ist, hat dieser spezielle Dämon das Glück nicht gerade für sich gepachtet.«

Auch wieder richtig, aber musste man im Leben nicht ständig dazulernen? Ladon oder Ladonithia, wie immer er auch hieß, versuchte, immer Kopien von sich herzustellen. Buffy schluckte und straffte ihre Schultern – sie fürchtete sich vor dieser Düsternis, sie wollte nicht weiter in diese unheimliche Ausstellungshalle hineingehen. Aber sie musste. Während sie einerseits ängstlich hoffte, nichts zu finden, dachte sie andererseits ganz logisch, dass sie dann ja woanders suchen müssten – wo wäre da also der Unterschied?

Tja ... der Unterschied konnte zum Beispiel normales, helles Licht sein. Und normale Geräusche des zwanzigsten Jahrhunderts, Autos und Menschen – und nicht so ein leises Knurren und Fauchen, das sie und Oz nun von allen Seiten einzuschließen schien. Und Waffen – *ja, Waffen wären echt nicht schlecht.*

»Warte mal«, flüsterte Oz. Er holte den Plan aus seiner Brusttasche. »Was ist, *wenn* wir etwas finden? Lass uns doch hier anfangen.«

Er zeigte auf die entsprechende Seite im Plan. »Kultur der Nordamerikanischen Ureinwohner?«, fragte Buffy.

»Da gibt's was zu holen.« Er stopfte das Buch wieder in seine Tasche. »Speere und Streitäxte zum Beispiel. Wir nehmen ein paar mit und kommen vom Rundbau aus wieder hier herein.«

Buffy tat so, als würde sie die Nase rümpfen. »Was? Wir wollen die Viecher nicht mit bloßen Händen bekämpfen? Warum klingt das eigentlich nach einem viel besseren Plan?« Auch wenn es ironisch klang – sie hätte Oz für seine Idee um den Hals fallen können.

Zusammen schlichen sie vorsichtig aus der Dino-Ausstellung heraus und huschten in Richtung Fossilien. »Da runter«, sagte Oz. »Dann rechts und durch die Säugetiere und geradeaus. Wir müssen die ganze Ausstellung durchkämmen und alles mitnehmen, was wir brauchen können.«

Buffy nickte und ließ diesmal Oz vorgehen. Er war versierter darin, den Flurplan zu lesen und den schnellsten Weg zu finden, während ihre Fähigkeiten eher darin bestanden, die Wachmänner früh genug auszumachen. Während Oz sie geschickt durch die Ausstellung der Nordamerikanischen Indianer führte, hoffte Buffy nur, sie werde sich gegen prähistorische Feinde auch so gut bewähren.

»Treffer«, sagte Oz mit gedämpfter Stimme.

Er legte ihr die Hand auf den Arm und zeigte auf eine stattliche Waffensammlung an der Wand, manche davon in Vitrinen. »Mach lieber nichts kaputt«, flüsterte er ihr halb im Scherz zu. »Glasbruch löst garantiert die Alarmanlage aus.«

Buffy nickte. »Geht klar.« Sie eilte voraus. Brauchen konnten sie nur das, was sie gut in den Händen halten und wirklich benutzen konnten. Daher ließ Buffy die langen Speere hängen und nahm stattdessen vier gefährlich aussehende Tomahawks mit schweren Schneiden. Davon konnte jeder einen nehmen und den anderen in den Gürtel stecken. Viel besser als Speere, fand Buffy. Wenn ein Speer erst einmal in seinem Ziel steckte, nützte er nicht mehr viel – außerdem bezweifelte sie die Haltbarkeit dieser ziemlich altertümlich aussehenden Waffen. Pfeil und Bogen ließ sie ebenfalls hängen und nahm stattdessen ein paar lange, antik aussehende Messer. Die Klingen waren zwar nicht scharf, aber die Spitzen konnten noch genug Unheil anrichten. Bei Pfeil und Bogen war das etwas anderes: Buffy bezweifelte, ob die Bogensehne überhaupt noch irgendeiner

Belastung standhalten konnte. Und die Pfeile kamen ihr ziemlich winzig vor, wenn sie die Größe des Zieles in Erwägung zog.

»Genug«, flüsterte sie Oz zu. »Ich bin bereit, wenn du es bist.«

Oz sah aus, als habe er eine Erwiderung auf den Lippen – »Bereit für was? Unseren Sieg?« –, aber er nickte nur und ging voraus durch den Rest der Ausstellung zu dem breiten Rundbau, der sich hinter dem rückwärtigen Eingang erstreckte. Von dort aus führte der kleine Hintereingang wieder zurück in die Saurierausstellung. Trübes, leicht goldenes Licht drang unter der Tür durch. Oz' Gesicht wirkte in dieser Beleuchtung sehr blass. Beide vernahmen schon die gedämpften Laute der falschen Dinosaurierschreie, das elektronisch hervorgerufene Quaken von Tieren, die Buffy nicht einmal kannte, und das Zirpen von Insekten, die vermutlich zur gleichen Zeit wie die Saurier die Erde bevölkert hatten. Heißt es nicht, dass Kakerlaken schon seit Jahrmillionen existieren? Buffy lief ein Schauer über den Rücken, als sie in den Raum schlüpften, und sie wünschte, das Personal des Museums hätte in dem ganzen Trubel heute Nachmittag daran gedacht, den Soundtrack für die Nacht abzustellen.

»Wow!«, staunte Oz neben ihr. Buffy schaute ihn an, dann folgte sie seinem Blick zu etwas Riesigem, Dunklem, das über ihren Köpfen hing. Dieses Teil dort, das von oben auf sie herabzustoßen schien, war so realistisch, dass Buffy erschrocken zusammenzuckte. Trotz der schwachen Beleuchtung konnte sie die sorgfältig gearbeiteten Adern in den gewaltigen Flügeln des Pterodactylus erkennen.

»Das hat mir gerade noch gefehlt«, murmelte sie. Gott sei Dank, dass Kevin und Daniel nicht mit Pterodactylus-Eiern experimentiert hatten. Als die Jägerin vermochte sie ja schon eine ganze Menge, aber die hohe Kunst des Fliegens hatte sie bislang noch nicht gemeistert.

»Ziemlich viel zu durchsuchen«, bemerkte Oz leise. »Und ziemlich viel Krach.«

Buffy spähte an ihm vorbei. Der Raum war voller grüner und schwarzer Schatten und zwischen der diesigen, feuchten Luft sowie den echten und falschen Pflanzenblättern, die von der leichten Brise gefächelt wurden, war hier zu viel Leben – es war, als könne sich hier allzu leicht etwas verstecken ... Und ob sie das überhaupt merken würde? »Jaa –«, wollte sie Oz gerade zustimmen, als ...

... sich etwas bewegte, ein paar Saurier weiter rechts, fast schon in der Mitte des Raumes. Für den winzigen Bruchteil einer Sekunde sah sie etwas Dunkles, größer als alles andere, das über den dunkelgrünen Boden glitt.

»Sollen wir loslegen?«

»Oh, ja«, sagte Buffy mit Nachdruck. »Ich glaube, er ist gerade hinter diese ... ekelhaften Viecher mit den Vogelköpfen geschlüpft.«

»Oviraptoren«, erklärte Oz sachlich.

»Ober-dingsda. Los jetzt!«

Beide rannten los, halb geduckt, aber schnell. Sie hielten sich dicht an einer Wand aus imitierten Steinen, die die Oviraptor-Exemplare von dem Hauptweg trennte. Über ihnen raschelte das Laub. Buffy hatte keine Zeit festzustellen, ob das von der falschen Brise herrührte oder von etwas anderem. Sie kam sich vor, als wäre sie in einem Wald ausgesetzt, im Zwielicht, bedrängt von unheimlich anmutenden Bewegungen und Rascheln im Unterholz. Kamen diese seltsamen schnüffelnden Laute tatsächlich vom Band oder verbarg sich ein unbekanntes Wesen hinter den Büschen?

»Da hinten«, zeigte Oz. »Ein bisschen nach rechts – siehst du? Zwischen dem Carnotaurus und dem Cynognathus?«

»Bitte wer?«

»Der Große da rechts mit den vielen Zähnen und den komischen kleinen Hörnern – und die flauschigen Viecher links, die wie mutierte Tiger aussehen.«

Blinzelnd versuchte Buffy auszumachen, was er meinte. »Oh ... ja. Jetzt sehe ich ihn auch. Na super!« Was er entdeckt hatte, war nicht unbedingt riesig groß, aber ganz bestimmt der Typ, den sie suchten. Oder war es ein Weibchen? War auch egal. Buffy machte ein finsteres Gesicht und blieb stehen. »Aber wo ist der andere?«, erkundigte sie sich leise bei Oz. »Es sollten doch zwei sein.«

»Weiß nicht. Vielleicht ist er woanders hin, vielleicht lauert er um die Ecke.« Er schwieg einen Augenblick. »Buffy, wie zum Teufel sollen wir das nur schaffen?«

Buffy packte einen der Tomahawks und hoffte, das bloße Gewicht dieser primitiven Waffe würde ihr neue Kräfte verleihen. Tat es aber nicht. »Hiermit, schätz ich. Wir sind hier. Und genau jetzt ist der Zeitpunkt, es zu tun.« Verflixt! Hatte sie das nicht auch gesagt, als sie das letzte Mal einem Dinosaurier gegenüberstanden? Sie hasste es, sich zu wiederholen.

Zur Bestätigung ihrer Worte fixierte sie das große, dunkle Etwas und glitt langsam darauf zu. Sie spürte, dass Oz ihr folgte, auch wenn sie es nicht hörte. Das lag nicht an dem Krach des Windgebläses und den Soundeffekten, die durch die Ausstellung rieselten, sondern an seinen unbewussten wolfsartigen Fähigkeiten. Er wusste wahrscheinlich nicht einmal, dass jede Geste und jeder seiner Schritte diesen verstohlenen Kreaturen glich, deren Erbe nun unwiderruflich in seinem Körper wohnte.

Doch so leise sich Oz auch bewegte, waren offenbar Buffys eigene Schritte zu laut. Bevor sie auch nur zu der Stelle kamen, wo die falsche Steinwand endete, hörten sie schon ein warnendes Knurren, das sich leider ganz anders anhörte als der Lärm aus den versteckten Lautsprechern – letztere klangen geradezu Mitleid erregend, wenn man sie jetzt mit den echten verglich. Buffy merkte, dass sie weiterging, obwohl sie lieber wie angewurzelt stehen geblieben wäre. Sie musste ihre ganze Kraft aufbieten, um den Fluchtimpuls in sich niederzuringen. In ihrer Zeit als Jägerin hatte sie nur wenig erlebt, das sie dermaßen in Panik versetzte.

Wieder erscholl ein grollender Laut aus den Büschen vor ihnen – dann kam die Kreatur, die sie suchten, hinter einem Vorhang aus Lianen, der von der Decke herabhing, hervor und stellte sich mitten auf den Weg, ihnen entgegen.

Weder Buffy noch Oz gaben einen Laut von sich. Buffy wurde ganz starr, und wenn sie jetzt am Ertrinken gewesen wäre – eine Erfahrung, die sie ja bereits gemacht hatte –, dann hätte sie wohl ihr Leben in Bruchteilen von Sekunden an sich vorüberziehen sehen können. Doch so hörte sie nur, wie die Luft aus ihren Lungen entwich, während Oz heftig nach Luft schnappte – schon interessant, wie unterschiedlich Menschen auf Angst reagierten. Aber eigentlich war das völlig egal angesichts des Gegners, dem sie nun gegenüberstanden.

Der Tyrannosaurus Rex, der ihnen nur wenige Meter entfernt den Weg versperrte und ziellos mit dem Maul in die Luft schnappte, war bereits ein Kleinkind, wenn man ihn mit dem Baby verglich, das sie in der Nacht zuvor erlegt hatten. Er war fast einen halben Meter größer und viel kräftiger – und das, obwohl er nur eine Nacht älter war? Hatte die Tatsache, dass er so gut im Futter stand, irgendetwas mit Nahrung in Form von Kevin und Daniel zu tun? Buffy hasste diesen Gedanken, aber irgendwie konnte sie ihn nicht loswerden. Der Saurier funkelte sie mit dem gleichen goldenen Blick an wie sein verstorbener Bruder, doch schienen seine Augen noch intensiver zu sein. Sie glühten wie die Augen des Timimus in jener Nacht in der Bibliothek – jener Nacht, in der dieser ganze Mist begann, nachdem sie die vogelähnliche Kreatur eingefangen hatte. Buffy hoffte nur, dieses intensivere Glühen bedeutete nicht, dass dieser Saurier intelligenter war – doch bei ihrem Glück würde genau das wahrscheinlich der Fall sein. Als ob der T. Rex ihre Gedanken lesen könnte, schnellte sein Kopf plötzlich hoch und nieder wie der eines wütenden Vogels. Und seine Bewegungen waren rasch und sicher, keinesfalls unbeholfen oder zögernd.

»Mannomann!«, brachte Buffy schließlich heraus, ohne das Tier auch nur einen Augenblick aus den Augen zu lassen. »Du hast aber große Zähne.«

»Du hast aber *alles* groß«, fügte Oz leise hinzu. »Vielleicht irre ich mich ja auch, aber mir kommt es so vor, als sei der Dino in der Gasse neben dem *Bronze* der Kleinste des Wurfs gewesen.«

»Na, das ist doch gut, oder?« Buffy gab sich alle Mühe, ermutigend zu klingen. »Das heißt doch, der Dritte kann kaum größer sein als der hier, stimmt's?« Aus dem Augenwinkel sah sie, wie es um seinen Mundwinkel zuckte.

»Netter Versuch.« Er studierte die Kreatur, die ihn trotz ihrer äußerst misslichen Lage offenbar faszinierte. »Weißt du, die Jochbögen stehen wirklich gewaltig hervor. Ich würde sagen, sie wirken eher wie die Hörner eines Dämons –«

Der Baby-Dino griff an!

Und der Fluchtinstinkt ergriff Buffy und Oz. Die Jägerin hechtete zur einen, Oz zur anderen Seite. Der kleine T. Rex blieb unschlüssig stehen, offenbar wusste er nicht, welche Beute wertvoller war. Doch Oz war nicht ganz so schnell wie Buffy und daher entschied sich der junge Dino schließlich für ihn. Er drehte sich blitzschnell zur Seite und ging zum Angriff über. Oz rettete sich mit einem Sprung über die falsche Mauer mitten zwischen die Oviraptoren, landete mit einer Rolle vorwärts und purzelte in einen Laubhaufen unterhalb der Pappviecher mit den Rückenkämmen. Buffy kam rutschend zum Halten und versuchte Oz so schnell wie möglich zu Hilfe zu eilen, sah sich aber nun mit demselben Problem konfrontiert, das auch den T. Rex behinderte: Der Fußboden passte farblich zwar exzellent zu dem Dschungelthema, bestand jedoch aus glatten, rutschigen Granitfliesen, die es fast unmöglich machten, sich schnell zu bewegen. Sowohl Buffy als auch der Dino glitten aus und gingen zu Boden, wenn auch Buffys Sturz nicht so hart zu sein schien wie der ihres Gegners.

Das linke Bein des Sauriers rutschte vor, dann unter seinen Leib – von der Natur war nie vorgesehen gewesen, dass er eines Tages auf glatt polierten Granitfliesen laufen sollte – und er verlor das Gleichgewicht. Beim Fall schlug sein Unterkiefer hart auf der Mauer auf – und diese Erschütterung musste garantiert noch am Schreibtisch des Wachmannes im Foyer zu spüren sein. Die Mauer selbst bestand anscheinend nicht aus echtem Stein, aber auch nicht aus Styropor ... vielleicht waren es nur bemalte, zusammengeklebte Gips- oder Plastikstücke. Wie auch immer, das Material war hart genug, um weh zu tun, denn der Dino stieß vor Schmerzen ein nicht gerade leises Gebrüll aus, als es nachgab und sich in sein Fleisch bohrte.

Buffy, die schmerzhaft auf ihren Ellenbogen gelandet war, schaffte es aufzustehen, bevor dies dem Saurier ebenfalls gelang. Ihm wurde seine Lage noch durch seinen eigenen sabbernden Speichel erschwert. Während die massigen Hinterbeine mit den gebogenen Klauen auf dem Boden herumkratzten und die winzigen Ärmchen nutzlos in der Luft herumruderten, war der Kopf des T. Rex immer noch in die Richtung gedreht, in die Oz geflüchtet war. Unter den wulstigen, missgebildeten Jochbögen glitzerten böse Augen, die nur den einen Wunsch ausdrückten: zu töten.

Einen ihrer Tomahawks schwingend, rannte Buffy auf den Saurier zu, bevor sie es sich anders überlegen konnte: Ihr einziger Gedanke war zuzuschlagen, so fest sie konnte, und zwar auf den Hals. Nie im Leben hätte sie geglaubt, einmal auf so ein Wesen zu treffen. Gab es überhaupt eine Schlagader unter der Haut, die man mit einer derart stumpfen Waffe treffen konnte?

Die Erinnerung an das praktische Stahlrohr aus der Gasse neben dem *Bronze* tauchte auf und im Nachhinein wünschte sie, doch einen der Speere aus der Indianerausstellung mitgenommen zu haben. Trotz der zerbrechlich aussehenden Schäfte hätte sie ihn benutzen können, denn etwas Langes und Spitzes schien bei Sauriern Wirkung zu zeigen. Der kurze Tomahawk, den sie beängstigend nah an dem gefährlichen Kiefer schwingen musste, war hingegen keine besonders praktische Waffe.

Aber sie hatte keine andere Wahl.

Sie schlug genau hinter der Schulter zu, rutschte dann jedoch in dem mehr als großen See von Saurierspucke aus. Kein Wunder, dass das Viech nicht mehr auf die Beine kam. *Igitt.* War das bei allen Sauriern so oder war es nur die Vorstellung menschlichen Fleisches, die diesen Saurier – oder vielleicht auch den Dämon in ihm – vor Gier geifern ließ? Buffy hatte gehofft, sie hätte noch mal beidhändig zuschlagen können: so fest es ging, in diese weiche Stelle direkt unter dem Kieferknochen. Dann hätte sie die Axt weiter hineingegraben und auf eine saftige, fette Arterie gehofft. Aber dieser Sabber auf dem Boden machte alles zunichte. Sie schaffte es, den Griff des Tomahawks festzuhalten, aber ihre andere Hand fuhr im Versuch, sich zu halten, automatisch nach vorn und ihr Knie rammte den Dino in die Schulter.

So viel dazu, dass er nicht auf sie aufmerksam werden sollte!

Das Tier vergaß Oz, fuhr herum und versuchte, sie zu beißen. Der Schlag, den Buffy auf seinen Hals gezielt hatte, landete stattdessen in der Schnauze. Es überraschte sie, dass die Klinge tatsächlich die Haut durchschnitt – doch dann prallte sie ab und rutschte in das Gesicht! Die Nase des Sauriers war nicht besonders gut gepolstert: Die Schneide traf fast sofort den Knochen und prallte ab. Das leise Knurren des T. Rex stieg wieder zu einem wütenden Schmerzensschrei an, ein Gebrüll, das im Lautrepertoire der Tonbänder gewiss nicht vorkam. Es war lang gezogen und laut, mit einem pulsierenden Unterton, der Buffy vor Angst mit den Zähnen knirschen ließ, ohne dass es ihr bewusst war.

Ihr Gegner bäumte sich auf, versuchte wieder zu beißen, biss aber daneben. Jetzt zog er ein Knie an. Gleich würde er aufstehen. Gar nicht gut. Buffy fühlte sich wohler, wenn der Dino am Boden herumkrauchte wie ein riesiger, sterbender Fisch. Sie entging knapp den zuschnappenden Zähnen und schlug erneut zu, leider sehr ungeschickt und kaum gezielt. Dennoch sah sie mit Befriedigung, wie die Klinge in den gewaltig hervorstehenden Jochbogen genau über dem rechten Auge eindrang. Besser wäre gewesen, sie hätte gleich das Auge erwischt, aber manchmal musste ein Mädchen sich mit dem zufrieden geben, was es bekam ... und hörte sie da allmählich so etwas wie Furcht aus dem Gebrüll heraus?

Der T. Rex zog seinen Kopf weg und Buffy verlor den Tomahawk. Es kam ihr vor, als versuchte man auf nassem Eis zu stehen, so glitschig war der Boden. Aber sie schaffte es hochzukommen. Dann unterdrückte sie den automatischen Impuls, dem Tier mit einem tüchtigen Roundhouse-Kick beizukommen. Sie würde es wohl kaum schaffen, mit aller Kraft zuzutreten. Außerdem war schon das Maul allein größer als ihre üblichen Blutsauger-Kontrahenten und Buffy hatte keine Lust, ein Bein zu verlieren. Leider kam nun auch das Dino-Kleinkind allmählich wieder ins Gleichgewicht und erhob sich: In wenigen Sekunden würde sie einem Feind gegenüberstehen, der mindestens einen halben Meter größer war als sie selbst und an die zweihundert Pfund schwerer. Sie hatte in ihrer Laufbahn zwar schon einige Vampire mit Übergewicht bekämpft, aber von denen hatte keiner solche Zähne gehabt wie dieses Baby.

Dann stand der T. Rex wieder auf den Beinen und beugte sich zu ihr vor. Trotz seiner Größe besaß er eine irgendwie auch faszinierende Anmut, seine Bewegungen waren so flüssig, dass sie entfernt an eine Eidechse erinnerten. Statt den anderen Tomahawk hervorzuziehen, nahm Buffy die langen, spitzen Messer in beide Hände. Sie fühlte und roch den Atem des Sauriers, eine Übelkeit erregende Mischung aus Blut und Fleisch, und versuchte, *nicht* an die Bemerkung des Polizisten über Daniel Addison zu denken: »*Jedenfalls, was von ihm übrig ist.*« Als der Dinosaurier das Maul weit aufriss, schoss Buffy vor und stach mit aller Kraft eines der Messer in seinen Gaumen. Im Bruchteil einer Sekunde, die ihr vorkam wie eine Ewigkeit, fühlte sie unter ihrer Hand das Fleisch erst aufplatzen, dann zwanzig, vielleicht sogar zweiundzwanzig Zentimeter tief aufreißen. Schließlich stieß die Klinge auf etwas Hartes, vielleicht einen Knochenauswuchs. Schnell zog sie ihre Hand wieder aus dem Sauriermaul heraus. Das Messer blieb stecken.

Der T. Rex taumelte rückwärts und brüllte. Es war ein furchtbares Geräusch, das mehr an einen Eisenbahnmotor erinnerte als an ein Tier. Wichtiger noch als Beweis für Buffys Teilsieg war jedoch das Blut, das ihre Hand bedeckte und über den Unterarm rann. Es tropfte herab und vermischte sich mit dem Speichel auf dem Boden zu einer schleimigen Masse. Buffy nahm das verbliebene Messer in die Rechte, immer noch wild entschlossen, die empfindliche Halsschlagader zu finden. Da tauchte Oz aus dem Hintergrund wieder auf. Mit einem Fauchen, das auf unheimliche Weise an den Wolf erinnerte, in den er sich einmal im Monat verwandelte, schwang Buffys Jagdgenosse einen seiner Tomahawks und grub ihn tief in den stark bemuskelten linken Oberschenkel des Tieres, genau über dem Knie.

Dieses Mal klang das Gebrüll des T. Rex wie Donnergrollen. Er schwankte und brach auf dem linken Bein zusammen. Buffy ließ sich jedoch nicht täuschen. Oz hatte den Dino verwundet, sicher, aber dieser Hieb würde auf keinen Fall ausreichen, um ihn am Boden zu halten und ihren Sieg über ihn zu besiegeln.

Und irgendwo im Hintergrund meinte sie, jemanden rufen zu hören: Das waren bestimmt die Wachleute, die zweifellos durch den Kampflärm angelockt worden waren und nun etwas erblickten, das sie niemals begreifen würden. Hatten Museumswächter eigentlich Pistolen? Das wäre ja kaum zu –

»Keine Bewegung!«, schrie ein Mann hinter ihr.

Da hatte sie ihre Antwort.

Keine Bewegung? Tja, gerne, aber da war noch der Baby-Dino, der sich mühsam mit seinem verletzten Bein über den Boden schleppte und sie verzweifelt als nächste Mahlzeit haben wollte! Buffy hatte immer noch die Hälfte ihrer Waffen, eine von jeder Sorte: Nun musste sie nur entscheiden, wie sie sie benutzen sollte.

»Buffy, pass auf!«

Mit lautem Krachen stürzte eines der Ausstellungsstücke um. Zweifellos war ihr dämonischer Feind mit dem Schwanz dagegen gekommen. Der Trick der Kreatur, den Wachmann zu erschrecken und dadurch zum Schießen zu bewegen, klappte vorzüglich. Instinktiv warf sich Buffy direkt nach Oz' Warnschrei auf den Boden und schaffte es, sich zu retten. Sie hörte etwas, das wie ein explodierender Feuerwerkskörper klang, und hätte schwören können – obwohl es vielleicht nicht stimmte –, dass eine der Kugeln des Wachmannes direkt über ihren Kopf hinwegpfiff – und natürlich auch nicht den T. Rex traf, der sich immer noch auf den Fliesen wand.

Sie wich zurück, bis sie nicht mehr in Reichweite der mörderischen Zähne war, dann wirbelte sie herum. »Was schießen Sie auf mich, Sie Blödmann? Schießen Sie auf den *Dinosaurier*!«

»Guter Trick«, lautete die prompte Erwiderung des Mannes. »Nimm einfach die Hände hoch und geh von den Ausstellungsstücken weg!« Seine Stimme zitterte, als er sich an Oz wandte. »Du auch, Junge. Jimmy, such mal den Lautstärkeregler und mach den Scheiß aus!«

Das Band ausmachen – *ja und*? Buffy wollte schon etwas Scharfes erwidern, als sie begriff, dass die beiden Wachen, die hinter diesen mutierten Tiger-Viechern standen, den Dinosaurier gar nicht sehen konnten. Und um es noch schlimmer zu machen, lag der T. Rex nun regungslos auf der Seite, nur seine Brust hob und senkte sich unter seinen starken Atemzügen. Die Augen glommen noch immer vor Mordlust. Oh ja, der Dämon, der dieses Tier beherrschte, war schlau, er konnte den T. Rex ruhig am Boden halten und damit die Aufmerksamkeit der Wachleute allein auf Buffy und Oz lenken. Er kannte die Tricks ... und war gefährlich klug.

Plötzlich erstarben alle Geräusche und es wurde still. Buffy sah, dass der Saurierkopf immer noch zu ihr gedreht war und dass das Tier sorgsam und gleichmäßig atmete, ohne jeden Laut. »Hab's abgestellt, Scott«, sagte der zweite, als er sich wieder zu seinem Kollegen gesellte. »Mann, diese Kids haben echt ein Durcheinander veranstaltet. Hey, glaubst du, die haben auch den Typ da oben im Labor gekillt?« Er wirkte geradezu begeistert. *Hey, Boss, sehn Sie mal! Wir haben die Mörder geschnappt!*

»Vielleicht«, meinte der erste Wachmann und kniff die Augen zusammen. »Geh mal rüber auf die andere Seite und schau nach, was sie dort angerichtet haben. Und guck auch, ob sie noch Waffen haben!«

»Das werden Sie nicht tun!«, rief Buffy alarmiert.

»Halt einfach deinen Mund, Mädchen!«, grunzte der zweite namens Jimmy. »Steckst eh schon in Schwierigkeiten.«

»Aber Sie irren sich«, schaltete sich Oz ein. »Das da ist ein –«

»Halt's Maul!«, brüllte Scott, während Jimmy verschwand. »Ich will kein Wort mehr von euch hören, bis die Cops hier sind. Und du kannst dein Messer und was du sonst noch im Gürtel stecken hast, gleich jetzt auf den Boden legen.«

Buffy sah eine Bewegung zwischen den grünen Büschen, die

den Hauptweg säumten, und ihr Herz klopfte schneller. »Warten Sie ...«

Jimmy fiel ihr ins Wort, als er wieder ins Blickfeld kam und auf sie, Oz und den am Boden liegenden T. Rex zuschlenderte. Er hielt seine 38er auf sie gerichtet. »Mann, Scott, du solltest bloß mal sehen, was diese Kids angerichtet haben. Überall Sabber und rote Farbe verspritzt und ...«

Stirnrunzelnd brach er ab und betrachtete den kleinen Saurier, der quer auf dem Weg lag. »Hey, wusste gar nicht, dass wir so 'n Prachtstück in der Ausstellung haben.«

»Kommen Sie ja nicht näher!«, warnte Oz. Buffy sah, wie ihr Freund einen Schritt rückwärts machte. Sie wusste, dass er versuchte, die Aufmerksamkeit des T. Rex wieder auf sich zu lenken. Im gleichen Augenblick, als Scott seine Warnung losließ ...

»Hatte ich nicht gesagt, ihr sollt die Klappe halten?«

... richtete sich der dämonenbesessene Dino auf seinem gesunden Bein auf und warf sich mit heiserem Grollen auf Jimmy.

Nun brach das Chaos aus.

Der Wachmann schaffte es gerade noch, einen Schuss abzufeuern, während sich Buffy und Oz zu Boden warfen. Keiner hätte dem Wärter irgendwie helfen können. Sein halbes Gesicht verwandelte sich mit lautem Knacks zu einem Gemisch aus Blut, Knochen und grauer Hirnmasse, als die Zähne des Dinosauriers zuschnappten. Eine Sekunde lang zuckte Jimmys Körper noch, dann brach er zusammen. Im selben Moment taumelte Scott vor und begann wild zu schießen.

Jimmys erster und einziger Schuss musste gesessen haben – es konnte gar nicht anders sein –, aber es war unmöglich zu sagen, ob Scotts wildes Geschieße irgendeinen Erfolg zeitigte. *Peng, peng, peng* – die Schüsse kamen direkt hintereinander, Scott schrie dazu und der Dinosaurier brüllte, bis Buffy glaubte, ihr Trommelfell müsse platzen. Und es wurde immer lauter – war es sie selber, die da schrie, oder Oz? Sie vermochte es nicht zu sagen.

Und plötzlich, urplötzlich, war der schlimmste Lärm vorüber.

Sie keuchten und schrien immer noch, alle. Aber der Laut, der auf einmal alles übertönte, war ein schrecklich ... leerer, klickender Laut.

Immer noch auf dem Boden liegend, drehte Buffy den Kopf, bis sie Scott sehen konnte. Der Wachmann stand mit halb offenem Mund und glasigen Augen da, starrte auf den Baby-T. Rex und drückte immer wieder den Abzug seiner leer geschossenen 38er.

»Oh-oh«, murmelte Buffy.

Sie sprang vom Boden auf und schmiss sich in dem Augenblick gegen den Wachmann, als der Saurier, aus mehreren Schusswunden blutend, auf ihn zufuhr. Der Aufprall warf Scott zur Seite und außer Reichweite der gefährlichen Zähne, aber Buffy wusste sofort, dass es nichts nützen würde. Der Idiot hatte zwar den ersten Schock überwunden, aber nun wandte er sich gegen *sie* – und versuchte, zu dem Dino zurückzugelangen, um ihn womöglich mit bloßen Händen zu bekämpfen. Irgendwer musste ihn mit Ramboitis geimpft haben.

Buffys Messer war weg, ebenso der Tomahawk – die Waffen waren irgendwann zwischen dem ersten Zuschnappen und der Revolversalve verloren gegangen. Sie konnte nicht sehen, wo Oz war, wettete aber, dass er das einzig Richtige getan und sich verzogen hatte – wahrscheinlich in das dichte Grün am Fuße einer Ausstellungsgruppe von Riesensauriern, die aussahen wie haarlose, zehn Meter große Enten mit dummen Gesichtern und knöchernen Auswüchsen auf Kopf und Rücken. Buffy sprang auf und schaffte es, den Wachmann noch ein Stück weiter rückwärts zu zerren, aber letzten Endes machte ihr das viele Dinosaurierblut einen Strich durch die

Rechnung: Sie war völlig besudelt mit dem Zeug, und bevor sie es los werden konnte, rutschte ihr Scott aus den Händen, sodass sie nicht mehr seine Taille umschlungen hielt, sondern nur noch einen Knöchel.

»*Nein!*«, kreischte sie, als er nach ihr trat. »Nicht ...«

Zu spät.

Scott war ein dicker, um nicht zu sagen fetter Mann. Vielleicht stemmte er gern Gewichte und träumte davon, Mr. California zu werden, oder es lag an der Einnahme zu vieler Steroide – jedenfalls schien er zu glauben, er könne sich mit Leichtigkeit gegen die Kreatur wehren, die ihn fauchend angriff. Buffy versuchte, ihn ein zweites Mal zu retten, aber es ging nicht. Sie war einfach nicht schnell genug. Der Wachmann stand mit einem idiotischen Grinsen auf den Lippen vor dem Saurier und hielt die Fäuste kampfbereit vor sich geballt – doch alles, was er zur Belohnung bekam, war, dass ein Drittel seines Oberkörpers abgerissen wurde, bevor er auch nur einen einzigen Schlag gegen die übermächtige Kreatur landen konnte, die ihn nun vom Leben in den Tod beförderte.

Eine Sekunde lang wollte Buffy nur noch die Augen zumachen und den schrecklichen Anblick auslöschen. Wenn sie diesen Nachmittag überlebte, würde sie sich dann für immer und ewig an dieses Bild erinnern? Die Eingeweide eines Mannes, die auf den Boden klatschten, während sein zitternder Körper noch viel zu lange auf den Beinen stand?

Mit der Zeit würde sie es wissen – *falls* sie so lange lebte. Im Augenblick waren die Chancen dafür allerdings wiederum eher schlecht: zwei waffenlose Menschlein gegen ein unaufhaltsames, von einem Dämonen besessenes Monster. Bis jetzt war der Spielstand *Dinosaurier: Zwei* gegen *Menschen: Null* gar nicht gut.

Aber die Kreatur musste verletzt sein, musste allmählich schwächer werden. Das Blut, das seine grüngoldene Haut bedeckte, konnte nicht allein von dem Wärter stammen. Immerhin war der Dino mit einem Messer verletzt und auch noch angeschossen worden. Zuerst hatte Buffy geglaubt, das Messer, das sie ihm in den Gaumen gebohrt hatte, wäre vielleicht nur abgebrochen und damit nutzlos – aber jedesmal, wenn er brüllte, schoss eine neue Fontäne scharlachroten Blutes hinter seinen Zähnen hervor. Die Frage war nur: Kam das von der nicht sehr tiefen und doch schmerzhaften Wunde im Maul oder hatte Scotts Kugel den Dino an einer tieferen Stelle verletzt? Aber wie auch immer – der T. Rex stand noch auf seinen Beinen und war zum Angriff bereit. Doch nun hatte er seine gefährliche Schönheit verloren. Er war zwar immer noch äußerst tödlich und teuflisch, aber gleichzeitig Mitleid erregend: ein trauriges, sterbendes Tier, das von seinen Leiden erlöst werden sollte.

Und genau das hatte Buffy vor.

Sie wusste auch schon, wo sie eine Waffe herbekommen konnte – ein Stück hinter dem T. Rex hatte sie einen turmhohen Vorrat Dutzender scharfer Werkzeuge entdeckt. Es handelte sich um den Dinosaurier, den Oz vorher als »den mit den komischen kleinen Hörnern« beschrieben hatte – den Carnotaurus. Er war riesig, potthässlich und sah ebenso böse aus wie der Tyrannosaurus selbst. Doch dieses Ausstellungsstück könnte sich als durchaus hilfreich erweisen, denn der Carnotaurus, dessen Kopf sehr schön gearbeitet und bemalt war, verlor vom Hals an allmählich an Fleisch und war ab Mitte des Körpers reines Skelett. Und hey – könnten diese hübschen spitzen Rippen nicht zu etwas nütze sein?

Buffy tat, als hechte sie nach rechts und schrie dabei: »Oz, lenk seine Aufmerksamkeit auf dich! Mach, dass er zu dir guckt!«

Oz reagierte sofort, sprang aus dem unechten Gebüsch und winkte wild mit den Armen. Er erinnerte Buffy auf absurde

Weise an eine dieser Zielscheiben auf der Kirmes. »Hey, du Scheusal!«, schrie er. »Guck mal hier!«

Da Buffy rechts verschwunden und Oz so unerwartet aufgetaucht war, wandte sich der junge Saurier nun etwas ungeschickt in seine Richtung und fixierte ihn mit seinen wilden Augen. Oz zog sich eiligst wieder zurück, wobei er sich immer wieder umschaute, um nicht zu stolpern. Buffy flitzte auf der anderen Seite an dem T. Rex vorbei auf den Carnotaurus zu. Der ragte hoch über ihr auf, fast zehn Meter lang und ungefähr viermal so groß wie der Saurierfeind, den sie zu bekämpfen hatten – aber wenigstens war er tot.

Buffy ahnte, dass sie wahrscheinlich das ganze Skelett zu Fall bringen würde, wenn sie einen Knochen herausriss. Sie hoffte nur, dass sie dabei nicht zerquetscht würde. Sie reckte ihren Arm hoch und riss an einer Rippe. Die war überraschend schwer – umso besser! –, jedoch auch überraschend gut festgeklebt. Sie hörte den Tyrannosaurus brüllen, während er sich hinter Oz herschleppte, dann Oz' Antwortgeschrei, als er zwischen die überlangen Beine eines Sauriers rannte, dessen Schild ihn als Hypacrosaurus auswies.

Vor Anstrengung mit den Zähnen knirschend, riss Buffy mit aller Kraft an der Rippe und hörte die Stahlnägel quietschen, die das Skelett zusammenhielten. Aber allmählich gelang es. Sie musste nur noch einmal dagegen treten, *genau* –

– *dahin*, gegen die Klammer, die das Hinterbein hielt, dann würde dieses Mistvieh schon den Boden küssen.

Buffy hielt die Rippe, die sie ausgesucht hatte, fest und dann brach das Carnotaurus-Skelett endlich zusammen. Sie versuchte, das meiste des Knochenhagels von sich abzuhalten, erreichte damit aber nur, dass eine weitere Kakophonie gräßlicher Geräusche über sie hereinbrach, mindestens so schlimm wie das, was Oz und sie schon seit Stunden mit anhören mussten. Die Knochenteile flogen in alle Richtungen, ein wahrer Sturm.

Trotz des verletzten Beins hatte der T. Rex es geschafft, hinter Oz herzuhumpeln, der sich jetzt hinter die Mauer gerettet hatte. Buffy musste dringend etwas unternehmen, um ihm zu Hilfe zu kommen.

Aber der Lärm des stürzenden Carnotaurus reichte schon aus, damit der dämonische Saurier den Kopf drehte, von der Verfolgung Oz' abließ und sich sofort auf Buffy zubewegte. »Kannst dich einfach nicht entscheiden, was?«, meinte sie und riss ein weiteres Mal an der Rippe, um sie aus ihrer Befestigung in dem Rückgrat rauszubekommen. Sie steckte verdammt fest, aber endlich gelang es ihr – und keine Sekunde zu früh! Ob verletzt oder nicht, der T. Rex war fast schon über ihr. Sie packte den Knochen mit beiden Händen und schwang ihn mit aller Kraft. Sein Ende war an der Stelle, wo sie es abgerissen hatte, gezackt und ziemlich scharf und der Schlag traf den zuschnappenden Saurier an der Brust. Die kantige Spitze drang in das Fleisch ein und eine übermäßig blutende Wunde klaffte auf, weil Buffy die Waffe gnadenlos quer über die ganze Brust des Tieres zog.

Zweifellos war es eine tödliche Wunde, doch der Dino schien deshalb noch lange nicht bereit, seine Tötungsabsichten bezüglich dieser lästigen kleinen Menschen aufzugeben. Aber sein Schrei war seltsam schrill und hoch – entweder wusste er, dass seine Zeit abgelaufen war, oder der Schmerz war so fürchterlich. Scharlachrotes Blut bedeckte seine Brust und seinen Bauch, floss zu Boden, bis es so aussah, als würde der T. Rex in einem grausigen See stehen. Wieder schnappte er nach Buffy. Sie wich zurück und versuchte verzweifelt, auf dem glitschigen Boden das Gleichgewicht zu halten. Doch vergeblich – sie rutschte aus und fiel hin, wobei sie ein Stück zurückschlidderte. Und das war ihr Glück, denn so war sie außer Reichweite von Baby-Dinos blutbefleckten Zähnen, die eine Millisekunde später an genau der Stelle zuschnappten, wo sie eben noch gewesen war.

Als Buffy wieder sicher auf den Füßen stand, holte sie weit aus und schwang ihre Knochenwaffe in einem Halbkreis direkt unter der Kieferlinie des Tyrannos entlang.

Diesmal stieß er keinen Schmerzensschrei aus.

Im Gegenteil, jetzt war überhaupt kein Laut zu hören.

Buffy hatte mit ihrem Angriff seine Luftröhre und die Hauptschlagader verletzt und der Saurier wankte, ohne einen Ton von sich zu geben, nur hin und her. Mehr als zehn Sekunden lang stand er so da, öffnete und schloss das Maul wie ein nach Luft schnappender Fisch, als könne er nicht recht verstehen, was ihm da geschehen war. Und es floss immer weiter Blut – Buffy hatte nie jemanden oder etwas gesehen, das so sehr bluten konnte. Wie eine Fontäne schoss es aus dem oberen Teil der Wunde und verteilte sich überall. Buffy spürte, wie es sie ins Gesicht traf, warm, nass und absolut ekelhaft – das Schicksal ihres neuen gelben Tops schien jetzt ebenfalls endgültig besiegelt. Und wo sie gerade an Gelb dachte: Aus sicherem Abstand von zwei Metern bemerkte sie, dass die Energie aus den Augen des Dämonen-Dinos wich und rapide schnell erlosch. Oz krabbelte aus dem Gebüsch heraus und gesellte sich zu Buffy.

Und dann lag das Tier endlich leblos vor ihnen.

»Das war 'n Kinderspiel«, sagte Buffy – und meinte das Gegenteil.

Oz, der über und über mit Staub bedeckt war und auf einer Wange einen langen Kratzer hatte, zog eine Augenbraue hoch. »Bin ja froh, dass du so darüber denkst. Aber ... wo ist der andere?«

13

Willow wäre fast das Herz stillgestanden, als sie im Museum genau vor dem Stegosaurus in Buffy und Oz hineinrannte.

Alle hielten erschrocken den Atem an und einen langen Augenblick sagte niemand etwas. Xander und Willow starrten ihre Freunde fassungslos an. Buffy war dermaßen mit Blut bedeckt, dass es regelrecht an ihr herabtriefte, und Oz hatte ein gräßlich zerkratztes, schmutziges Gesicht. Und in beider Mienen stand deutlich die Furcht geschrieben.

Xander war der Erste, der seine Sprache wiederfand. »Seid ihr okay?«, wollte er wissen. Seine Stimme klang ein wenig schrill. Dann trat er einen Schritt vor. »Was ist passiert? Wo sind die großen, Furcht einflößenden und eigentlich ausgestorbenen Biester mit den noch größeren, schrecklichen Zähnen?« Er musterte Buffy scharf und auch Willow fragte sich, wieso ihre Freundin mit *so viel* Blut bedeckt war.

»Buffy?« Willows Stimme hatte einen verzweifelten Klang, aber es war schließlich kein Verbrechen, wenn man aus Mitleid für die beste Freundin zur Salzsäule erstarrte.

Buffy blinzelte, kam wieder zu sich. »Oh ... sorry ... Dinosaurier. Ja, sicher.« Sie warf Oz einen erschöpften Blick zu. Der wiederum drehte seinen Kopf zu dem trüben Zwielicht der Dinosaurierausstellung und bestätigte damit Willows schlimmsten Befürchtungen. »Einen haben wir gekriegt, aber der andere ist noch übrig. Ich glaub aber nicht, dass er noch im Museum ist.«

Willow fand es mutig, wie Buffy das sagte – ihre angstverzerrte Miene jedoch drückte etwas anderes aus. »Wie könnt ihr da so sicher sein?«

»Sind wir gar nicht«, gab Buffy zu. »Aber bei dem Krach, den wir gerade gemacht haben ... da wäre der andere wahrscheinlich dazugekommen und hätte versucht, uns den Garaus zu machen.« Sie sah aus, als würde ihr gleich schlecht. »Zwei Wärter waren hier, und er ... er hat sie beide getötet.«

Willows Mund zuckte. »Oh Gott!«

Plötzlich kniff Oz die Augen zusammen. »Hey, wie seid ihr eigentlich reingekommen?«

»Durch 'ne Hintertür«, antwortete Xander. »Die Tür von irgend so 'nem Müllraum stand sperrangelweit offen.«

Buffy zog nachdenklich die Brauen zusammen. »Die Tür war offen?«

»Aber ganz und gar«, bestätigte Willow. »Da hätte jeder rein- ... oder rausspazieren können.«

Oz verschränkte die Arme. »Ich hab sie ganz bestimmt zugemacht.«

Buffy öffnete den Mund, um etwas zu sagen, aber dann sah Willow, wie sie den Kopf neigte, als ob sie auf etwas horchte, das die anderen nicht hören konnten.

»Sirenen«, sagte sie dann. »Einer der Wärter hat ja gesagt, dass die Polizei wieder auf dem Weg sei. Wir müssen jetzt ganz *pronto* hier verschwinden.«

Die anderen nickten und machten kehrt, um ihr zu folgen. Plötzlich stolperte Willow. Ihre Schuhspitze hatte sich zwischen irgendwelchen Sachen, die auf dem Boden lagen, verfangen. Offenbar hatte sie jemand unter ein Büschel des künstlichen Grünzeugs geschoben, das an einem Teil der falschen Mauer hochrankte, um sie zu verbergen. »Wartet eine Sekunde«, bat sie. »Was ist denn das?«

Oz kniete sich nieder und schob die halb verkrumpelten

Blätter fort. »Von einem Schüler. Schätze, da hat jemand seinen Rucksack ausgeleert.« Doch als er eines der Hefte aufschlug und eine Seite voller Algebra-Aufgaben fand, runzelte er die Stirn. »Das gehört ja Kevin Sanderson! Ich kenne seine Schrift.«

Buffy beugte sich vor. »Tja, den Besitzer des blutigen Kulis haben wir ja auch noch nicht gefunden.«

»Hört sich an wie der Titel von 'nem Mystery-Roman«, warf Xander ein. »*Der Besitzer des Blutigen Kulis.* Ein Roman voller Geheimnisse und Spannu ...«

»Xander, halt den Mund!«, befahl Willow entnervt. »Blutiger Kuli?«

Oz nickte, dann wühlte er wieder in den Sachen herum und zeigte auf einen grauen Taschenrechner und ein Fläschchen Tintenkiller, auf denen ebenfalls blutrote, verwischte Flecken waren. »Ich glaube, er gehörte Kevin.«

»Also ist er verletzt«, schloss Willow.

»Vielleicht auch nicht«, versuchte Buffy, einen Hoffnungsschimmer zu entdecken. »Immerhin haben wir keine Leiche gefunden und wir wissen inzwischen, was diese Biester unscheinbaren menschlichen Gestalten antun können, wenn sie's wirklich ernst meinen.«

»Ich kapier's einfach nicht. Warum sollte er seine Schultasche hier ausleeren?«, fragte Xander. »Wenn er sie nicht mehr haben wollte, warum hat er sie dann nicht einfach weggeschmissen?«

Alle schwiegen ein paar Sekunden und dachten über seinen Einwand nach. Dann fiel Willows scharfem Blick hinter der Absperrung der Ausstellung etwas auf. »Weil«, sagte sie langsam und bestürzt, »er den Rucksack für etwas anderes brauchte.«

Buffy schaute sie fragend an. »Was zum Beispiel?«

Willow hob ihren Zeigefinger und zeigte auf ein versteinertes Stegosaurus-Gelege, aus dem ein Stück herausgebrochen war. »Eier.«

Kevin hatte das Gefühl, als würde er sich mit rasender Geschwindigkeit durch dichten Nebel bewegen.

Was war nur geschehen? Wenn er mehr Zeit hätte, dann könnte er eines Tages vielleicht die Ereignisse zusammenbringen, sie in einer Art Flussdiagramm aufzeichnen, das eine Chronik, wenn nicht gar eine Erklärung darstellen könnte für den Zusammenbruch seines Lebens, der in dem Augenblick begonnen hatte, als Daniel Addison das Klassenzimmer betrat. So vieles musste notiert werden, aber er hatte irgendwo sein Notizbuch verloren ... vielleicht konnte er sich ja ein neues besorgen und von vorne anfangen. Ja, das wäre gut. Denn es war wichtig, dass andere Menschen erfuhren, was geschehen war ... Alles, was er brauchte, waren ein paar Blatt Papier, ein Stift und ...

Schweigen.

Also, das war ja unglaublich, denn den Luxus der Stille im Kopf kannte er gar nicht mehr. Im Laufe seines Lebens, bei schwierigen Projekten in der Schule, bei komplizierten Rechenaufgaben und den besonders komplexen Themenstellungen, die das Vordringen in höhere Studien mit sich brachte, hatte Kevin sich stets vorgestellt, dass er eine Art privates, leeres ... Terrain in seinem Kopf besaß. Nichts Besonderes, nur so etwas wie einen Aktenschrank, den er nach Belieben aufziehen und wieder schließen konnte. Darin war nichts von dem enthalten, mit dem er sich sonst den Kopf voll stopfte, es war ein Bereich, der für klares, unvoreingenommenes Denken reserviert war – ein Refugium für den intelligenten Menschen, das ihm ermöglichte, sich aus dem schlimmsten Schlamassel rauszuhalten.

Doch jetzt war etwas in dieses Refugium eingedrungen.

Wir gehen nun in die Schule, Kevin.

Da war eine ... *Wesenheit* in seinem Kopf, die ständig präsent und der nicht zu entkommen war. Irgendeine undefinierbare Art von Schatten hatte die viel zu dünne Schranke von Haut, Blut und Knochen durchbrochen, und zwar auf einer Ebene, die noch viel feiner und vielschichtiger war als die DNA. Es war so verdammt schnell passiert – oder zumindest hatte er es so empfunden. Wenn er versuchte, sich zu erinnern, musste er realistischerweise zugeben, dass die Zeit ganz normal vergangen war, wie sie es immer tat. *Er* war es, der seinen Halt in der Wirklichkeit und seinen Platz im Universum verloren hatte. Und wenn dieser Prozess auch bereits Mittwochabend begonnen hatte, als Daniel vorschlug, sie sollten Nuriels Beschwörung ausprobieren, so war die Realität erst dann richtig ins Schwimmen gekommen, als er und Daniel gestern die drei Tyrannosaurus-Eier wieder belebt hatten.

Wie hießen die Klischees doch gleich? Ein einziges, kurzes Blinzeln, das Drehen eines Schlüssels … oder die Millisekunde, die es nur brauchte, um eine lebensverändernde Entscheidung zu treffen. Dieser eine Satz, mit dem er unvorsichtigerweise herausgeplatzt war – »*Ich hab noch Eier*«

– hatte alles verändert.

Ab wann war es schief gegangen, wirklich schief gegangen? Abgesehen von der schlichten Tatsache, dass Daniel sich mit einer unnatürlichen und unerklärlichen Macht eingelassen hatte – wann hatte er, Kevin, den Punkt passiert, an dem es keine Umkehr gab, diesen ach so entscheidenden Wendepunkt? Kevin glaubte, dass er selber die Verantwortung dafür trug, denn er hatte ja immer neue Sauriereier aufgetischt. Ein zweiter, wiederum absolut Ehrfurcht gebietender Erfolg der Beschwörungsformel, und dann …

Die Katastrophe!

Ein anderes Wort gab es dafür nicht. Drei wunderschöne, quicklebendige T. Rex-Nestlinge, sicher verwahrt in dem Metallkäfig, den Daniel gebaut hatte – nur dass dieser Käfig viel zu klein und zu schwach war, um die jungen Dinosaurier zu halten, die Stunde um Stunde in erschreckendem Tempo wuchsen. Zu allem Überfluss hatte Daniel sie auch noch ständig mit weißen Mäusen gefüttert. Wenn Kevin jetzt daran zurückdachte, glaubte er, sich erinnern zu können, dass Daniel von Zeit zu Zeit den gleichen träumerischen Ausdruck hatte, der jetzt auch auf seinem Gesicht lag, wenn dieses Wesen in ihm zu sprechen begann. Vermutlich hatte Daniel die eigens auf ihn zugeschnittene Version schon seit Tagen gehört, vielleicht bereits in dem Moment, als er mit Hilfe von Gibor Nuriels Beschwörungsformel den ersten Dinosaurier seit Jahrmillionen ins Leben gehext hatte.

Und was Daniel betraf ... Kevin wollte sich erinnern, wie es geschehen oder warum es geschehen war, aber es gelang ihm einfach nicht. Um den Zeitpunkt von Daniels Tod herum gab es zu viele Blackouts, es war, als ob das Wesen, das nun sein Hirn bewohnte, mit einer Dose schwarzer Sprühfarbe eingedrungen wäre und die Dinge verdunkelt hätte, die er nicht sehen sollte. Was blieb, war ein bruchstückhaftes Bild von Daniel, ein Buntglasfenster von seinem Leben, das nun Hunderte von leeren Stellen aufwies. Stimmte es, dass Daniel *absichtlich* die Tür des überfüllten Käfigs geöffnet hatte? Danach erinnerte sich Kevin lediglich an einen roten Blutschwall nach dem anderen – und irgendetwas Riesiges, das vor seinen Augen turmhoch gewachsen war, während er sich in einer Ecke des Labors verkroch. Und danach ... danach wusste er gar nichts mehr.

In diesem Moment tauchte die Rückseite der Sunnydale High School, der Hausmeistereingang zum Heizungsraum, vor ihm auf. Würde sein Leben künftig aus solchen Dingen bestehen: Hintereingänge, Blut, ständig auf der Flucht? Aber nein ... Das Wesen, das in ihm sprach, die Macht, die ihn leitete, hatte mit verführerischer Stimme ganz andere Dinge versprochen.

Siehe, was du erntest, wenn du meine Anweisungen befolgst.

Ruhm – und du wirst dich befreien von diesem unbedeutenden kleinen Nest. Du kehrst zurück in deine geliebte Heimatstadt, wirst eine bedeutende Karriere beginnen ... alles, was du immer schon so gerne wolltest.

Und er hatte der Stimme gehorcht, auch wenn er nicht immer genau wusste, ob er die Anweisungen richtig befolgte oder warum sie überhaupt dieses oder jenes von ihm forderte. Zum Beispiel jetzt gerade. Irgendwie hatte er sich mit dem mehr als dreihundert Pfund schweren T. Rex im Schlepptau, den er beim Schlüpfen noch einfach nur »süß« gefunden hatte, einen Weg durch die Stadt zur Schule gebahnt. Zugegeben – jeder Gedanke daran, wie die versprochenen Dinge in Erfüllung gehen sollten, war verschwunden. Dennoch konnte er immer noch klar denken und fragte sich daher, was er in der Bibliothek denn erledigen sollte, oder warum die Stimme ihm befohlen hatte, den jungen Saurier dorthin zu bringen.

Das geht dich nichts an. Du musst nur gehorchen.

Und so gehorchte Kevin, weil ihm nichts anderes übrig blieb, wenn er auch insgeheim den Verdacht hegte, dass die Stimme ihn anlog. Hatte sie Daniel – dem toten Daniel – die gleichen Dinge versprochen? Aber wie dem auch war, an Widerstand vermochte er nicht einmal zu denken. Die Macht, die ihn führte, war unglaublich stark und nicht aufzuhalten. Kevins einziger schwacher Versuch, ihr ungehorsam zu sein, hatte zu derart stechenden Kopfschmerzen geführt, dass er sich am liebsten die Augen ausgerissen hätte, um diesen Schmerz und Lärm nicht länger erdulden zu müssen. Vielleicht, dachte er verschwommen, würde die Stimme ihn in Ruhe lassen und irgendwann verschwinden, wenn er ihr nur gab, was sie forderte.

Und aus einem geheimnisvollen Grund, den sie Kevin nicht mitteilte, sollte er nun in die Schulbibliothek gehen.

Also tat er es. Kevin drückte probeweise die Klinke am Hausmeistereingang. Die Tür war nicht verschlossen. Er schwenkte sie weit auf, damit der Dinosaurier ihm hineinfolgen konnte wie ein lächerliches, zu groß geratenes Haustier ohne Leine. Hinter der Tür erstreckte sich ein Korridor, viel dunkler und schäbiger als der Rest dieser Schule, die sich sonst im hellen kalifornischen Dekor präsentierte. In Kevins Heimatstadt wurden die Schultore nach Schulschluss fest verriegelt und das Außengelände abgesperrt, um Penner, Drogendealer und ähnliche unerwünschte Elemente fern zu halten. Anscheinend kannte man in dieser sonnigen südkalifornischen Stadt solche Probleme nicht.

Es dauerte nicht lange, den T. Rex ins Treppenhaus der Schule zu führen. Zum Glück war kein Mensch in der Nähe, denn Kevin hätte keine Ahnung gehabt, wie er die Anwesenheit des Tiers erklären sollte –, hingegen hatte er eine ziemlich genaue Vorstellung, wie der Saurier mit einem unerwartet auftauchenden Menschen fertig werden würde. Nachdem er ein paar Ecken umrundet und auch in die ein oder andere Sackgasse gestoßen war, stand Kevin mit dem Tier am Haupteingang auf der Seite des Gebäudes, wo seiner Erinnerung nach die Bibliothek liegen musste. Denn Kevin fand sich in der Sunnydale High nach wie vor noch nicht sonderlich gut zurecht und deshalb wollte er sein Ziel von diesem Eingang aus, den er jeden Morgen betrat, suchen.

In die Bibliothek!, donnerte die Stimme in seinem Kopf.

»S-sofort«, war seine zitternde Antwort. Kevin orientierte sich kurz, ging los – und dann bog auf halber Höhe des Korridors ein Mann um die Ecke! Der Junge erkannte augenblicklich die Brille und das Tweedjackett, das ihn immer an seinen Dad erinnerte: Es war Mr. Giles, der Schulbibliothekar.

Ihre Blicke trafen sich und beide blieben wie angewurzelt stehen. Giles Augen richteten sich sofort auf die ungeschlachte Gestalt des jungen Tyrannosaurus Rex, der dicht neben Kevin stand. Eine ganze Skala von Gefühlsregungen – Furcht, Bestürzung, Bedauern – spielte sich auf seinem Gesicht ab, aber überrascht schien er nicht zu sein.

»Kevin Sanderson, wie ich annehme«, begann er und blieb stehen.

Kevin nickte – und dann fehlten ihm plötzlich die Worte! Ja, der bin ich, und schaun Sie doch mal, was ich mitgebracht hab!, hörte sich irgendwie nicht richtig an. Woher wusste Mr. Giles überhaupt, wer er war?

»Es wäre mir lieber, du gingest ein Stück von dem Saurier weg«, sagte Giles, bevor Kevin sich die Frage beantworten konnte. »Ich glaube nicht, dass es sicher ist.«

Sicher? Kevin guckte verdutzt. Natürlich war es nicht sicher. Bedenken Sie doch nur, was einer seiner Brüder Daniel angetan hat! Einer von denen aus dem Nest, stimmt's? War es der, der gestern Nacht nicht entkommen ist? Oder war es dieser hier … oder waren es zwei, die zusammenarbeiten? Er wusste allmählich gar nichts mehr. Irgendwie meinte er, sich zu erinnern, dass einer mit ihm gegangen war, während der andere im Museum blieb, um dort noch irgendein Problem zu erledigen … und dann war da der Ausgang von einem Wirtschaftsraum mit Mülltonnen und so gewesen und irgendwie war er hergekommen … aber das alles ging völlig durcheinander in Kevins Kopf und dazwischen sah er Bilder von Daniel und von Blutschwallen aufblitzen und … Schmerzen? Ja, er war verletzt worden, irgendwie, war von einem der Nestlinge gekratzt oder beiseite gestoßen worden, nachdem Daniel die Käfigtür geöffnet hatte und die Dinos sie beide niedergetrampelt hatten, weil sie mit aller Macht raus aus ihrem Gefängnis wollten. Am linken Unterarm hatte er einen Schnitt, nicht tief, aber er blutete. Oder stammte diese Verletzung von den seltsamen Hörnern, die diesen Sauriern aus dem Kopf wuchsen und die es bei einem Tyrannosaurus eigentlich gar nicht geben durfte? Hatte der hier ihn geschubst, ihn in die gewünschte Richtung geschoben? Wie auch immer, jedenfalls waren Kevins Sachen bereits mit Blut besudelt, bevor er seinen Rucksack ausleerte und dann …

»Oh, nein«, rief er jetzt und hielt den Rucksack hoch, plötzlich wieder in der Lage, klare Gedanken zu fassen. »Sehen Sie! Ich hab Saurierеier, genauer gesagt, vom Stegosaurus. Wir müssen sie zum Ausschlüpfen bringen.«

Doch der Bibliothekar schüttelte den Kopf. »Nein, Kevin.« Er sprach sehr deutlich, als wende er sich an jemanden, dem er nicht zutraute, die Wichtigkeit seiner Worte zu begreifen. »Glaub mir, das ist das *Letzte*, was wir tun müssen.«

Kevin sah ihn stirnrunzelnd an. »Aber warum …«

Da stieß der T. Rex neben ihm ein ohrenbetäubendes Gebrüll aus. Kevin ließ den Rucksack auf den Boden fallen und hielt sich die Ohren zu, während er sich vor Schmerz, den dieser plötzliche Lärm an seinen Trommelfellen verursachte, krümmte. Und dann … war die Stimme in seinem Kopf, die eine halbe Ewigkeit lang zu ihm gesprochen zu haben schien, plötzlich verstummt. Es gab keine Warnungen mehr und schon gar keine Erklärungen. Kevin hatte gerade noch Zeit genug, sich mutterseelenallein zu fühlen, weil diese Wesenheit ihn so plötzlich verließ …

… bevor die Zähne des jungen Sauriers sich um seinen Oberkörper schlossen.

»Ich glaube, wir sollten so schnell wie möglich in die Bibliothek zurück«, sagte Willow zu Buffy, während sie eilig das Museum verließen. »Gestern Nacht hab ich ein paar ganz wichtige Sachen rausgefunden, und da ihr einen der Saurier schon besiegt habt, könnte ich mir vorstellen, dass der Letzte jetzt gerade auf dem Weg zur Schule ist. Wo steht der Wagen?«

Es war allmählich Spätnachmittag geworden und wegen der schweren Wolken am Himmel auch schon recht dunkel. Dennoch sah Willow, wie Oz an der Hauswand vorbei auf die

Straße deutete, wo die Blaulichter mehrerer Streifenwagen aufblitzten. Es konnte nicht mehr lange dauern, bevor das ganze Gelände abgeriegelt war. »Das Auto steht drüben auf der anderen Seite«, sagte Oz. »Sehr geschickt zwischen zwei Streifenwagen geparkt.«

»Damit sieht es wohl so aus, als wären Oz' Öffentliche Transportbetriebe momentan stillgelegt«, bemerkte Xander.

Buffy schaute ihn finster an. »Dann greifen wir eben auf die bewährten alten Füße zurück. Die Bibliothek ist schon ein guter Vorschlag – aber vor allem müssen wir hier weg, bevor die Cops die Leichen von den beiden Wärtern und dem Dino finden.«

Sie hielten sich dicht an der Wand, um nicht entdeckt zu werden. Oz war im Dämmerlicht nur ein Schatten neben Willow, aber sie bemerkte seine Verstörtheit, noch bevor er ihren Arm ergriff. »Du hast gesagt, der T. Rex könnte die Schule ansteuern. Warum sollte er das tun?«

»Vielleicht um zu seinem Bruder zu kommen«, meinte Buffy. Willow musste ihrer Freundin zugestehen, dass sie sich wirklich in die Art, wie Dämonen denken, einfühlen konnte. »Erinnerst du dich, dass du das Gefühl hattest, der Dino in der Gasse wollte unbedingt irgendwo hin?«

»Ja, stimmt«, gab Oz zu.

»Genau«, fiel Willow ein. »Er...«

»... will diese Gehirnschmelze-Numer abziehen«, fiel ihr Xander ins Wort. »Wie die Vulkanier in *Star Trek*!« Sie bogen um eine Hausecke und ließen nun endlich das Museum hinter sich, vor dem inzwischen immer mehr offizielle Spürnasen umherwimmelten.

»Irgendwie finde ich nicht, dass er den Vulkaniern ähnelt«, meinte Willow. »Giles und ich glauben, er ist ein Drachendämon aus der Unterwelt, der vier ihm ähnliche Wirtstiere finden muss, denen er seinen Geist einhauchen kann.«

»Besessenheit«, fiel Buffy ein. »Aber was passiert dann? Will er die anderen befreien, damit sie Chaos und Zerstörung säen können?« Sie schüttelte angewidert den Kopf. »Typisch!«

»Nicht ganz«, belehrte Xander sie. »Vier Wirtstiere – die Dinos – treffen sich an einem Ort, wo sie wieder diese Gehirnverschmelzungs-Sache abziehen können, und zwar die anderen drei mit dem *Ersten.* Schau mal, wie's aussieht, ist die Macht von *El Numero Uno* zu groß für einen einzigen Körper und er muss sie aufteilen. Aber später kann er alle diese Teile *zusammensetzen.*«

»Es geht um Gier. Größer, besser ... und *hungriger*«, erklärte Willow ein wenig atemlos. Um mit den anderen mitzuhalten, musste sie immer einen Laufschritt extra einlegen. Nur noch ein paar Blocks bis zur Schule ... »Wenn es alle seine Teile in einer Gestalt vereinigt, dann kriegt es endlich Fresschen.«

»Obwohl wir jetzt schon zwei von der Sorte erledigt haben, kann der Dämon es wieder versuchen?«, fragte Oz.

Mit erschrockener Miene blieb Buffy jäh stehen. »Wartet mal! Wenn wir einen erledigen, springt sein Geist immer noch zwischen dem Dämonen aus der Unterwelt und einem Ei da irgendwo im Museum hin und her – willst du *das* damit sagen?«

Willow war froh, dass sie eine Pause machen und Luft schöpfen konnte. »Nein. Der Geist des toten Wirtes fährt wieder in den ursprünglichen, den ersten Wirt, und wartet dort auf eine Gelegenheit zu ...« Sie legte die Stirn in Falten. »Ich weiß es nicht genau – zum Ausschlüpfen, nehm ich an. Der einzige Weg zum Sieg führt über die Tötung der drei anderen Wirte, *dann erst* darf man den ursprünglichen töten.«

»Jetzt hab ich's kapiert«, sagte Oz. »Denn der ist dann eine Art Gefäß für die anderen Geister.«

»Genau.«

»Und dann macht er endlich schlapp«, schloss Buffy und setzte sich wieder in Bewegung.

»Oh, nein. Wir sind doch auf dem Höllenschlund. Hier scheint doch niemals etwas *wirklich* zu sterben.« Willow warf Buffy einen bedeutungsvollen Blick zu. »Er versinkt nur für die nächsten sechzig Jahre im Schlaf.«

»Wir haben die Schlacht gewonnen, nicht aber den Krieg«, murmelte Oz.

»Na super«, murrte Buffy. »Dann darf ich dieses Teil erneut bekämpfen, wenn ich so ungefähr achtzig bin!«

»*Falls* du so lange lebst«, meinte Xander zerstreut.

»Xander!«, rief Willow empört.

»Was?« Er runzelte die Stirn, dann wurde ihm klar, was er gesagt hatte. »Oh. Hör mal, ich hab das nicht so gemeint –.«

»Schon gut«, fiel ihm Buffy zuckersüß ins Wort. »Dann hab ich wenigstens was, auf das ich mich freuen kann.«

»Nun«, setzte Xander an, »ich persönlich –«

»Lasst uns später über Geburtstagspartys nachdenken«, fiel ihm Willow jetzt ins Wort. »Im Augenblick ist Giles in der Bibliothek allein mit diesem ... *Ding*.« Plötzlich riss sie die Augen weit auf. »Oh, nein! Jetzt hat es ja *drei* dämonische Geister in sich! Ich hoffe nur, der Käfig in der Bibliothek ist stark genug.«

Das reichte, um ihre Schritte zu beschleunigen. Sie sahen schon die Mauer auf der anderen Seite der Straße. Nicht weit davon drang ein warmer Lichtschein durch die zugezogenen Vorhänge der Bibliothek. Sie überquerten die Straße und fingen schließlich an zu rennen.

»Da ist aber noch was, das ich nicht verstehe«, meinte Buffy keuchend. »Wie kriegt der Dämon überhaupt das Ei dazu, ihn aufzunehmen oder so?«

»Durch ein Ritual«, war Xanders Antwort. »Und wenn du mit diesem Kevin richtig liegst, dann war er derjenige, der es durchgeführt hat.«

»Ja«, bestätigte Willow außer Atem, als sie endlich die Treppe erreichten und hochrasten. Kurz vor ihr stieß Oz die Doppeltüren auf – und setzte mit einem gewaltigen Sprung über irgendetwas, das auf dem Boden lag, hinweg. Willow sah entsetzt hin … und entdeckte Kevin Sanderson in einer riesigen Blutlache. Ein großer Teil seines Körpers war überhaupt nicht mehr zu erkennen, so übel war er zugerichtet, aber den blonden Pferdeschwanz und den Goldring im linken Ohr konnte man nicht verwechseln. Seine braunen Augen starrten ins Leere, als sei er überrascht, dass eines der Wesen, die er so liebte, ihn umbringen konnte.

»Oder«, fuhr Xander fort, der ebenfalls herangekommen war und sah, was Willow und Oz zum Halten gebracht hatte, »der Dämon wird einen anderen für das Ritual finden.«

Und weiter hinten im Korridor, durch die dicken Türen der Bibliothek gedämpft, hörten sie Giles' lauten Aufschrei. Es folgte ein fürchterliches Gebrüll.

Dann … Stille.

14

»Giles!«, schrie Buffy, doch kaum waren sie zehn Schritte in den Korridor hineingerannt, da trampelte der dritte der Tyrannosaurus-Brüder um die Ecke des Flurs, der zur Bibliothek führte.

Buffy und ihre Freunde blieben wie angewurzelt stehen – der Dinosaurier ebenfalls. Buffy wusste nicht, ob es einem solchen Tier möglich war, überrascht auszusehen, dieser hier aber machte wirklich den Eindruck. Wenn der Geist des Dämons erst einmal auf verschiedene Körper verteilt war, bestand offensichtlich keine Verbindung mehr zwischen ihnen, und der Teilgeist, der diesen Nestling beherrschte, hatte offenbar fest daran geglaubt, dass einer seiner Geschwister Oz und Buffy den Garaus gemacht hatte.

»Schätze, das ist nicht gerade dein Glückstag«, murmelte sie. Aus der Bibliothek erklang Giles' lautes Rufen, dann hörte man den Timimus kreischen. Verdammt nochmal, bei all den Zahnmonstern, mit denen sie es die ganze Zeit zu tun gehabt hatten, hatte sie *den* völlig vergessen. Immerhin war er der »Älteste« dieses Sauriergeschlechts. Wie groß war er wohl geworden und, schlimmer noch, *was tat er Giles in diesem Augenblick an*? Buffy musste sich eingestehen, dass es *ihr* Glückstag heute auch nicht gerade war.

Denn nun stand diese Killermaschine mit ihren rasiermesserscharfen Zähnen und mehreren hundert Pfund stahlharter Muskeln zwischen ihr – warum eigentlich schon wieder unbewaffnet? – und der Bibliothek. Außerdem hatte Oz Recht gehabt, was die Hörner betraf: Wie es schien, hatte jeder neue Tyranno größere Exemplare als der vorherige aufzuweisen, die jedes Mal stärker an den ursprünglichen Papa-Dämon erinnerten. Dieser hier hatte spitze, saurieruntypische, zwanzig Zentimeter lange Dinger, die aus den Knochenvorsprüngen über seinen Augen sprossen. Als ob es nicht schon gereicht hätte, einen reinblütigen T. Rex zu bekämpfen!

»Buffy!«, drängte Willow. »Giles ist *allein* da drin!«

Buffy wollte ihre Freunde nicht allein lassen, musste aber auch Giles helfen. »Ich lenk ihn ab«, sagte sie leise. »Bring ihn dazu, dass er mich jagt, und zwar weg von der Bibliothek. Ihr tut so, als ob ihr auch wegrennt, dann geht ihr zurück und helft Giles.«

»Ich komme mit dir«, sagte Oz, ohne den T. Rex auch nur eine Sekunde aus den Augen zu lassen. Der schwenkte wenige Meter vor ihnen seinen mächtigen Kopf jetzt hin und her. Es sah aus, als wolle er die Entfernung abschätzen und jeden Augenblick zum Angriff übergehen. »Wenn ihr in die Bibliothek kommt, denkt daran, dass der Timimus nicht sterben darf, bevor der hier tot ist. Falls ihr voreilig handelt, könnten wir echte Probleme kriegen.«

»Wartet mal kurz!«, protestierte Xander. »Ich hab genau gesehen, wie erschrocken du eben warst, als dieser böse Bube hier antanzte, und ich weiß, dass er der Größte von allen ist. Wie wollt ihr das denn scha ...«

»So gut es eben geht!«, gab Buffy zurück. »Wir locken ihn in eine Falle – vielleicht in die Turnhalle oder in die Aula.«

Willow musste heftig schlucken. »Bleibt bloß außer Reichweite dieser Zähne!«

»Mit dem größten Vergnügen«, sagte Oz.

Buffy fuhr sich mit der Hand über den Mund. »Wenn wir fertig sind, kommen wir wieder in die Bibliothek.«

Xander und Willow tauschten einen Blick. »Hör mal ...«, fing Xander wieder an.

Doch Oz' Augen glitzerten kampflustig, während er den T. Rex betrachtete. »Macht euch keine Sorgen um uns«, fiel er seinem Freund ins Wort. »Wir schaffen das schon.«

Sein Tonfall war plötzlich sehr viel leiser geworden, ja, erinnerte irgendwie etwas an einen Wolf. Die anderen fuhren überrascht herum und fassten ihn scharf ins Auge, ob er vielleicht dabei war, sich zu verwandeln. Aber Oz war völlig in Ordnung und ganz er selbst. »Okay!«, sagte Buffy. Etwas anderes blieb ihr gar nicht übrig. »Dann ... *los*!«

Alle vier setzten sich gleichzeitig in Bewegung. Buffy und Oz hielten sich rechts, damit sie im letzten Augenblick ausscheren konnten. Sie hörten sich an wie eine Meute wilder Tiere, schrien, gröhlten, pfiffen und ruderten heftig mit den Armen, um die Aufmerksamkeit des Ungeheuers auf sich zu lenken. Bestimmt hatte noch nie zuvor irgendein intelligentes Wesen etwas so Großes und Tödliches herausgefordert. Der Jagdinstinkt des T. Rex erwachte und er ging ohne Zögern zum Angriff über. Die langen Klauen seiner Hinterläufe hinterließen tiefe Kratzer auf dem Linoleumboden.

Sie hatten Glück. Bis zum Hauptkorridor hätten Buffy und Oz es nie geschafft, aber zwischen ihnen und dem Dino war noch eine Klassenzimmertür. Gleichzeitig stürmten sie hinein und entgingen nur knapp dem mächtigen zuschnappenden Kiefer, denn der T. Rex hatte seinen Hals schon in voller Länge ausgestreckt, reichte allerdings nicht ganz an sie heran, weil er das Gleichgewicht halten musste. Xander und Willow verließen sich darauf, dass die Aufmerksamkeit des Ungeheuers auf Buffy und Oz gerichtet blieb und tauchten nach links ab. Sie versuchten, sich so klein wie möglich zu machen – ein paar dunkle Flecken auf dem Boden, die das Tier nicht bemerken würde. Der Plan ging auf. Mit Erleichterung registrierte Buffy, dass der Saurier die beiden überhaupt nicht wahrnahm. Zugleich überkam sie aber eine fürchterliche Angst, auf was ihre Freunde in der Bibliothek stoßen würden, und dass sie ihnen dort im Moment nicht beistehen konnte.

Willow und Xander richteten sich wieder auf und eilten in die Bibliothek, um den Wächter zu retten.

Etwas war in ihm, eine Art Eindringling. Und Giles wünschte verzweifelt, dass er wieder verschwand.

War es das, fragte er sich zerstreut, was ein Vampir fühlte? Was Angel fühlte? Nein, bestimmt nicht: Normale Vampire suhlten sich in ihrer Bosheit, liebten sie, *verbreiteten* sie. Auf Grund der Besonderheit, dass er parallel auch noch eine Seele besaß, musste Angel ständig gegen diese dunkle Seite kämpfen. Aber immerhin hatte er ein Quäntchen Kontrolle über sein Tun.

Was man von Giles nicht behaupten konnte ...

Er hatte dagegen angekämpft, das stimmte, und vermutlich war er etwas stärker als die unglücklichen Teenager, die der Dämon vorher benutzt und dann achtlos fallen gelassen hatte. Älter, weiser, stärker ... aber dennoch war er ein schwacher Mensch und das Hämmern und Kreischen in seinem Kopf ließ allmählich jeglichen Widerstand erlahmen. Er wusste nicht einmal mehr, ob der Lärm innerhalb oder außerhalb von ihm war. Warum hatten sie nicht daran gedacht, warum hatten sie nicht erkannt, dass der Dämon Ladonithia natürlich mit einem Menschen in Verbindung treten musste, um sein Ziel zu erreichen? Giles wusste genau, was der Unhold wollte. Oh, ja. Vor zehn Minuten hatte er ihm die Stegosaurus-Eier geholt und sich dabei gefühlt, als ob er neben sich stünde: Stumm sah er zu, wie sein Körper mit ruckartigen Bewegungen den Korridor entlanglief und den Rucksack holte, den der unglückliche Junge vor seinem Tod fallen gelassen hatte.

Dann hatte der Dämon gewollt, dass er etwas mit den Eiern machte. Aber Giles war kein so begieriger Mensch, er nahm sich selber nicht so wichtig wie die jungen Leute, und der Dämon hatte nichts in der Hand, um ihn in Versuchung zu führen. Bis jetzt hatte Giles mit all seiner Kraft widerstanden, aber er fühlte, dass er den Kampf verlieren würde. Das Getöse in seinem Kopf war fürchterlich, die reinste Kakophonie von Lauten, die nie für Menschen bestimmt gewesen waren. Es war wie Musik, die all ihrer Schönheit beraubt war, ein dämonisches Orchester, das auf schrecklichen, kreischenden Instrumenten spielte.

Gegen seinen Willen, gegen alles, was ihm heilig war, musste Giles zusehen, wie seine Hände ihn betrogen, wie sie die schweren fossilen Eier aus Kevin Sandersons Rucksack holten und auf der Verleihtheke in der Bibliothek aufreihten.

Drei waren es, schon wieder die magische Zahl. Vielleicht wollte der Dämon auf diese Art sichergehen, dass seine drei verbleibenden Geister einen neuen Wirt fanden – er rechnete wohl schon damit, dass der Saurier, der Kevin auf dem Gewissen hatte, Buffy und Oz zum Opfer fallen würde. Allerdings war es ja auch möglich, dass die beiden den heimtückischen Anschlag eines anderen Sauriers im Museum nicht überlebt hatten … - Der Dämon wollte noch etwas anderes, doch bis jetzt machte Giles nicht mit. Er wusste, es hatte etwas mit der Wiederbelebung der Eier zu tun, aber er würde alles daransetzen, diese Botschaft nicht zu erfahren.

Doch er war müde und er wurde schwächer.

Der Bibliothekar knirschte mit den Zähnen und drückte sich von der Theke weg. Dabei hörte er Bruchstücke von Sätzen in seinem Kopf –

was immer du willst
gehorche mir
Beschwörung
befreie mich

Er schlug sich die Hände auf die Ohren und fuhr herum. Flüchtig erinnerte er sich, bei Kevin dieselbe Bewegung gesehen zu haben. »*Nein!*«, schrie er, um etwas, *irgendetwas* zu hören außer dieser Präsenz, die in seinen Ohren brüllte, und dem Timimus, der in seinem Käfig kreischte. »Das werde ich *nicht* tun!«

Da dröhnte die Stimme in ihm so ohrenbetäubend, dass ein Schmerz durch seinen ganzen Körper raste: Kopf, Brust, Hände taten infernalisch weh und gleich würden seine Trommelfelle platzen. Giles schrie auf und fiel auf die Knie, hoffte, er könnte noch atmen, dachte aber gleichzeitig, dass er das vielleicht lassen sollte, dann wäre das Problem ohnehin gelöst. Außer sich vor Entsetzen spürte er, dass er nachgab. Er öffnete den Mund, bereit, die verfluchten Worte zu sagen, die ihm durch den Kopf schossen: *Hört diesen Ruf, Geister von Ladonithia. Erwachet und kehrt wieder aus eurem Abgrund zu –*

»Giles?«

Für einen Moment abgelenkt, fühlte Giles, wie sich der Dämon überrascht zurückzog. Es würde zweifellos nicht länger als ein paar kostbare Sekunden dauern, aber immerhin war er nun wieder Herr über seine Gedanken. Alles war wieder klar und er entsann sich ganz genau der Agonie, die ihn befallen hatte.

»Angel!«, keuchte er. »Gott sein Dank!«

Mit dunkler Miene kam der hoch gewachsene, jugendlich aussehende Vampir zu Giles und half ihm auf. »Ich wollte nachsehen, ob Buffy hier ist«, sagte er. »Sieht so aus, als käme ich gerade richtig.« Sein scharfer Blick erfasste alles: Giles, der am ganzen Körper zitterte, die fossilen Eier auf der Theke, den rasenden Timimus, der sich nun gegen die Käfigtür warf – seit gestern hatte er mindestens fünfundsiebzig Pfund zugelegt. »Ich glaube nicht, dass der Käfig noch lange hält!«, überschrie Angel das Gebrüll des Sauriers. »Wir sollten machen, dass wir rauskommen!«

Gehorche mir.

»Ahhhhh!« Giles riss, so fest er konnte, an seinen Haaren. Er hoffte, dass der physische Schmerz ihm einen winzigen Aufschub gewähren würde. »Angel!«, kreischte er, »diese Kreatur, dieser *Dämon* ... er ist in mir – er will ... dass ich ...«

GEHORCHE MIR!

Giles hatte keine Wahl. Es war, als hätten seine Schmerzsensoren die Nervenbahnen blockiert, die sein Gehirn mit seinem Mund verbanden, und nun stand alles unter der Herrschaft des Dämons. Er hasste sich selbst dafür, aber er hörte die gefürchteten Worte aus seinem Mund kommen, während er Angel den Rücken zudrehte und die Saueriereier betrachtete:

»Hört diesen Ruf, Geister von Ladonithia«, sagte er mit heiserer Stimme. »Erwachet und kehrt wieder aus eurem Abgrund zu –«

Giles spürte, wie sich in diesem Moment eine Hand auf seine Schulter legte und ihn herumdrehte. Dann trafen Angels harte Fingerknöchel seinen Kiefer, und alles wurde schwarz um ihn herum. Welch ein Segen!

»Angel?«

Der Vampir wirbelte herum und spürte sofort ein Schuldgefühl in sich aufsteigen, obwohl er wusste, dass er nichts Falsches getan hatte. Das lag an Willows Stimme, die manchmal so einen fragenden, ungläubigen Tonfall hatte, besonders jetzt. Es passte ja auch hervorragend, dass sie und Xander ausgerechnet dann auf der Bildfläche erschienen, als er Giles k.o. schlug.

Aber er hatte keine Zeit für lange Erklärungen, sondern drehte sich wieder um und kniete neben Giles nieder. »Irgendwas stimmt mit ihm nicht«, sagte er zu den anderen.

»Ach ja – er ist bewusstlos, wie?«, fragte Xander sarkastisch.

Angel warf Xander einen scharfen Blick zu. »Ich hab ihn geschlagen, weil er fantasierte«, erklärte er. »Er war gerade dabei, irgend so eine Beschwörung herzusagen, und ich hatte eher Angst, *nicht* zuzuschlagen.«

Auf Willows Gesicht machten sich Furcht und Erleichterung breit, während sie an Giles' Seite eilte. »Also hatte Oz Recht. Der Dämon benutzt einfach einen anderen Menschen.« Sie fuhr sich mit der Hand über die Stirn, während Xander abwartend stehen blieb. »Dann war's ja gut, dass du gerade reingeschneit kamst und ihn aufgehalten hast.«

Angel prüfte noch einmal, wie es Giles ging – er »schlief« tief und fest –, dann stand er auf. »Was ist denn hier los? Was ist das für ein Tier da im Waffenkäfig? Sieht aber gar nicht aus wie der, den wir in der Gasse hinterm *Bronze* erledigt haben.«

»Das ist ein Timimus«, sagte Xander, als müsse Angel sofort verstehen.

»Ein was?« Eine Lebensspanne von mehreren Jahrhunderten und er konnte manchmal immer noch wie ein dummer Schuljunge dastehen. Wie demütigend!

»Ein Timi – noch so 'ne Art Saurier.«

Angel verzog das Gesicht und starrte erneut die kreischende, vor Wut rasende Kreatur an, die ruhelos im Käfig auf- und ablief. »Also noch einer. Und was machen wir mit dem?«

Xander warf einen furchtsamen Blick auf den Dino. »Da das Betäubungsgewehr ebenfalls im Käfig ist, wäre ich eigentlich dafür, die erprobte Steinzeitmethode zu benutzen und ihn einfach mit 'ner Keule auszuknocken, aber im Augenblick … sollen wir gar nichts tun. Wir müssen warten, bis Buffy und Oz den T. Rex töten.«

»Da läuft *noch einer* herum?«

Willow nickte. »Es liegt an dem Dämon«, erklärte sie. »Wir haben eine ganze Weile gebraucht, um ihn zu identifizieren, aber dann haben wir entdeckt, dass er einen vierfachen Geist besitzt. Und alle Einzelgeister müssen erst in diesem Saurier vereinigt sein, bevor …«

Zu ihren Füßen stöhnte Giles auf.

»Sehr gut«, meinte Angel erleichtert. »Ich hab ihn wirklich ungern geschlagen.«

»Ich kann nicht glauben, dass ich das jetzt sage – aber ich glaub, du musst es nochmal tun«, sagte Willow.

»Was?«

Wieder stöhnte der Bibliothekar. Seine Augenlider zuckten und seine Hände strichen über den Boden, als suchten sie instinktiv nach einem Halt, während er wieder zu sich kam. Willow rang die Hände. »Lass ihn nicht aufwachen, Angel! Der Dämon wird wieder versuchen, seinen Geist zu beherrschen. Es ist besser, wenn wir ihm keine Gelegenheit dazu lassen.«

»Nun, mich wird dieser Dämon wohl kaum behelligen«, meinte Angel, »aber warum nimmt er nicht einfach dich oder Xander?«

Willow kniff die Augen zusammen und schaute wütend auf den Saurier. »Er hat es ja *versucht*. Er hat mich oder irgendwas in meinem Kopf ... berührt – genau in dem Augenblick, als ich in die Bibliothek kam.«

»Ach, *das* war das?«, fragte Xander. »Ich hab's auch gespürt – es war grässlich. Ich dachte, mir friert gleich das Hirn ein.«

»Und warum hat es nicht funktioniert?«, wollte Angel wissen.

»Ich habe heute Morgen einen Schutzzauber für uns gebastelt«, antwortete Willow und zerrte an einer Kordel, die sie um den Hals trug. »Mit Haaren, ein paar Kräutern und einer kleinen Beschwörung.« Verzweifelt blickte sie auf den Bibliothekar, der langsam zu sich kam. »Ich hätte für Giles gleich einen mitmachen sollen.«

Bevor Angel etwas dazu sagen konnte, stöhnte Giles wieder. »Ladonithia ...«, murmelte er mit schwerer Zunge. Seine Augen waren so verdreht, dass man fast nur noch das Weiße darin sah. Er erinnerte in grauenhafter Weise an einen Zombie.

»Eier … müssen ausschlüpfen … « Er versuchte, sich aufzurichten. Angel legte ihm hindernd die Hand auf die Schulter – und wurde fast umgerissen, weil der Bibliothekar plötzlich ungeahnte Kräfte entwickelt hatte!

»Angel!«, rief Willow. »Tu doch was!«

»Was denn zum Beispiel?«, schrie er, während Giles versuchte aufzustehen und sich heftig wehrte.

»Das hab ich dir doch gesagt! Du sollst …«

Angel versetzte dem armen Giles erneut einen gezielten Hieb auf die Nase.

»Verdammt!«, stieß er hervor, während sie zusahen, wie der Bibliothekar zusammenbrach. Mit dunklem Blick wandte er sich an die anderen. »Ich kann ihn nicht dauernd zusammenschlagen, wisst ihr. Er ist nur ein Mensch – er verträgt das nicht.«

»Das weiß ich«, sagte Willow. »Aber er darf nicht zu sich kommen – sonst wird er noch mehr Dinosaurier zum Leben erwecken und die anderen Teilgeister des Dämons befreien.«

»Also, jetzt kapier ich gar nichts mehr«, sagte Angel verzweifelt. »Das mit den Sauriern und das mit dem Dämonen habe ich verstanden – aber soll ich Giles etwa immer wieder bewusstlos schlagen, weil er Dinosaurier *zum Leben erwecken* kann?«

»Ist viel zu kompliziert, jetzt die ganze Chose zu erklären«, sagte Xander. »Kannst du uns nicht einfach vertrauen?«

Angel zog verächtlich einen Mundwinkel herunter. »Ihr …«, er zeigte auf Willow, »vielleicht. Aber dir?«

Willow verzweifelte allmählich an den beiden. »Würdet ihr bitte aufhören, euch wie ein altes Ehepaar anzugiften? Die Sache ist *ernst*!«

Da hatte sie Recht. Angel ließ von dem Hickhack ab und warf einen zornigen Blick auf den eingesperrten Dino. Das Vieh war groß, es sah aus wie eine überdimensionierte Eidechse mit Vogelkopf und Vogelschnabel. Mann, es war so hässlich! »Warum bringen wir den nicht einfach um?«

Xander schüttelte den Kopf. »Glaub mir, nichts würde ich lieber tun, als dieses Reptil zu killen und den anderen zu helfen. Aber das können wir nicht – nicht bevor der vierte und letzte Geist in seinen Körper gefahren ist.«

»Du willst mir also erklären, dass drei Dämonengeister schon drin sind, dass aber noch mehr kommen?«

Willow nickte. »Es steckt noch einer in dem letzten T. Rex. Und in dem Augenblick, in dem er stirbt, wird dieser hier –«, sie zeigte auf den Timimus, »noch mehr ausflippen.« Ihre Augen waren vor Angst weit aufgerissen. »Deshalb haben wir keine andere Wahl, als hier Wache zu halten. Wir dürfen ihn nicht beseitigen. Noch nicht.«

Der T. Rex – genau! Der war doch so abgelenkt gewesen, fiel Angel ein. Und dieser – wie hatte Xander ihn doch gleich genannt? –, dieser Timimus schien trotz seiner nervtötenden Schreie und seiner Unruhe ein aufmerksames und sogar intelligentes Wesen zu sein, wahrscheinlich wegen der Dämonen, die in ihm hausten. Dieses Tier beobachtete sie, es wartete auf die nächste Gelegenheit, um Giles wieder in seine Gewalt zu bekommen. *Vielleicht spürt es auch, dass ich anders bin.* »Das heißt, ich darf Giles nicht aufwachen lassen, sonst wird er von diesem Ding besessen – andererseits können wir das Ding, das die Besessenheit verursacht, auch nicht töten.« Finster schaute er die anderen an. »Was sollen wir denn in der Zwischenzeit machen? Dumm dastehen und Däumchen drehen?«

»Hab doch Vertrauen«, sagte Willow mit aufgesetzter Fröhlichkeit. »Es kann nicht mehr lange dauern, dann werden Buffy und Oz ihren Anteil an Dino-Fleisch ins Land der Ausgestorbenen schicken.«

»Und woher sollen wir wissen, *wann* es so weit ist?«

»Der hier wird dann ... noch böser werden«, gestand sie widerstrebend.

»Ja«, schaltete sich nun wieder Xander ein. »Der wird so richtig ausrasten, wenn der vierte Geist zurückkommt, um in Papa Dino zu hausen.«

Angels Mund zuckte. »Und Buffy und Oz … Seid ihr auch sicher, dass sie es schaffen?«

»Natürlich«, sagte Willow.

Aber Angel spürte, wie sich seine Eingeweide vor Angst zusammenzogen, denn sogar Buffys beste Freunde wirkten alles andere als überzeugt.

15

»Er holt auf!«

Buffy gab sich keine Mühe, ihre Angst zu verbergen. Ob der Dinosaurier diese Angst spürte oder nicht – schneller konnten sie dadurch auch nicht rennen. Sie hatten schon jetzt ihre Höchstgeschwindigkeit erreicht, rasten durch Klassenräume und Korridore. Selbst beim Hinauflaufen der Treppen wurde das Ungeheuer nicht langsamer, wie sie es gehofft hatten.

Nein, so viel Glück hatten sie nicht.

Aber Oz hatte einen Plan. Buffy war zwar die Schnellere von ihnen beiden, weil sie längere Beine hatte. Immer wieder blickte sie gehetzt über die Schulter zurück, ob Oz nicht in der Zwischenzeit zum Dino-Häppchen geworden war. Aber die Wahl ihres Fluchtweges war willkürlich und zufällig – und an jeder Korridorbiegungen zögerte sie erst mal. Das war nicht gut. So stark und fähig sie auch war, hier ging es viel mehr um einen Kampf Tier gegen Tier als um ein Duell zwischen Jägerin und Vampir. In einer Sekunde mal hier, mal da zu sein könnte tödlich für einen von ihnen oder gar für beide sein.

Und das wollte Oz keinesfalls.

Bis zum nächsten Vollmond war es zwar noch einige Zeit hin, aber seine Werwolfinstinkte waren dennoch lebendig, eingegraben in jede einzelne Zelle seines Körpers. Ein normaler Sterblicher würde sich inzwischen so fühlen, als sei er schon wochenlang gerannt, doch bei Oz war das anders. Er konnte wie ein Wolf stundenlang traben, ohne müde zu werden – bis das Beutetier vor Erschöpfung zusammenbrach ... oder der Wolf in eine Falle geriet.

Der junge Tyrannosaurus hinter ihnen ahnte nichts von dieser Strategie, aber genau das hatte Oz vor: dieses dämonische Urzeit-Tier zu Tode zu hetzen.

In seine feine Nase drang der Geruch von Reinigungsmitteln, von tausend Schülern und von Spinden, die mit stinkenden Turnschuhen und vergessenen Lunchpaketen gefüllt waren. Doch darunter lag noch ein anderer Geruch – Chlorwasser! Oz beschleunigte seinen Laufschritt und raste an Buffy vorbei. »Komm!«

Buffy protestierte nicht, als er scharf nach rechts schwenkte und die Treppe mit den grauen Wänden herunterstürzte, die zu den unteren Etagen führte. Am Ende befand sich eine Tür aus Metall, die zum Glück offen stand. Als sie durch waren, schlug Oz sie schnell hinter ihnen zu. Der Baby-Dino stieß sich die Schnauze blutig und brüllte vor Wut. Die Tür würde zwar nicht lange halten, aber so gewannen sie immerhin eine kostbare halbe Minute, bevor er sie aus den Angeln brechen würde.

»Okay, ich bin für alle Vorschläge offen«, meinte Buffy.

»Ich weiß, was wir tun müssen.« Oz winkte ihr, ihm zu folgen. Sie liefen noch weiter hinunter, passierten den letzten Treppenabsatz und verließen das Treppenhaus. In der Etage über ihnen hörten sie die stählernen Angeln knirschen, als die Tür nachgab. »Jetzt komm! Hier entlang!«

»Meinst du nicht, wir sollten anhalten und kämpfen?«, schrie Buffy beim Laufen.

»Noch nicht!« Und dort, da vorne, war der Ort, den Oz im Auge gehabt hatte ...

Eine Doppeltür, die ins Schwimmbad der Schule führte.

Sie brachen durch die Türen, die hinter ihnen ins Schloss fielen. Am Rand des Schwimmbeckens, das geradezu Olympiaausmaße hatte, kamen sie zum Stehen. Die Luft war von Chlor geradezu gesättigt.

Oz wirbelte zu Buffy herum. »Bei dem Chlorgestank wird der Dino es schwer haben, unsere Spur aufzunehmen. Und wenn er reinkommt, wird er nicht merken, dass wir genau hinter ihm stehen«, erklärte er hastig. »Jedenfalls wird er's erst merken, wenn's zu spät ist.« Er riskierte einen raschen Blick durch das Maschendrahtfenster im oberen Teil der Tür und sah den T. Rex schwerfällig die letzten Stufen herunterkommen. Dort blieb er zögernd kurz stehen. Es mochte ja sein, dass sein Geruchsinn durch das Chlor verwirrt wurde – mit seinen Augen war jedenfalls alles in Ordnung. Im Bruchteil einer Sekunde hatte er Oz' Kopfbewegung durch die Scheibe wahrgenommen, nahm Anlauf und setzte zum Sprung an.

Ihnen blieb keine Zeit mehr. Oz sprang zur Seite und packte einen dicken Schlauch aus blauem Kunststoff, der zusammengerollt auf einem Haufen Stangen und Käscher lag. Er nahm ein Ende, wickelte den Schlauch, der mindestens fünfzehn Meter lang war, ab und warf Buffy das andere Ende zu.

»Knote dein Ende um die Stange da hinten und halte den Schlauch stramm«, befahl Oz. »Beeil dich!« Beide flitzten zu den Geländern, die an den jeweiligen Beckenseiten angebracht waren. Sie hörten, wie der Dinosaurier den Korridor hinunterdonnerte, wie sich seine gewaltigen Schritte immer bedrohlicher näherten. Der Boden unter ihren Füßen bebte. »Wenn er durch die Tür bricht«, sagte Oz, »spannen wir den Schlauch und bringen den Dino zu Fall. Wir *müssen* ihn ins Becken bekommen und dann *müssen* wir ihn darin halten, bis er ertrinkt.«

»Und was ist, wenn er schwimmt?«, wollte Buffy wissen.

»Nein.« Oz versuchte, das dröhnende Getrampel zu überschreien. »Ich glaub nicht, dass er ohne Vorderbeine schwimmen kann!«

»Hoffentlich hast du Recht!«, schrie Buffy zurück. In diesem Moment brach der T. Rex so heftig durch die Doppeltür, dass die eine ganz aufschlug und gegen die Wand knallte, während die andere aus ihren Angeln brach und auf den Boden krachte. Er hatte einen solchen Speed drauf, dass er nicht mehr stoppen konnte ... »Jetzt!«, schrie Oz. Buffy riss am Schlauch – und sie erwischten den Dino genau zwischen Knien und Bauch. Der Saurier verlor das Gleichgewicht und schlug so hart auf die Fliesen, dass das Wasser im Becken kleine Wellen warf. Mit dem Kinn am Boden rutschte er jedoch weiter vorwärts, eine Blutspur nach sich ziehend. Die mächtigen Hinterbeine ruderten wie wild, aber hier auf den glatten Kacheln bot der Untergrund noch weniger Halt als auf den Schulkorridoren. Der massige Körper glitt bis zum Rand des Beckens, in das der Saurier mit einem gigantischen Platschen und einem verblüfften Brüllen hineinkippte.

»Er muss hier im tiefen Teil des Wasser bleiben!«, schrie Oz und schnappte sich schnell eine Stange. »Lass ihn bloß nicht ans flache Ende gelangen – sonst kommt er wieder raus!«

Brüllend schoss der Dinosaurier aus dem Wasser hoch und stieß an die Beckenkante auf der andere Seite des Schwimmbads. Oz wollte lieber gar nicht darüber nachdenken, wie stark Hinterbeine sein mussten, die ein so schweres Tier einen Meter fünfzig in die Höhe hieven konnten. Wenn sie Glück hatten, würde der Saurier niemals erfahren, dass es so etwas wie ein »flaches Ende« überhaupt gab.

Buffy schnappte sich eine der Bürsten, die zum Reinigen der Beckenwand bestimmt waren und ein breites Ende aus Metall hatten, schwang sie ähnlich einem Baseballschläger – und ließ los. Das Ding flog wie ein Wurfmesser und seine Spitze bohrte sich dem Saurier genau in den Kopf. Mit einem Laut, der halb Kreischen, halb Gurgeln war, versank er von neuem unter der Oberfläche. Als er ein paar Sekunden später wieder auftauchte, reichte sein Körper schon nicht mehr so hoch aus dem Wasser heraus wie eben noch. Aber er musste schon eine beträchtliche Menge Energie haben, um eine solche Masse hochzustemmen, dachte Oz. Obwohl die Klauen der kurzen Vorderbeine erhebliche Kratzer an den Beckenrändern hinterließen, reichte ihre Kraft nicht, dass sich das Biest aus dem Wasser hieven konnte. Es spuckte und würgte, das Gebrüll wurde allmählich schwächer. Der Erfolg schien nun auf ihrer Seite und Buffy schnappte sich eine neue Waffe – einen der Käscher mit einer langen Alustange –, um den Dino, der jetzt zu ihrer Seite des Beckens herübertrieb, gebührend zu empfangen. Sie schoss vor und schlug ihm die Stange über den Kopf. Instinktiv schreckte der Saurier zurück und strebte wieder zur Mitte. Wieder versank er vor ihren Augen.

Doch als er sich ein drittes Mal zur Oberfläche emporarbeitete, konnten sie sehen, dass sein Zickzackkurs ihn allmählich ans flachere Ende des Beckens brachte.

»Nein!«, brüllte Oz. »Lass ihn ja nicht dorthin!«

Sie rannten zum flachen Ende, auf gleicher Höhe mit dem Untier. Nur wenige Meter vor ihnen schwamm an gleichmäßig aufgereihten Bojen das Nylonseil, das den Nichtschwimmerbereich vom Rest des Beckens abteilte. Wenn der Dinosaurier dem noch näher kam, würde er den Kopf über Wasser halten können und dann wäre er wahrhaftig in der Lage, aus dem Becken zu schreiten … und damit wäre ihr Schicksal besiegelt.

»Ich glaube nicht, dass dieses Seil ihn aufhalten wird!«, rief Buffy. Mit grimmigem Gesicht zielte sie ein weiteres Mal auf den wieder auftauchenden Kopf und diesmal blieb das Netz des Käschers am Ende der Stange hängen: Es verfing sich über der Schnauze und an einem der Hörner. Dann riss das Netz und bedeckte nun auch die Augen. Der Metallrahmen jedoch bohrte sich tief ins Fleisch des Kopfes und blieb wie eine Art Angelhaken unter dem mächtigen Kiefer stecken. Siegesgewiss zog Buffy mit aller Kraft an ihrem Ende der Stange und versuchte, das Tier wieder ins tiefe Wasser zu ziehen. »Hab ich dich, du großer, hässlicher – *aaaahhhh!*« Ihr gellender Schrei erstarb.

Der Saurier hatte Buffy ins Becken gerissen.

»Buffy!«, schrie Oz, als könnte sie ihn unter Wasser hören.

Da tauchte ihr Kopf wieder auf. Oz wedelte ihr wie wild mit der Reinigungsbürste in seiner Hand entgegen. »Halt dich dran fest! Und pass auf die Zähne auf!«

Aber den T. Rex interessierte im Augenblick mehr das eigene Überleben. Das Netz saß immer noch fest über seinem Maul und der viereckige Metallrahmen hatte gerade genug Hebelkraft, um die mächtigen Kiefer geschlossen zu halten – als der Dino zu springen versuchte, um Luft zu bekommen, konnte er nicht mehr durch sein Maul atmen. Und die Nasenatmung funktionierte auch nicht mehr – er inhalierte nur Chlorwasser. Er ging ein weiteres Mal unter.

Und kam wieder hoch. Dann wollte Oz seinen Augen nicht trauen: Statt auf die rettende Stange zuzuschwimmen, die er ihr hinhielt, holte Buffy tief Luft, warf sich nach vorn, packte die beiden dicken Hörner – und drückte den Kopf des Tieres unter Wasser.

Das Becken wurde zu einem brodelnden Hexenkessel, als der Saurier-Dämon sich wie wild hin und her wand. Verzweifelt kämpfte er um einen letzten Atemzug in dem luftlosen Element. Ein letztes Mal ragten die Nüstern wenige Zentimeter über die Oberfläche und Oz erblickte einen Wirbel aus blonden Haaren, als Buffy den mächtigen Kopf noch einmal mit aller Kraft nach unten drückte.

Dann war es vorüber.

Ganz plötzlich gab es keine Wellen mehr, einen langen Augenblick war die Wasseroberfläche so still und friedlich, wie sie sein sollte. »Buffy?« Oz strengte sich an, über die finstere, massige Gestalt, die knapp unterhalb des Wasserspiegels dahintrieb, hinaus etwas im Wasser zu erkennen.

Nichts.

»Buffy!« Er ließ die Bürste fallen und machte einen Schritt auf den Beckenrand zu ... und sprang vor Schreck auf, als die Freundin kurz vor ihm auftauchte. Er kniete sich hin und half ihr aus dem Becken. Dann standen beide am Rand und sahen zu, wie das Wasser endlich wieder ruhig wurde. Fünf Sekunden verstrichen, zehn, während die letzten kleinen Wellen die Saurierleiche langsam zum flachen Teil trieben. Schließlich blieb die lang gestreckte, grüngoldene Gestalt liegen, den Kopf nach unten gedreht.

Buffy schaute ihn zweifelnd an. »Ich frag mich, ob er sich tot stellen kann.«

»Glaub ich nicht«, meinte Oz. »Aber manchmal können Ertrunkene wieder zu sich kommen, wenn sie rechtzeitig herausgezogen werden. Vielleicht gibt es ja so etwas wie ein Luftkissen in der Lunge, das sie am Leben hält. Wenn *der* wieder zu sich kommt ...« Er musste es nicht aussprechen.

Buffy nickte. Schweigend betrachteten sie das todbringende Tier, das still im Becken umhertrieb, und fragten sich, wie es Xander und Willow in der Bibliothek ergehen mochte.

»Ich werde ihn *nicht* ein drittes Mal k.o. schlagen!«, protestierte Angel. »Nachher kriegt er 'ne Gehirnerschütterung oder sonst was Schlimmes, was ihr Menschen immer so leicht bekommt.«

Leider wusste Willow, dass er Recht hatte. Aber was sollten sie tun? Sie rannte zum Computer, riss das Kabel von der Rückseite des Rechners ab und stöpselte es aus der Steckdose. »Fessle ihn damit!«

»Glaubst du, dass er dann auch hübsch still bleiben wird?«, zweifelte Xander.

Einen Augenblick lang war Willow ratlos. Dann raste sie hinter die Büchertheke und wühlte dort herum. »Aha!« Triumphierend schwenkte sie eine Rolle Klebeband. »Das bringt's!«

»Ich hätte ihn einfach hier rausschaffen sollen«, murmelte Angel und schlang das Band um Giles' Handgelenke.

»Hallo?«, schaltete sich Xander wieder ein. »Der große T. Rex, der da draußen rumläu ...«

Plötzlich geriet der Timimus im Waffenkäfig völlig außer Rand und Band. Er warf sich so heftig gegen die Tür, dass die drei entsetzt zurücksprangen. Seine Schreie waren ohrenbetäubend. Aber schlimmer noch: Das Verhalten des Tieres schien eine Art Stimulans für Giles zu sein. Während Willow noch verzweifelt versuchte, das klebrige Ende des Bandes von der Rolle abzupulen, machte er seine Augen auf und kam mit einem Ruck hoch. Dann brach die Beschwörung, auf die *keiner* der Anwesenden Wert legte, aus ihm hervor.

»*Hört diesen Ruf, Geister von Ladonithia*«, intonierte er. Seine Stimme war klar und dermaßen britisch akzentuiert, dass es völlig durchgeknallt klang. »*Erwachet und kehrt wieder aus eurem Abgrund zu eurem erstarrten Wirt. Erster von vier, vereinigt euch, und gewähret dem, der euch rief ...*«

Endlich gelang es Willow, das Ende des Klebebands loszumachen: Hastig riss sie ein großes Stück ab und klebte es über seinen Mund.

Giles wehrte sich heftig, drehte und sträubte sich gegen Angels Griff, der ihn von hinten festzuhalten versuchte. Er warf den Kopf wild von einer Seite zur anderen und versuchte, sein Gesicht gegen das eigene Jackett, gegen Angels Hände zu reiben, um den Klebestreifen loszuwerden. Während Angel ihn festhielt, klebte Willow schließlich das Band ganz um seinen Kopf herum und ließ die Enden überlappen, um sicher zu gehen, dass der Bibliothekar es nicht doch noch abstreifte.

Xander verzog das Gesicht, als er sah, wie Giles' Haare unter dem Band hervorschauten. »Mann!«, schrie er gegen das Kreischen das Sauriers an. »Das wird aber wehtun, wenn er's abreißen will!«

Wenige Meter neben ihnen rammte der Timimus die Tür des Waffenkäfigs, wieder und wieder. Willow zuckte zusammen, als sie die Metalltür unter den fortdauernden Angriffen erzittern sah. »Die Chance dazu wird er nie haben, wenn wir dieses Ding nicht *vorher* töten!«

»Ich dachte, das dürfen wir nicht!«, schrie Angel.

»Wir mussten doch nur warten, bis der letzte der Teilgeister in diesen Körper fährt!«, schrie Willow zur Antwort. Obwohl sie neben Angel stand, musste sie brüllen, um sich verständlich zu machen. »Und so, wie er sich aufführt, würde ich sagen: Buffy und Oz kamen, sahen und siegten!«

»Das ist genau das, was wir getan haben«, erklang in diesem Moment Buffys Stimme von der Tür her.

Die anderen fuhren herum und starrten sie mit offenem Mund an, während sie auf Giles zuschritt, der immer noch auf dem Boden lag und gegen seine Fesseln kämpfte. Aus Buffys Haaren tropfte das Wasser und die Kleider klebten ihr klitschnass am Leib, aber das war ihr egal. Sie war nicht verletzt, ihre Freunde waren nicht verletzt. Doch was Giles betraf ... Ihn so daliegen zu sehen, machte sie höllisch wütend. Sie hatte geglaubt, diese ganzen Kämpfe mit Dinos hätten sie erschöpft, ihr die Kraft bis aufs Mark ausgesogen – von den ruinierten Klamotten gar nicht zu reden –, aber nun, als sie ihren Wächter so hilflos sah, kehrten Sturheit und Kampfesmut von ganz allein zurück – als sei sie eine Batterie, die man ans Ladegerät angeschlossen hatte.

Buffy drehte den Kopf und warf dem Timimus, der nach wie vor in dem Waffenkäfig herumtobte, einen hasserfüllten Blick zu. Seit sie nach Sunnydale gekommen war, hatte sie noch niemals einen Dämon so sehr gehasst! Giles zu ihren Füßen durchlitt geistige Qualen. Dieses ekelhafte, vogelähnliche Biest versuchte, ihn in seine Gewalt zu bekommen – und zu allem Überfluss besaß es noch die Frechheit, nicht mal wie ein anständiger Dinosaurier auszusehen.

»Wollen wir dieses Vieh jetzt mit bloßen Händen in Stücke reißen oder was?«, wandte Xander ein. »Wir haben ja so unglaublich *viele* Waffen zu unserer Verfügung.«

Buffy blickte noch finsterer drein. Da hatte er durchaus Recht. Es war wirklich keine gute Idee gewesen, den Timimus in den Käfig mit den Waffen zu sperren, aber wer hätte wissen können, dass dieses grässliche Tier wie Unkraut wachsen und seine Killerinstinkte krankhafte Ausmaße annehmen würden?

Eine Sekunde später rannte die Kreatur ein weiteres Mal gegen die Tür, es folgte ein ohrenbetäubender Krach von splitterndem Metall – und Buffy und die anderen mussten feststellen, dass sich der Timimus gar nicht mehr zwischen ihnen und dem Schrank, in dem Giles Buffys berühmt-berüchtigte Jagdutensilien aufbewahrte, befand.

Denn nun befand sich überhaupt nichts mehr zwischen ihnen und dem Saurier.

Einen wie in Zeitlupe ablaufenden Augenblick lang stand der Dino einfach nur da und starrte sie ... nun ja, blöde an, wie man es von einem derart großen und hirnlosen Tier auch erwarten konnte. Nur verfügen selbst Raubtiere mit walnussgroßen Hirnen leider über einen geschärften Angriffsinstinkt – und dieses Raubtier hatte dazu noch vier tobende Teile eines Dämonengeistes in sich.

Die Käfigtür war nach außen gefallen. Der Saurier sprang nach vorn und landete mit allen vieren darauf. Die Tür wackelte und das Tier sah aus, als versuche es zu ergründen, wie man sich auf solch zitterndem Untergrund am besten bewegte. Dann nahm der Timimus Angel aufs Korn, der sich schützend vor Giles gekauert hatte, und setzte seine Beine in Bewegung, die zwar lang und schlank, aber unglaublich kräftig waren. Auf dem festen Boden angelangt, der ihm Sicherheit verlieh, setzte er zum Sprung an. Buffy sah, dass er Angel angreifen wollte, denn er war der Einzige, der sich zwischen dem Dämon und dem Menschen befand, dessen Beschwörung der Dämon so dringend benötigte.

»*HEY!*«, schrie Buffy in voller Lautstärke. Sie wedelte wie verrückt mit den Armen und erreichte so, dass der Timimus instinktiv seinen Vogelschnabel-Kopf in ihre Richtung drehte und erstarrte. Obwohl sie keine Waffen hatte, tat sie ein paar Schritte auf das Tier zu und täuschte einen Angriff vor, um seine Aufmerksamkeit zu erregen. Während Xander und Willow vorsichtig zurückwichen, stellte sie erleichtert fest, dass dieser Saurier zumindest nicht so groß war wie der T. Rex.

»Entschuldige, wenn ich mich einmische«, flüsterte Xander, »aber was sollen denn diese, äh, komischen Hubbel auf seinen Schultern bedeuten?«

Hubbel? Ach ja, da waren drei pulsierende Erhebungen um den Hals herum, die wellenförmig anschwollen und mit jedem Augenblick größer wurden. Dem letzten T. Rex waren Dämonenhörner aus der Stirn gesprossen. Würde der hier vielleicht auch anfangen zu mutieren?

»Angel«, sagte Buffy leise, ohne den Dino aus den Augen zu lassen, »wir müssen schnell machen, bevor dieses Teil noch mehr Köpfe kriegt. Schaff Giles hier raus!«

Angel gehorchte, aber als er Giles aufheben wollte, schwenkte der Timimus sogleich den Kopf in seine Richtung. Buffy wusste, dass Angel keine Zeit mehr blieb. Dieses Wesen hatte überhaupt kein Interesse an ihr, all sein Interesse war nun wieder ausschließlich auf Giles gerichtet.

Mit ohrenbetäubendem Kreischen raste es auf die beiden Männer los, die muskulösen Beine stapften trittsicher zwischen den Stühlen und Bücherstapeln, die in seinem Weg lagen. Doch Angel reagiert sofort. Er fasste Giles mit einer Hand am Kragen, zerrte ihn um die Ecke der Büchertheke und warf ihn unsanft dahinter. Als er sich wieder umdrehte, war der Timimus schon fast über ihm, doch Buffy war dem Tier dicht auf den Fersen.

Der Saurier richtete den Angriff auf den Kopf seines Gegners und versuchte zuzuschnappen wie ein riesiger Papagei. Angel wich aus, aber Buffy wusste, dass er nicht lange durchhalten konnte. Dieses Wesen war das perfekte Raubtier. Es hatte einen Körper wie ein überdimensionaler Strauß und die entsprechenden Muskeln. Und wenn es ihm tatsächlich gelang, mit diesem scharfen Schnabel zuzubeißen ... na, dann würde Angel 'ne ganze Menge untotes Fleisch verlieren.

Aber nun schwirrten mit einmal jede Menge Gegenstände um seinen Kopf herum. Willow und Xander warfen wie wild mit allen Büchern, die sie in die Finger bekamen. Doch der Timimus ignorierte die umherfliegenden Geschosse und stieß wieder auf Angel zu, versuchte, ein drittes Mal zu beißen. Aber da mischte sich Buffy ein und schlug ihm einen der Stühle über den Schädel.

Der Saurier kreischte und fuhr herum, biss blindlings zu, verfehlte sie aber. Doch Buffy bemerkte, dass Angel währenddessen unter der Theke verschwand. Man hörte Bücher auf den Boden fallen und dann erschien Angel wieder mit einem kleinen Metalltisch, den er vor sich hielt wie einen Gladiatorenschild. »Ich halte ihn auf!«, rief er. »Lauf!« Er wies mit dem Schild auf den Schrank mit den Waffen. Um die Aufmerksamkeit von Buffy abzulenken, nahm er einen Becher mit Schreibzeug von der Theke und schleuderte ihn auf den Timimus. Der Behälter traf das Tier genau an der rechten Schulter. Es gab ein überraschtes Quieken von sich, weil ein Brieföffner und eine Schere ihre Spitzen in sein Fleisch bohrten. Wütend schwenkte es den Kopf wieder zu Angel – und bekam eine neue Ladung

Bücher von Xander darauf gepfeffert. Zwischen den vieren musste sich der Timimus vorkommen wie die Zielscheibe beim Dartspiel.

Buffy nutzte ihre Chance, wirbelte herum und stürzte zum Waffenkäfig. Mit einem langen Schritt sprang sie geradewegs über die herausgerissene Tür auf dem Boden hinweg, weil sie kein Geräusch machen wollte, das die Aufmerksamkeit des Sauriers auf sie gelenkt hätte. Als sie die Schranktür öffnete, konnte sie sich einen Augenblick lang nicht entscheiden: Welche Waffe war denn am besten geeignet, um solch ein Tier zu töten? Aber ihre Unentschlossenheit verging ebenso schnell, wie sie gekommen war. Hätte es zu Lebzeiten dieses eher kleinen Sauriers Menschen gegeben, hätten sie eine Keule benutzt. Buffy hingegen war eine Frau der modernen Zeit und hatte keine Verwendung für solche rüden Methoden.

Sie griff in den Schrank und nahm die Armbrust heraus.

Angel, Xander und Willow machten einen Höllenlärm, ergänzt durch das Kreischen des Timimus. Buffy jedoch fühlte, wie sie plötzlich ruhig und gefasst wurde. Dies war *ihre* Welt, nicht die eines Dinosauriers. Er gehörte nicht hierher, sie schon. Ebenso wie Angel, wie Giles und alle anderen, die ihr etwas bedeuteten. Sie würde diesem Dino-Dämon jetzt ein für alle Mal den Garaus machen.

Buffy verließ den Käfig und trat mit voller Wucht auf die Tür. Nun war es egal, ob sie Lärm machte. Angels Schutzschild war bereits von Dellen und Kratzern übersät. Allmählich konnte er dem Timimus nicht mehr standhalten, der sich im Übrigen kein bisschen um herumfliegende Bücher scherte.

»Entschuldige bitte, Vogelgesicht«, sagte Buffy ganz ruhig. Sie sprach nicht besonders laut, doch der Timimus hörte sie trotz des Tumultes, hörte etwas ... *anderes* in ihrer Stimme. Er ließ von Angel ab und wirbelte herum, wobei sein langer Schwanz über die unteren Regalbretter wischte und Bücher und

Papiere herunterfegte. Die Auswüchse rings um seinem Hals waren inzwischen fast zwanzig Zentimeter groß und wippten wie blinde Schlangen. Doch dann reckte sich der Hauptkopf vor und starrte sie an – vielleicht versuchte der Dämon zu verstehen, was er sah.

»Angel«, mahnte Buffy leise.

Ihr Freund duckte sich hinter der Theke …

… und Buffy schoss den Pfeil ab.

Die Spitze traf den Timimus am Innenwinkel des rechten Auges, drang von dort in seinen Schädel – und hindurch! Als der Pfeil in die Wand fuhr, hingen Fetzen von Dinosaurierhaut, Knochen und Blut daran, die ein blutiges, schmieriges Muster auf der Tapete bildeten. Eine Sekunde lang stand der Timimus noch völlig erstarrt, dann sank er wie in Zeitlupe, gleich einem riesigen sterbenden Schwan, zu Boden.

Vorsichtig spähte Angel über den Thekenrand. »Super Schuss«, sagte er voller Bewunderung.

Buffy näherte sich langsam dem zusammengebrochenen Dino. Automatisch legte sie einen neuen Pfeil ein, nur für den Fall, dass … Xander und Willow kamen ebenfalls vorsichtig näher, der Schreck stand ihnen noch im Gesicht geschrieben. Als Buffy noch ungefähr einen Meter entfernt war, öffnete der Saurier plötzlich sein Vogelmaul und stieß einen schrecklichen, absolut unirdischen Schrei aus. Buffy spannte die Muskeln an und brachte die Armbrust wieder in Position …

Aber da explodierte der Dinosaurier zu einer Wolke ziegelroten Staubes.

»Tja«, meinte Angel, das Schauspiel betrachtend. »Egal, woher wir kommen, am Ende, so scheint's, sehen wir alle gleich aus.«

Buffy wollte gerade etwas erwidern, da fiel Willow ihr ins Wort. Sie war plötzlich kreidebleich geworden. »Buffy – *wo ist eigentlich Oz?*«

»Hier«, sagte er von der Tür. Er trottete in den Raum, blieb stehen und betrachtete neugierig den rotgoldenen glitzernden Staub, der einen großen Teil des Bodens bedeckte.

»Ich würd sagen, da muss 'n Staubsauger her«, schlug Xander vor.

Buffy überhörte seinen Einwurf. »Was ist mit dem T. Rex?«

Oz zuckte die Achseln. »Hab noch 'n paar Minuten gewartet, um sicherzugehen, dass er auch wirklich tot ist.«

Willow schaute ihn ängstlich an. »Ein paar Minuten sind aber nicht sehr viel. Vielleicht wären ein paar mehr besser –«

»Nee«, grinste Buffy. »Mehr ist ein toter Dämon wirklich nicht wert.«

Epilog

»Mann!«, sagte Xander, »Ihr hättet mal Coach Lannes' Gesichtsausdruck sehen sollen, als er diesen roten Mist im Schwimmbecken entdeckte. Wenn es so 'ne Art Konto fürs Wütendwerden gäb, hätte er seines schon bis 2020 aufgebraucht.«

Sie hatten die ganze Nacht damit verbracht, die Bibliothek sauber zu machen. Während Angel sich inzwischen sorgsam nur noch in den dunkelsten Winkeln aufhielt, lungerten Buffy und der Rest ihrer Gefährten auf den Sesseln herum. Buffy nickte zu Xanders Schilderung. »Hier war's ja auch so. Alles voll von diesem rotem …«

»Staub«, beendete Willow den Satz. »Der hat sich einfach *überall* niedergelassen. Coach Lannes meint, das ganze Wasser im Becken müsse abgelassen werden und der Filter brauche einen neuen Motor. Wenn er rauskriegt, *wer* das getan hat …« Sie hob die Schultern.

Xander beugte sich vor. »Ich hab ganz deutlich gehört, wie er sagte, er wird dem Übeltäter den blauen Einfüllschlauch als Eingeweide verpassen. Und sie schreiben das Ganze mit dem Schwimmbad und der Bibliothek und den vielen zerbrochenen Türen irgendwelchen Vandalen zu.«

Buffy konnte nicht umhin zu grinsen. »Also kann man mit Sicherheit annehmen, dass die T. Rex-Leichen, die wir in der Gasse hinterm *Bronze* und im Museum liegen gelassen haben, ebenfalls zu Staub zerfallen sind?«

Angel verschränkte die Arme vor der Brust. »Ja. Niemand hat etwas darüber gesagt, dass in der Gasse irgendwas gefunden worden sei. Aber in der Zeitung stand heute Morgen ein Artikel über ›Beweise‹, die noch während der Ermittlungen im Museum verschwunden seien. Ich nehme stark an, dass es dabei um das Verschwinden eines toten Dinos ging.«

»Sie stellen jetzt eine Verbindung zwischen den beiden Wärtern, Kevin und Daniel Addison her«, unterrichtete Xander die anderen. »In den Nachrichten hieß es, die Polizei gibt als Ursache Angriffe durch Tiere an, weil ja in der vergangenen Woche auch schon all diese Haustiere verschwunden sind.«

Buffy nickte. Dann fiel ihr auf, dass Oz heute Morgen noch ruhiger zu sein schien als sonst. »Was denkst du darüber, Oz?«, wandte sie sich an ihn.

Er blinzelte verwirrt. »Worüber?«

Sie zuckte die Achseln. »Darüber, warum oder wie diese ganze Sache angefangen hat. Ich meine, es muss doch eine Art Motiv dahinter stecken, oder? Kevin Sanderson und Daniel Addison waren ganz normale Jungs, die sich für Jungenkram interessierten ...«

»Ich muss doch sehr bitten«, unterbrach Xander. »Autos, Mädels, Baseball. Das ist Jungenkram. Eidechsen nicht.«

»Hängt wohl vom Typ ab«, bemerkte Willow.

»Vielleicht«, gab Xander zu. »Aber Dinos sollten nicht zu einer Obsession werden. Was dagegen Mädchen und Autos betrifft ...«

»Nicht unbedingt«, fiel ihm nun Willow ins Wort. Doch dann beugte sie sich vor und schaute auf das, was vor Oz auf dem Tisch lag. Er schob es ihr zu. Buffy erkannte das Notizbuch wieder, das Oz im Museum aufgehoben hatte. Als Willow es neugierig aufschlug, fand sie Seite um Seite eng und sauber beschrieben.

»Das hat Kevin Sanderson geschrieben«, erklärte Oz den anderen.

»Hast du's gelesen?«, erkundigte sich Buffy.

Er nickte, die Augen wieder auf das Heft gerichtet. »Soweit ich das verstehe, hat Kevin sich von Daniel leiten lassen, und der wiederum von dem Dämon. Das Originalnotizbuch, das hier drin beschrieben wird, hab ich nicht gefunden – es ist das, was Daniel irgendwo im Museum gefunden hat und in dem steht, was genau vor sechzig Jahren passierte. Aber aus dem, was Kevin schreibt, kann man schließen, dass der Dämon demjenigen, der an seinem Haken hängt, Ruhm und Reichtum oder was auch immer verspricht. Also ist er entweder ein ausgesprochener Lügner oder liebt es, sich auf Kosten anderer lustig zu machen.«

Giles kam aus seinem Büro und trat zu ihnen. »Dann war Daniel Addison ja das ideale Opfer«, meinte er. »Falls mich mein Gedächtnis nicht trügt, stand doch in seiner Akte, dass er nicht gewillt sei, für sich selbst zu denken.«

»Nicht gewillt, für den Erfolg zu arbeiten«, korrigierte Willow, aus dem Gedächtnis zitierend. »Und ... nein, er hat wirklich nicht sehr selbstständig gedacht.«

»Und dann ist der Dämon bei ihm im Oberstübchen eingezogen und hat ihm dabei geholfen.« Traurig schüttelte Buffy den Kopf.

»Tjaa«, bemerkte Xander. »Und war das nicht ein schockierendes Resultat, als ein anderer das Denken für ihn übernahm?«

»Es war nicht unbedingt so, dass der Dämon für Daniel *dachte* – vielmehr hat er ihm eine Menge irrer Versprechungen gemacht, was er alles kriegen würde, wenn er dem Dämon hilft«, stellte Oz richtig. »In Kevins Aufzeichnungen steht noch mehr darüber, was mit Daniel geschah – um sich selbst hat er sich fast gar nicht gekümmert –, aber später, nehm ich an, ist Ladonithia zu Kevin übergewechselt.«

»Der ebenfalls das perfekte Opfer war«, sagte Willow. »Vor kurzem erst hergezogen, keine Freunde, musste völlig von vorne anfangen. Es war einfach für den Dämon, Versprechungen zu machen, die er niemals einhalten wollte. Zuerst hat er Daniel benutzt und dann Kevin, einfach um freizukommen.«

Giles nickte. »Mich als Erwachsenen konnte er nicht ganz so leicht einfangen und daher hab ich kaum etwas von solchen Fantastereien gehört.« Eine Weile schwiegen alle, dann warf Buffy Angel einen mahnenden Blick zu. Er erwiderte ihn mit einem kurzen Nicken, räusperte sich und setzte sich im Sessel auf.

»Hey, Oz«, begann der Vampir, »du erinnerst dich doch, dass ich dabei war, als diese Bandmanagerin im *Bronze* mit dir gesprochen hat?« Oz nickte. »Tja, nun, ich ... hab mich da und dort ein bisschen umgehört, zum Beispiel auch in Willys Kneipe. Hab ein paar Leute gefragt, die andere Leute kennen.« Angel sah auf seine Hände. »Da gibt's etwas, das du wissen solltest.«

Eine oder zwei Sekunden lang sagte Oz gar nichts, dann seufzte er. »Nun sag schon!«

Angel zuckte die Achseln. Buffy wusste genau, er versuchte, sich lässiger zu geben, als ihm zu Mute war. Er wollte mit der ganzen Sache eigentlich nichts zu tun haben und nicht gern der Überbringer schlechter Nachrichten sein. »Sie hat im Laufe der letzten zwei, drei Jahre das Management vieler Bands übernommen«, sagte er endlich. »Newcomer-Bands wie eure *Dingoes*. Ich hab 'n paar Leute ausgequetscht, die mir noch 'nen Gefallen schuldeten und ...« Angel verstummte.

»Und?«, drängte Oz.

»Was ich gehört habe, klang nicht besonders gut«, gab Angel zu. »Keine ihrer Bands scheint sonderlich viel Erfolg zu haben. Sie spielen immer noch in den schlechteren Clubs, manche von ihnen schon jahrelang.«

Oz zog eine Augenbraue hoch. »Willst du damit sagen, dass sie keine wirklich guten Gigs an Land ziehen kann?«

Angel rieb verlegen die Hände aneinander. »Ich weiß nicht, ob sie nicht kann oder einfach nicht will. Ein paar Leute von den Bands ... na ja, mehr als ein paar ... scheinen so deprimiert zu sein, dass sie bald an der Nadel hängen. Sie handelt Verträge immer so aus, dass sie – mit der Begründung, die Leute könnten mit ihrem Geld nicht umgehen – alle Einnahmen einstreicht. Dann behauptet sie, davon die Ausgaben bestreiten zu müssen. Den Rest legt sie angeblich fest an. Es geht auch das Gerücht um, dass sie den Leuten selber die Drogen beschafft, um sie bei der Stange zu halten. Die meisten von ihnen haben schon seit ewigen Zeiten keinen Pfennig mehr zu sehen bekommen.«

»Oh«, machte Xander betroffen. »Das hört sich aber echt nicht gut an. Dann kann sie wohl kaum für die Nominierung der ›Bandmanagerin des Jahres‹ in Frage kommen.« Er sah ziemlich enttäuscht aus, und Buffy entsann sich, dass Alysa Bardrick auch ihm einen Platz in der Welt der Rockmusik angeboten hatte.

Angel nickte. »Ist ein ziemlich gewagter Lebensstil, äußerst wild, und die Leute sind nicht so wahnsinnig glücklich, wie ich gehört habe. Wie's scheint, fehlt ihr ernstlich die Fähigkeit zur Karriereförderung, obwohl sie natürlich eine Menge ... Kunden hat.«

Oz starrte auf die Tischplatte und schwieg eine Weile. »Ich schätze, ich habe schon geahnt, dass es ein Fehlschlag wird«, sagte er schließlich. »Willow hat auch schon im Internet nachgeguckt. Und die Infos waren nicht gerade berauschend.«

Willow sah ihn mitfühlend an. »Ja. Alysa hat mir im *Bronze* gesagt, sie habe keine Homepage oder irgendeine Art von Werbung im Netz – und das stimmte. Aber ich hab einige anonyme Nachrichten gefunden, auf User-Seiten, die sich mit Musik und Bands beschäftigen. Und aus diesen Nachrichten sprach richtig die Angst. Einer meinte sogar, einen Vertrag mit ihr zu unterschreiben sei ungefähr so, wie in eine Armee der Dritten Welt eingezogen zu werden ... und zwar lebenslänglich. Man selbst gibt alles und kriegt nix dafür wieder.«

»Das klingt mehr nach Sklaventum«, bemerkte Buffy. »Oder nach Gefangenen.«

»Das könnte der Wahrheit wohl sehr nahe kommen.« Giles' ruhige Stimme mischte sich ins Gespräch. »Wenn sie die gesamten Einnahmen der Gruppen beschlagnahmt, sind sie wahrscheinlich völlig von ihr abhängig und müssen um Geld betteln, um überhaupt ihre Grundbedürfnisse befriedigen zu können. Nämlich Essen, Kleidung und Obdach ... und wer weiß was noch. Und sie nutzt das aus, um sie immer mehr an sich zu binden.«

»Jungejunge!«, machte Buffy. Sie warf Giles einen kurzen Blick zu, dann betrachtete sie das Notizbuch auf dem Tisch, weil sie nicht wollte, dass er die Dankbarkeit in ihren Augen sah. »Diese Mentor-Typen muss man sich echt sorgfältig aussuchen.«

»Ja«, pflichte Oz ihr bei und starrte ins Leere. »Das muss man wohl.«

Der Tag war erstaunlich schnell vergangen – viel zu schnell eigentlich. Normalerweise schleppten sich für Oz die Schulstunden endlos dahin: Was die Lehrer ihnen vortrugen, nahm er zwar immer schnell auf, fand es jedoch meistens uninteressant. Heute hingegen hatte er das Gefühl, als habe sich die Welt gegen ihn verschworen – denn er fürchtete das, was er danach zu erledigen hatte. Es kam ihm vor, als hätte eine unsichtbare Macht die Uhren angestiftet, zehnmal so schnell zu gehen wie sonst, und zwar nur, um ihn zu quälen. Er freute sich nämlich gar nicht!

Dann kam seine letzte Unterrichtsstunde, und als sogar die vorüber war, hatte er nichts mehr zu tun – im Gegensatz zu den meisten anderen an der Schule, die noch mindestens eine Stunde Langeweile schieben mussten. Nichts schob sich nun mehr zwischen ihn und die Zukunft.

Außer vielleicht Alysa Bardrick.

Die hochgewachsene, schlanke Frau wartete bereits in der Bibliothek. Ihr schwarzes Outfit war fast mit jenem identisch, das sie an dem einen Abend im *Bronze* getragen hatte. Aber hier in die Schule passte es überhaupt nicht. Auf dem großen Tisch der Bibliothek lag ein dicker Stapel Papiere – zweifellos der Vertrag für ihn und die anderen Bandmitglieder sowie kleinere Kontrakte für Xander und Willow. Vielleicht gab es sogar einen für Angel, falls Alysa ihn davon überzeugen konnte, einen stattlichen Teil seines Lebens wegzuwerfen, weil seine Freunde dies auch taten.

»Hallo, Oz«, grüßte Alysa.

»Hi.« Seinen Widerwillen verbergend trat er ein, zog sich einen Stuhl heran und ließ sich darauf fallen. »Wie geht's Ihnen?«

»Ich habe alle Verträge mitgebracht«, begann Alysa und überhörte seinen Versuch einer höflichen Konversation. »Wie du siehst, ist alles, wie es sein soll. Wenn du einfach auf Seite 8 unterschreiben würdest ... dann können wir anfangen, alles zu besprechen.« Erwartungsvoll sah sie ihn an. »Wo sind denn die anderen?«

Oz erhaschte einen flüchtigen Blick auf Giles, der hinter der Bürotür stand. Natürlich wusste Giles über seine Verabredung mit Alysa Bescheid und nachdem Angel am Morgen so viel erzählt hatte, konnte Oz es dem Bibliothekar nicht übel nehmen, dass er unauffällig zuhören wollte. Aus dieser Frau konnte man zweifellos einen ganzen Haufen neuer Definitionen des Begriffs »verschlagen« herausziehen.

»Nun?«, fragte Alysa und zog eine Augenbraue hoch.

»Sie kommen nicht«, antwortete er schlicht.

Einen Augenblick lang schwieg Alysa, dann verschränkte die Möchtegern-Bandmanagerin die Arme vor der Brust. Sie sah nun sehr formell und etwas irritiert aus. »Ich verstehe«, sagte sie mit leicht zorniger Stimme. »Gehe ich daher richtig in der Annahme, dass du und deine Freunde immer noch nicht wissen, was ich alles für euch tun kann?«

»Ehrlich gesagt«, erwiderte Oz, »glaube ich, dass wir uns darüber sehr klar sind.« Und das stimmte: Mittags hatte er mit Devon und den anderen geredet und sie darüber informiert, was geschehen könnte, wenn Alysa Bardrick *Dingoes Ate My Baby* auf die Liste ihrer Klienten setzte. Am Ende waren alle mit Oz' Entscheidung einverstanden gewesen. Devon hatte sogar nur mit den Achseln gezuckt und gesagt, beim nächsten Mal würden sie bestimmt mehr Glück haben. Dann erzählte er mit schiefem Grinsen, dass seine Eltern nämlich total von der Rolle wären, falls er von der Schule abginge, um mit einer Band zu touren. Als er gestern Abend versucht hatte, das Thema vorsichtig zur Sprache zu bringen, hatte sein Dad gedroht, ihm den Wagen wegzunehmen – und wie sähe das denn aus, ein Leadsänger ohne Karre? »Wir haben beschlossen, *Dingoes* selber zu managen«, sagte Oz abschließend.

Er hätte schwören können, dass Alysa Bardrick bei diesen Worten zusammenzuckte. »Ach, wirklich?« Sie schwieg und suchte nach Worten. Als sie fortfuhr, hörte Oz eine eisigen Unterton heraus, eine Art Drohung, die sie bis jetzt gut verborgen hatte. »Das ist äußerst bedauerlich. Ihr habt nämlich sehr viel Talent, du und die anderen.«

Oz schaute sie ausdruckslos an. »Da können Sie drauf wetten!«

In ihrer Wange begann ein Muskel zu zucken. »Gibt es einen bestimmten Grund dafür, oder hat jemand anders euch ... einen falschen Eindruck von mir vermittelt?«

Ein Schatten löste sich von einem der Regale auf der anderen

Seite des Raumes – Angel glitt leise und mit grüblerischer Miene auf sie zu. »Scheint so, als ob's davon jede Menge gäbe«, sagte er gedämpft. Alysa fuhr erschrocken zusammen, als sie sah, wer dort stand, dann machte sie die Augen schmal. »Eine Menge falscher Eindrücke, meine ich«, fuhr Angel fort.

»Ä-hem.« Aufsteigende Wut hatte alle Farbe aus Alysas Gesicht weichen lassen, ihre zusammengepressten Lippen bildeten einen blutroten Strich. »Und diese falschen Eindrücke ... wo kommen die wohl her?«

»Och«, machte Angel, während er angelegentlich seine Fingernägel betrachtete. »Von hier und da.« Ohne den Kopf zu heben, sah er ihr direkt in die Augen. »Von ... irgendwo.«

Oz beobachtete die wechselnden Gefühle in Alysas Mienenspiel und versuchte, ihre Bedeutung zu erkennen. Aber er wusste, dass er das nicht annähernd so gut beherrschte wie Angel. Genauer gesagt, war er in *einigen* Dingen nicht so fit wie Angel ... zum Beispiel darin, etwas über einen Menschen herauszufinden, bevor man sich ihm mit Leib und Seele verschrieb. Aber er, Oz, war ja auch nicht Hunderte von Jahren alt – und würde es nie werden –, also konnte er das auch eher locker sehen.

»Verstehen Sie«, sagte Oz schließlich, »ich hab es immer für einen Handel gehalten, der auf Gegenseitigkeit beruht. Wir müssen unseren Teil erfüllen und die Musik machen – aber immerhin waren Sie es, die sich bei uns um den Job als Managerin beworben haben.«

»Ich versteh nicht, was das –«

»Sie haben keine guten Empfehlungen«, fiel Angel ihr ins Wort. »Ehrlich gesagt, wenn ich das Wort ›schmutzig‹ gebrauchen würde, wäre das schon verdammt großzügig.«

»Na schön«, sagte Alysa steif und streckte die Hand nach den Papieren aus. »Es hat natürlich keinen Sinn zu streiten. Ich kann meine Zeit besser nutzen, als sie mit einer High School-

Band von Nobodies zu vertun, die ihren Vertrag nicht unterzeichnen wollen.«

»Ach, wirklich?«, meinte Angel. Er setzte ein Bein auf die Tischkante und betrachtete sinnend das polierte Holz. »Was hätten Sie denn Besseres zu tun? Termine mit 'nem Dealer, um … oder vielleicht Schwierigkeiten, *Stoff* für Ihre anderen Bands zu beschaffen?«

Alysa stand empört auf. »Wählen Sie Ihre Worte sorgfältig, junger Mann. In unserer Gesellschaft darf man niemanden leichtfertig beschuldigen, wie Sie sehr wohl wissen.«

Endlich blickte der Vampir hoch, ein Bild der Unschuld. »Anschuldigungen? Das war rein theoretisch.«

Alysa bedachte Angel mit einem eisigen Blick, dann wandte sie sich wieder an Oz. »Ich gebe dir eine letzte Chance«, sagte sie. »Du und die *Dingoes* – ihr könntet nächste Woche schon auf dem Weg sein.«

Oz sah sie stirnrunzelnd an. »Auf dem Weg wohin? In eine gut getarnte Form der Gefangenschaft?«

Einen flüchtigen Augenblick lang blickte Alysa ganz entsetzt, als habe niemand es bisher geschafft, die Dinge so beim Namen zu nennen. Dann erholte sie sich wieder von ihrem Schreck. »Ich halte niemanden fest. Meine Klienten können jederzeit aussteigen, wann immer sie wollen.« Sie packte den Stapel mit den Verträgen zusammen und stopfte ihn sorgfältig in die Tasche. Kein einziges Beweisstück wurde liegen gelassen. »Vielleicht sehen wir uns irgendwann wieder«, sagte sie zu Oz. Bedachte Angel mit einem letzten, vernichtenden Blick und rauschte hinaus.

»Nein«, sagte Oz als Antwort, während Angel und er ihr nachsahen. Er dachte an den toten Kevin Sanderson und wie dieser blindlings dem ebenso toten Daniel Addison gefolgt war. »Das hoffe ich ganz sicher nicht.«

»Mannomann, ist das nicht die größte Schweinerei, die man je gesehen hat?«, schimpfte Bob Norell. Er stand mit seinem Kollegen und Lunch-Freund Fred Vaughn in der Tür zu Daniel Addisons winzigem Büro und betrachtete das Durcheinander darin. Überall lagen Papiere verstreut, Aktenordner waren aus den Regalen gerissen und auf den Boden geworfen worden, jeder einzelne Gegenstand war herausgezerrt, untersucht und dann wahllos irgendwo hingestopft worden. »Ich sag's dir«, fuhr Bob fort. »Das war die schlimmste Woche, die wir je hatten, und ich bin schon fast dreiundzwanzig Jahre in diesem Kasten angestellt. Da werden Leute ermordet und 'n riesengroßer roter Staubfleck liegt mitten in der Dinosaurierausstellung rum. Das wird Tage dauern, um da sauber zu machen. Ich weiß überhaupt nicht mehr, was hier los ist!«

Fred, der jünger war, nickte nur. Er hatte schon vor langer Zeit begriffen, dass es am besten war, dem alten Bob Norell in allem zuzustimmen, sonst hatte man die Folgen zu tragen. Der Alte konnte bis zu drei Tage lang immer wieder auf derselben Sache herumreiten, selbst wenn er sich fürchterlich irrte. Und er machte Fred damit wahnsinnig. Zu Hause hatte er eine junge schwangere Frau sitzen, die dasselbe tat – da wollte er wenigstens bei der Arbeit seine Ruhe haben. »Das kannst du laut sagen«, meinte er daher.

»Tja«, seufzte Bob. »Denn man los!« Er warf dem Kabuff, das einmal Daniels Büro gewesen war, einen letzten bösen Blick zu, dann griff er hinter sich und brachte zwei ungefaltete Kartons zum Vorschein, einen für sich und einen für Fred. »Da, nimm und lass uns anfangen. Wie sie's uns gesagt haben: Wir packen alles ein und verstauen es unten im Keller.«

Gehorsam begann Fred, die Laschen in die dafür vorgesehenen Stellen zu schieben, um die flache Pappe zu einem Karton zu falten. »Wollen die Cops sich das vorher nicht ansehen?«

Bob zuckte die Achseln. »Ha'm sie doch schon. Dreimal darfst du raten, wer dieses Durcheinander gemacht hat.«

Wieder nickte Fred. Dann begann er Papiere und tausend andere kleine Sachen aufzuheben, die überall herumlagen. Auf den staubigen Regalen gab es einige leere Stellen, denn manche der wertvollen Fossilien und Knochen waren bereits zuvor weggebracht worden. Offenbar hatte die Museumsverwaltung schon das Wichtigste abholen lassen, das wieder katalogisiert oder anderen Leuten zur Aufbewahrung übergeben wurde. Alles andere wanderte in den Keller. »Was ist denn das?«, fragte Fred plötzlich erstaunt und holte ein abgenutztes, in Leder gebundenes Notizbuch unter einem Stapel Computerausdrucke hervor. »Sieht aus, als wär's angesengt worden.«

Bob spähte ihm über die Schulter, dann tat er es als wertlos ab. »Keine Ahnung. Ist ja 'n altes Ding. Steck's einfach in 'ne Kiste. Wir schleppen die Dinger runter und lassen sie bei den Mäusen oder was sonst noch da unten kreucht. Lass es doch jemand anders in fünfzig oder sechzig Jahren finden.

Der soll dann rauskriegen, was das für 'n Zeugs ist!«

Danksagung

Ein Buch über Vampire und Dinosaurier macht einfach riesig Spaß, und man kann so was nicht in die Welt setzen, ohne einer ganzen Menge Leute für ihre Unterstützung zu danken. Und so sage ich jetzt, ohne eine bestimmte Startfolge zu beachten: Auf die Plätze ... fertig ...

LOS!

Lisa Clancy, Howard Morhaim, Nancy Holder, Chris Golden, Jeff Osier, Don VanderSluis, Micol Ostow, John Platt, Sephera Giron, Martin Cochran, Matthew Woodring Stover und Bob Eggleton.

Eine Liebe mit Biss . . .
aber ohne Aussicht auf Erfüllung

ISBN 3-8025-2865-4
Buffy & Angel
Die geheime Geschichte 1

ISBN 3-8025-2867-0
Buffy & Angel
Die geheime Geschichte 2

ISBN 3-8025-2875-1
Buffy & Angel
Die geheime Geschichte 3

Egmont vgs verlagsgesellschaft, Köln

www.vgs.de

Verbotene Liebe!
Die Jägerin und ihr Vampir

ISBN 3-8025-2699-6
Buffy – Angel Chroniken 1

ISBN 3-8025-2700-3
Buffy – Angel Chroniken 2

ISBN 3-8025-2715-1
Buffy – Angel Chroniken 3

Egmont vgs verlagsgesellschaft, Köln

www.vgs.de

Buffys dunkler Engel: Die neuen Romane

ISBN 3-8025-2878-6
Angel – Seelenhandel

ISBN 3-8025-2866-2
Angel – Netz des Grauens

ISBN 3-8025-2898-0
Angel – Blutige Tränen

ISBN 3-8025-2899-9
Angel – Wildes Feuer

Egmont vgs verlagsgesellschaft, Köln

www.vgs.de

Kreaturen der Nacht, Mächte des Lichts: Neues aus Sunnydale

ISBN 3-8025-2842-5
Buffy – Im Bann der Dämonen
Blanke Knochen

ISBN 3-8025-2874-3
Buffy – Im Bann der Dämonen
Unheilvolle Schöpfung

ISBN 3-8025-2879-4
Buffy – Im Bann der Dämonen
Die Karten des Todes

ISBN 3-8025-2900-6
Buffy – Im Bann der Dämonen
Das Buch der Dämonen

Egmont vgs verlagsgesellschaft, Köln

www.vgs.de